Acedias Traum

Henning Schöttke

HENNING SCHÖTTKE

Acedias Traum

Roman

STORIES & FRIENDS

1. Auflage – 2013

Lehrensteinsfeld bei Heilbronn
Lektorat: Marianne Glaßer
Cover Zeichnung: © Henning Schöttke
Cover Hintergrund: © i3alda - Fotolia.com
Layout & Satz: STORIES & FRIENDS Verlag
Druck und Bindung: CPI Group, Leck
ISBN 978-3-942181-41-9
www.stories-and-friends.com

Für Claudia

Prolog

Können Sie sich vorstellen, dass man sich danach sehnen kann, den Müll runterzutragen? Zwei Stockwerke nach unten, wenigstens ein einziges Mal am Tag – auf den eigenen Beinen? Müll runtertragen. Das ist ja normalerweise nicht so der Bringer. Aber für mich wäre es das Größte gewesen. Und wenn ich Schäuble im Fernsehen sah, in seinem Rollstuhl, dann habe ich ihn beneidet und gedacht: Der kann wenigstens sitzen.

Jede Nacht vor lauter Schmerzen nur zwei Stunden schlafen. Maximal. Ich fing an, mir vor Schmerz die Haare auszureißen, und habe mir in den Arm gebissen. Wach war ich natürlich auch nie mehr richtig, ich dämmerte wochenlang in einem nebelartigen Schlaf-Wach-Zustand.

Und als ich mich dann viel später wenigstens hundert Meter auf meinen Krücken die Straße langquälen konnte ... wir haben da so eine Bank in der Nähe unserer Wohnung ... wenn ich da in der Sonne saß und die jungen Leute beobachtete und genau wusste, was sie alles für kleine Sorgen über dies und jenes mit sich rumschleppen, dann dachte ich: Hey, ihr könnt auf euren eigenen Beinen von A nach B gehen. Einfach so. Und euch ist gar nicht klar, wie großartig das ist.

Und was noch dazukommt: Wissen Sie, seit ich zwanzig war, hatte ich einen Traum. Den wollte ich mir nicht einfach nur unbedingt erfüllen, sondern … rückblickend muss ich sagen, dass ich ihm wirklich alles untergeordnet habe. Ja, und jetzt ist der Traum irgendwie … ich weiß gar nicht, was damit ist.

Tiefschlaf
1984 – 2001

»Die Nacht muss eine Frau sein,
denn sie hat uns geboren.«

Die Ärzte – Die Nacht

Lerchen und Eulen

An einem warmen, verheißungsvollen Sommerabend im Juli 1984 sah Alexander sie nach einem Jahr wieder. Wie hübsch sie seither geworden war. Sie war siebzehn, höchstens achtzehn, aber mit ihrem braunen Pferdeschwanz und der Jeansjacke wirkte sie jetzt wie eine junge Frau. Zehn Schritte von ihm entfernt lehnte sie unter dem Transparent des besetzten Hauses, einer ehemaligen Brauerei, und sah sich um, als warte sie auf jemanden. Der Putz der Wand hinter ihrem Rücken schimmerte rötlich in der untergehenden Sonne. Zwei Punks kamen auf dem mit Grasbüscheln bewucherten Kopfsteinpflaster die Auffahrt hoch, fuchtelten mit Bierdosen und grölten.

Acedia, so hieß sie – genau. Acedia Lorentz. Auch wenn er ein schlechtes Namensgedächtnis hatte, an ihren Namen würde er sich immer erinnern.

Die Punks drängten sich an ihr vorbei durch die Eingangstür, und für einen Moment brandete Musik herüber. Alexander nahm einen Schluck aus seiner Bierflasche. Um nicht zu offensichtlich zu ihr hinüberzustarren, ließ er den Blick über das Transparent schweifen:

3 JAHRE BESETZT!
SOLIDARITÄTSFETE

Er kannte Acedia schon seit frühester Kindheit. In all den Jahren war sie ihm wieder und wieder über den Weg gelaufen, und jedes Mal war sie ihm aufgefallen.

Irgendetwas an ihr zog ihn seltsam an. Vielleicht war es ihr verträumter Blick, durch den sie so abwesend wirkte – als würde sie nicht vollständig wahrnehmen, was um sie herum geschah.

Sie drehte sich in seine Richtung. Soweit er von hier aus erkennen konnte, war sie fast ungeschminkt, das gefiel ihm. Zuletzt hatte er sie im vergangenen Herbst auf einer Demo gesehen – hier in Hamburg gegen den Nato-Doppelbeschluss. Sie war zwar keine von denen, die mit dem Transparent vorneweg marschierten, sondern hatte sich mehr in der Mitte gehalten, zeigte dabei aber die Haltung derjenigen, die sicher war, das Richtige zu tun. Er trank einen weiteren Schluck Bier, schob die Lippen vor, und für einen flüchtigen Moment fiel ihm jetzt sogar ihre auffällige Mutter ein. Acedia dagegen wusste vermutlich nicht einmal, wer er war. Vermutlich hatte sie ihn noch nie wahrgenommen.

Die verfallene Mauer, auf der Alexander saß, hatte die Hitze des Tages noch gespeichert. Er rutschte darauf herum, angelte eine Zigarette aus der Brusttasche seines Karohemds und zündete sie an. Es drängte ihn aufzustehen und wie nebenbei zu ihr hinüberzuschlendern, doch er blieb sitzen. Plumpe Anmache war ihm schon immer zuwider gewesen.

Ein Mädchen, barfuß, mit Lederjacke und feuerrot gefärbten Stachelhaaren, kam aus Richtung der Straße um das besetzte Haus herum. Sie schlich von hinten an Acedia heran, knuffte ihr gegen die Schulter, und Acedia drehte sich um. Das Mädchen küsste sie auf den Mund, die beiden umarmten einander und verschwanden durch die Eingangstür.

Zigarettenasche fiel auf seine Jeans und er wischte sie runter. Ob die Punkerin hier im besetzten Haus wohnte? Acedia jedenfalls nicht, sie war ja noch Schülerin. Am Hesse-Gymnasium. Sie musste in der zwölften Klasse sein, in derselben wie Eule, ein Kumpel, den er ab und zu in irgendwelchen Kneipen traf und der wohl auch auf dieser Fete war. Alexander wandte den Kopf und sah zu Eules rostigem orangerotem Passat, der nahe der Rampe auf dem ehemaligen Bierverladeplatz parkte. Vor dem halb runtergetretenen Zaun wucherten Büsche. Er drückte seine Zigarette an der Mauer aus und schnipste sie im hohen Bogen aufs Kopfsteinpflaster, erhob sich und schlenderte Acedia und ihrer Freundin nach.

Aus dem hellen Sommerabend trat er durch die Tür und tauchte ein in eine Halle voller Dunkelheit und Lärm. Seine Augen und Ohren gewöhnten sich erst langsam daran, und wie in einem aufblendenden Film erschienen um ihn her von Leuten belagerte Matratzen. Auf einem alten Sofa knutschte ein Pärchen. Poster hingen an Wänden und Pfeilern, verschlissene Teppiche bedeckten hier und da den nackten Betonboden, und hängende Tücher teilten Sitzecken ab. Alles wirkte aufwendig zurechtgemacht, nur von den meterhohen Decken wehten ein paar Spinnweben herab.

Zwischen den Leuten aus der Hausbesetzerszene drängelten sich sogar zwei Jungen aus der Nachbarschaft, von denen Alexander definitiv wusste, dass sie erst vierzehn waren. Die Schirme ihrer Baseballkappen nach hinten geschoben, stellten sie sich an die noch leere Tanzfläche, wippten auf den Zehen und versuchten erwachsen zu wirken. Aus riesigen Lautsprecherboxen hinten an der Wand dröhnte der *Müsliman*. Inmitten der Menge konnte Alexander für einen Augenblick Acedia und ihre Punkfreundin ausmachen. Die beiden drückten sich zwischen einem Pulk von Leuten hindurch und verschwanden hinter einem Pfeiler.

Im März, kurz vor Semesterbeginn, hatte Alexander einen Freund besucht, der in einem besetzten Haus in Berlin lebte. Jetzt las er im Vorbeigehen auch hier »No Future« an den gekalkten Wänden und »Lieber Instandbesetzen als Kaputtbesitzen«. Unter der Treppe, die zum ersten Stock führte, stand in großen, bunten Buchstaben »Liebe – keine Hiebe«. Das gefiel ihm am besten.

Dort fand er auch Acedia wieder. Sie stand in einer Gruppe Mädchen, einige davon in Karohemden, andere in lila Latzhosen. Ein Mädchen mit einem bunten Tuch um den Hals sprang gerade von der Wand weg und schaute angeekelt, als hätte sie ein Ungeziefer gesehen. Alexander lehnte sich an einen Pfeiler. Er setzte sein David-Bowie-Gesicht auf, steckte die Spitze des Zeigefingers in seine Bierflasche und ließ sie wieder herausploppen.

Acedia ging an ihm vorbei zu dem improvisierten Tresen, einer auf Bierkästen ruhenden Tür, und stellte sich in die Schlange hinter einige Leute der Besetzer-Initiative. Er wartete einen Moment und schlenderte dann ebenfalls dort hin. Ein langhaariger Kerl, auf dessen T-Shirt das Anarcho-A prangte, drängelte sich vor ihn. Alexander ließ ihn gewähren. Während er überlegte, ob er sie doch irgendwie ansprechen sollte, wechselte der Tresenmann die Kassette der Musikanlage.

»Geht das mit dem Bierverkauf vielleicht auch mal etwas schneller?«, rief der langhaarige Kerl vor ihm.

Acedia drehte sich um und öffnete ihre blauen Augen zu einem spöttischen Blick. Sie hatte eine gerade Nase und einen breiten Mund und trug Lidschatten in der Farbe ihrer Jeansjacke. Als sie Alexander kurz ansah, wandte er den Kopf zur Tanzfläche.

Rechts davon entdeckte er seinen Kumpel Eule, der gerade seinen schlaksigen Körper von einer Matratze hochstemmte. Eule fuhr sich mit den Fingern durch die schwarzen Locken und griff nach ein paar neben seinen Füßen stehenden Flaschen und Plastikbechern. Er schlurfte zu einem frei gewordenen Sofa, aus dessen aufgerissenem Bezug die Füllung herausquoll, und Alexander musste unvermittelt wieder an Acedias Mutter denken. Hier in diesem besetzten Haus würde sie noch entsetzter gucken als damals vor fünfzehn Jahren im Chaos des Kinderladens. Dort war Alexander Acedia zum ersten Mal begegnet.

Auf einem Kindergeburtstag. Drei Schwarzweiß-Fotos von dieser Feier hatten lange an der Tür zu den Klos gehangen, und auf einem davon war Acedias Mutter im Hintergrund zu sehen gewesen, darum erinnerte er sich so genau an sie. Sie hatte mit fassungsloser Miene dagestanden und wirkte

inmitten der über und über mit Fingerfarben beschmierten Kinder fehl am Platz wie ein Missionar unter glücklichen Kannibalen.

Acedia ist an diesem Tag zum ersten Mal im Kinderladen. Und wie Alexander später weiß, zum einzigen Mal. Wahrscheinlich hat das Geburtstagskind sie eingeladen. Mit ihrem hübsch geflochtenen, langen Zopf und ihrem verträumten Blick gefällt sie Alexander sofort. Sie kniet in ihrem hellblauen Kleidchen neben ihm im Singkreis und sieht schüchtern umher. Sie singen das Lied vom Baggerführer Willibald. Hinten in der Ecke hopsen Kinder auf Matratzen, zwei von ihnen sind nackig.

»Dann bau'n wir für uns selber ein schönes Haus mit Keller. Da zieh'n wir alle ein – au fein!«

Als das Lied zu Ende ist, schnappt Alexander Acedia an der Hand und schleppt sie zu dem großen Tisch voller Farben und Papier. Acedia hält ihre Arme eng am Körper.

»Pass ein bisschen auf, dass Acedia nicht ihr Kleid beschmiert, Alex«, ruft Rosie, eine der betreuenden Mütter.

»Das sind doch nur Fingerfarben.«

»Trotzdem.«

Alexander zieht sie mit in die Ecke und hopst ein paar Mal vor ihr auf den Matratzen, so hoch er kann. Dann lässt er sich mit einem Stöhnen nach hinten fallen und streckt die Zunge raus wie Schweinchen Dick. Acedia lacht.

Eine Stunde später hocken sie beide auf dem Boden und schrauben ein Radio auseinander, da bimmelt plötzlich die Ladenglocke und eine fremde Frau kommt zur Tür hereingerauscht. Alexander lässt sich normalerweise von den Großen nicht einschüchtern, aber jetzt rutscht er ein Stückchen zurück. Die Frau geht laut und kerzengerade, hat den Kopf erhoben und trägt beeindruckenden Schmuck. Alexander ist sicher: Sie ist eine FRAU VOM AMT.

Acedia springt mit schuldbewusstem Ausdruck auf.

»Wer hat hier das Sagen?«, will die Frau wissen.

»Wir alle«, rufen Rosie und zwei andere Mütter.

Die Frau runzelt die Stirn. Sie stemmt die Hände in die Hüften, blickt im Raum umher und dann auf ihre Armbanduhr.

»Halten die Kinder hier etwa keinen Mittagsschlaf?« Rosies Antwort hört sie kaum an, stattdessen sagt sie: »Also, da halte ich wirklich überhaupt nichts von.«

Alexander hockt immer noch am Boden, und als sie vor ihm vorbei auf Acedia zugeht, zieht er unwillkürlich die Füße an. Über ihrem vorgestreckten Busen rasseln viele Halsketten. Acedia greift nach einem Bild, das auf dem Tisch liegt, und hält es der Frau hin. Blaue und gelbe Kleckse sind darauf.

»Guck mal, Mama, hab ich vorhin gemalt.«

»Was soll das denn sein?«

»Das sind schöne Farben.«

»Da kann ich ja gar nichts drauf erkennen. Das kannst du normalerweise aber besser.«

»Das sind Blumen«, murmelt Acedia.

Ihre Mutter ergreift ihre Hand.

»Hast du denn wenigstens was gegessen?«

Ohne eine Antwort abzuwarten, zerrt sie Acedia an der Hand zum Ausgang und schüttelt dabei den Kopf. Ihre Ketten rasseln wieder. Die Tür schlägt hinter ihr zu.

»Die armen Kinder«, ruft Rosie in gespielter Verzweiflung und wirft die Hände hoch. »Wie soll aus denen mal was Anständiges werden?«

Die anderen Mütter lachen.

3 Eule erhob sich jetzt vom Sofa und trottete auf die Tanzfläche. Acedia ging mit ihrem Bier an ihm vorbei und warf ihm einen Blick zu. Ihr Pferdeschwanz wippte.

In allen normalen Kindergärten hatte es damals noch Kinderbetten gegeben, sinnierte Alexander. In manchen wurden die Kinder sogar zum Schlafen mit Riemen an den Betten festgezurrt. Und selbst die Klozeiten der Kinder waren vorgeschrieben.

»Dancing with tears in my eyes«, sangen Ultravox.

»Was ist denn das für eine Popscheiße?«, rief der Kerl mit dem Anarchozeichen, während er sich sein Bier geben ließ.

Michaela, eine blonde Studentin von der Besetzer-Initiative, baute sich vor ihm auf. »Hör auf hier rumzumosern.«

Und eine andere Frau der Initiative ergänzte: »Unsere Musik ist auch für die Normalos da, peil das mal.«

Alexander zahlte sein Bier und schlenderte an der Tanzfläche entlang. Sein Freund Eule schüttelte die schwarzen Locken, reckte die Arme empor und grölte mit geschlossenen Augen: »Living out a memory of a love that died.«

Alexander setzte sich auf das abgewetzte Sofa, das vor langer Zeit wahrscheinlich mal rot gewesen war. Auch wenn sich immer wieder Leute dazwischenschoben, hatte er von hier aus einen guten Blick auf Acedia. Vielleicht konnte er Eule über sie ausfragen. Das Punkmädchen küsste Acedia wieder auf den Mund. Acedia schob sie grinsend von sich, fuhr ihr mit den Fingern durch die rote Stachelmähne und hielt ihr die Bierflasche hin.

Nach dem Song kam Eule zum Sofa.

»Hallo, Alter.«

Er ließ sich neben Alexander auf den Sitz fallen, griff auf den Boden zu seinem Plastikbecher und schenkte aus den daneben stehenden Flaschen Whisky und Cola nach.

»Sind die von der Initiative nicht genervt, wenn du dir selbst was mitbringst?«, fragte Alexander.

»Die sollen sich mal nicht so anstellen.« Eule nahm einen Schluck und streckte die Beine von sich. »Außerdem hab ich die Cola hier gekauft und fünf Mark in den Spendentopf gepackt. Auch einen?«

Er hob die Whiskyflasche, die kaum noch zu einem Drittel gefüllt war, und hielt Alexander einen leeren Becher hin.

»Nee, lass man.«

Alexander sah zu Acedia. Ob er Eule einfach so geradeheraus nach ihr fragen sollte? Da deutete Eule mit seinem Becher auf sie. »Das Mädchen mit dem Pferdeschwanz, siehst du die?«

»Die ist in deiner Klasse, oder?«

Eule nickte. »Das ist meine Freundin.« Er wischte über sein verschwitztes Gesicht und lümmelte sich tief ins Sofa.

Oh! Alexander fühlte, wie sich etwas in ihm schmerzlich zusammenzog, und warf einen frustrierten Blick zu Acedia und ihren Freundinnen hinüber. Warum hatte er denn dann Eule nie zusammen mit Acedia in den Kneipen gesehen, dachte er und kam sich irgendwie betrogen vor, und während er noch weiter überlegte, warum Eule nicht bei ihr stand, wurde die Anlage so laut aufgerissen, dass die leeren Flaschen auf dem Türtresen schepperten. »Was wollen wir trinken, sieben Tage lang?«

»... bis vorgestern«, schrie Eule ihm zu.

»Was?«, schrie Alexander zurück und hielt eine Hand ans Ohr.

»War sie jedenfalls bis vorgestern. Meine Freundin.« Er lehnte sich zu Alexander herüber, so dass er direkt vor seinem Gesicht war. »Acht Monate waren die Alte und ich zusammen.«

Leute begannen mitzugrölen: »Was wollen wir trinken, sieben Tage lang?«

Alexander spürte sich aufatmen und dazu einen unangenehmen Beigeschmack aus Anteilnahme und Schuldgefühl. »Was ist passiert?«, rief er und versuchte, möglichst beiläufig zu klingen.

»Lief irgendwie scheiße.«

Alexander sah ihn fragend an.

»Weiß auch nicht. Die Alte hatte dauernd was zu labern. Wenn ich mal einen getrunken hab – und mit meiner Schule und so. Angeblich würde ich immer nur rumhängen. Aber ist doch nichts dabei, wenn man auch mal unter der Woche weggeht, oder?«

Natürlich war nichts dabei. Alexander kannte Eule als lustigen Kneipenkumpel. Obwohl er gelegentlich übertrieb, konnte man mit ihm gut ein paar Biere trinken und über Fußball, Filme und Gott und die Welt reden.

»Weißt du«, sagte Eule und sackte noch tiefer ins Sofa, »die Alte hat mir ja auch geholfen – in Deutsch und Gemeinschaftskunde und so. Muss man echt anerkennen. Aber dass ich ihr Fahrrad repariert hab und ihre IKEA-Möbel transportiert, sogar für Petra, ihre Punkfreundin da, das zählte irgendwie nicht.« Er breitete die Arme aus, ein Spritzer Whisky-Cola schwappte aus seinem Becher und lief ihm über den Handrücken. »Sie ist ja bei den Jusos, dabei hab ich sie auch immer unterstützt – oder mit Greenpeace. Aber mein eigener Scheiß war immer unwichtig ...«

Eule leckte seine Hand ab. Vor Jahren hatte Alexander Acedia einmal in der Mönckebergstraße bei einem Stand von Greenpeace gesehen. Es hatte genieselt, aber sie hatte unverdrossen Flugblätter verteilt.

Mittlerweile war Eule so weit von Alexander weggerutscht, dass er wieder schreien musste: »... bin ich ja in den ersten Monaten nicht mal mehr zum Fußball gegangen. Norbert und Werner, die haben mich schon ständig angemacht deswegen. – Es war ja nicht so, dass ich jeden Tag auf der Piste war.« Er nippte an seinem Whisky-Cola. »Tja, und vorgestern hat die Alte mich einfach so abserviert. Schluss. Vorbei. Aus der Traum.«

Aus den Lautsprechern dröhnte: »Ich sprüh's auf jede Häuserwand, ich such den schönsten Mann im Land.« Acedia und ihre Freundin Petra stürmten auf die Tanzfläche. Eule starrte mit gesenkten Augenbrauen zu ihnen hinüber.

»Warum Acedia ständig mit der Tussi da rumhängt«, rief er, »versteht kein Mensch. Petra klaut, hat Ärger mit den Bullen und nimmt Drogen und so weiter. Na ja, kiffen tu ich auch, aber Petra soll sogar mit zwei anderen Punkweibern einen Typen zusammengeschlagen haben. Acedias Lieblingsfreundin. Die kann natürlich machen, was sie will ... *der* verzeiht Acedia alles.«

Alexander klopfte den Takt mit den Fingern an seiner Bierflasche mit, rauchte und aschte in eine leere Bierdose. Acedias Augen lachten beim Tanzen, sie breitete die Arme aus und drehte sich im Kreis, ihr Pferdeschwanz flog wild herum, und als sie sich einmal in Alexanders Richtung beugte und der Rand ihres T-Shirts vorfiel, blitzte der hübsche Ansatz ihres Busens auf.

Eule lamentierte weiter, und Alexander fragte sich mittlerweile, ob das überhaupt die Dinge waren, die er von Acedia wissen wollte. Zwischendurch verstand er nur noch Wortfetzen; er ließ die Tiraden an sich vorbeirauschen, nickte instinktiv an den richtigen Stellen oder sagte manchmal: »Kann man nichts machen.«

Im nächsten Lied wurden die *Wild Boys* besungen, Acedia und Petra gingen zu ihrem Platz unter der Treppe zurück. Mehr und mehr Leute drängten sich in der Halle. Die Luft wurde immer verrauchter. Alexander verlor Acedia aus den Augen. Eule rückte an ihn heran und legte ihm eine Hand auf die Schulter. Seine Whiskyfahne ließ erahnen, wie viel er schon gepichelt hatte.

»Mit Acedia konnte man so tollen Sex haben, Alter«, sagte er und Alexander vermied es, sich die beiden miteinander vorzustellen. »Aber wenn wir abends bei mir auf dem Bett gesessen haben«, fuhr Eule fort, »und ich dachte, dass wir vielleicht schön rumknutschen, dann wollte sie plötzlich, dass ich erst noch irgendwelchen Kram für Englisch oder Deutsch oder so wiederhole.« Er riss in aufrichtiger Empörung die Augen auf. »Kannst du dir das vorstellen, Alter? Als ob es nur Schule geben würde. Nur lernen, lernen. So kommt es einem vor. Aber es gibt doch auch noch ein Leben, oder?«

Er drückte eine Beule in seinen Plastikbecher und ließ sie mit einem Plopp! wieder rausschnalzen.

»Ich sag dir was: Die Alte kannst du voll vergessen. Echt. Wenn sie am Wochenende bei mir übernachtet hat, war sie morgens immer total früh wach. ›Dann hat man mehr vom Tag!‹ Was soll denn dieser Schwachsinn wohl bedeuten? Dass der Tag, wenn ich mich um halb neun aus den Kissen quäle, wie durch Zauberei zwei Stunden mehr hat, oder was? Aber abends, bei mir vor der Glotze, da ist sie dauernd eingeschlafen.«

»Lerchen und Eulen.«

»Was?«

»Das ist eine Bezeichnung für verschiedene Schlaftypen.«

»Und ich bin dann die Eule oder was?« Er gackerte hysterisch, als hätte er den besten Witz aller Zeiten gehört. »Na, passt ja.«

Die Musik fing an zu leiern. Duran Duran lallten tiefer werdend und wie betrunken vor sich hin, bis der Rekorder schließlich stehen blieb. Alexander reckte den Hals und sah, dass der Tresenmann mit einer Hand weiter Bier verkaufte, während er mit der anderen Bandsalat aus dem Gerät zog.

»He! Helf mir mal jemand.«

»Ob du eher abends oder morgens fit bist«, sagte Alexander und stand auf, »hängt mit Hormonen zusammen.« Er brauchte eine Pause von Eules Tiraden, aber als er am Tresen ankam, war schon ein großer Mann mit Stoppelhaaren dabei, das Band aus dem Rekorder zu pulen. Die unerwartete Stille rauschte in Alexanders Ohren. Unter der Treppe wurden plötzlich Rufe laut.

Zwischen den Herumstehenden hindurch sah er, dass eine von Acedias Freundinnen wieder ein Insekt entdeckt hatte.

»Nimm die Spinne weg, ey!« Das Mädchen mit dem bunten Halstuch trat einen Schritt zurück. »Ich finde die total eklig.«

Alexander ging näher.

Acedias Freundin Petra zeigte auf ein langbeiniges Insekt, das hektisch auf dem Putz der Wand rumschwirrte, und verdrehte die Augen nach oben.

»Mensch, Prinzessin! Kreisch hier nicht so mädchenhaft rum. Das sind nur Schnaken. Diese riesigen Mücken, die nicht stechen können.«

»Ja, dann mach du die doch weg«, sagte ein Mädchen mit einem grauen Herrenhut, »wenn du keinen Schiss hast.«

»Warum sollte ich?«

»Ja, klar. Aber 'ne große Klappe haben.«

»Bist du bescheuert?« Petra hängte die Daumen in ihren Nietengürtel. »Warum sollte ich Schiss vor 'ner Schnake haben? Die ess ich jeden Tag zum Frühstück.«

»Das will ich sehen. Komm her, ich geb dir fünf Mark und du frisst die Schnake.«

Zwei Punks traten neugierig dazu. Alexander gab sich einen Ruck und stellte sich mit desinteressiertem Blick neben Acedia. Das Haarband in ihrem Pferdeschwanz hatte die Farbe ihrer Jeansjacke. Der Rand des Kragens war aufgescheuert, und sie roch gut.

Acedia legte Petra demonstrativ einen Arm auf die Schultern.

»Sie macht das«, rief sie und strich sich eine ihrer

braunen Strähnen aus der Stirn. »Das könnt ihr gerne glauben.«

Ob Petra wirklich eine Schnake runterschlucken würde? Alexander taxierte Acedias Freundin kurz: die roten Stachelhaare, die dicken Ketten, das hart geschminkte, eigentlich hübsche und kluge Gesicht. Zuzutrauen war es ihr. Jetzt standen auch die beiden Vierzehnjährigen mit den Baseballkappen da. Das Mädchen mit dem Hut kramte in einer fransenverzierten Umhängetasche; gleich glänzten zwei Zwei-Mark-Stücke und einige Groschen auf ihrer ausgestreckten Hand.

»Hier. Fast fünf Mark.«

Petra sah in die Runde. Der silberne Ring in ihrem Nasenflügel blitzte. »Fünf Mark ist ein bisschen mickrig.«

Eule trat von hinten neben Alexander. Als Acedia den Kopf zu ihm wandte, trank er einen großen Schluck aus seinem Becher und sah sie herausfordernd an.

»Na?«

»Hallo, Eule.« Sie blickte ernst, aber nicht unfreundlich zurück.

Das Mädchen mit dem bunten Tuch rannte an der Reihe der Umstehenden entlang und klatschte die Hände aufeinander. »Los, komm! Eine Mark! Eine Mark wird doch wohl jeder von euch haben.«

Die andere hatte ihren Herrenhut abgenommen und begann darin Geld zu sammeln. Petra warf einen kurzen Blick in den Hut und legte einen arroganten Ausdruck in ihre dick mit Kajal umrandeten Augen.

»Etwas mehr Kohle kriegt ihr ja wohl zusammen.«

Sie wischte mit der Hand durch die Luft und schon

zappelten die Beine der Schnake zwischen ihren zur lockeren Faust geschlossenen Fingern. Ob Petra ihr Publikum nur verarschte? Sie lieferte jedenfalls eine überzeugende Vorstellung ab.

Da schob sich der Kerl mit dem Anarcho-T-Shirt an den beiden Punks vorbei und ließ einen Fünf-Mark-Schein in den Hut fallen. Petra sah hinein, als würde sie im Geiste das Geld zählen. Eine schnelle Handbewegung zum Mund, schon verschwand die Schnake zwischen ihren düster rot gemalten Lippen. Das Mädchen mit dem Tuch kreischte. Die kleinen Jungen mit den Baseballkäppis hielten sich mit Grimassen des Ekels den Bauch und krümmten sich.

Alexander schüttelte den Kopf. Sie schluckte die Schnake tatsächlich runter.

Petra sammelte das Geld aus dem Hut, weit über fünfzehn Mark, schätzte Alexander. Eule stieß ihn von hinten an. »Ist ja eklig.« Er winkte in Richtung des Sofas. »Lass mal wieder hinsetzen.«

Er schwankte neben der Tanzfläche entlang und stützte sich beim Hinsetzen an der Sofalehne ab. In diesem Moment hatte der Tresenmann Zeit gefunden, eine neue Kassette in die Anlage zu schieben, und es wurde wieder laut.

Michaela, die blonde Studentin von der Besetzerinitiative, kam auf das Sofa zugeschlendert. Alexander kannte sie schon seit einer Weile von der Uni und mochte sie. Die Hände in den Taschen ihrer Weste vergraben, stellte sie sich vor ihn und grinste mit glasigem Blick.

»Ziemlich geil. Über dreihundert Mark hat die Ini heute Abend bisher eingenommen.« Sie knuffte Eule gegen den Oberschenkel, »Rutsch mal ein Stück«, aber der reagierte nicht.

Sie schob mit dem Fuß die Bierdose, die Alexander zum Aschen benutzte, beiseite und drückte sich neben ihn auf die Sofalehne.

»Wir unterhalten uns hier«, rief Eule.

Sie zuckte die Schultern. »Von mir aus.«

Eule warf ihr einen wütenden Blick zu, aber sie machte keine Anstalten zu verschwinden. Er beugte sich zu Alexander, und während er weiterredete, zischten seine S-Laute.

»Acedia wollte zum Beispiel einen Roman schreiben, einen Krimi, mehr als hundert Seiten hat sie schon. Über einen Chemieunfall. So wie diese Krimis von Sjöwall/Wahlöö. Dafür hab ich sogar Zeitungsartikel für sie ausgeschnitten, über Bhopal und über Seveso und so.« Er holte tief Luft und blinzelte. »Der angefangene Roman … liegt jetzt rum, und sie kriegt es nicht auf die Reihe ihn weiterzuschreiben. Aber bei ihr ist das was anderes als bei mir, oder wie?«

»Ich dachte, Acedia hat nur die Schule im Kopf?«

Eule runzelte die Stirn. »Ja, Schule und Romanschreiben und so weiter, ist doch egal, Alter. Du verstehst schon, was ich meine.«

Michaelas Hand legte sich auf Alexanders Rücken und glitt wie nebenbei unter sein Hemd. Er war überrascht, ließ es aber geschehen. Eule schloss für einen Moment die Augen, so dass Alexander schon dachte, er sei eingeschlafen.

»Diese scheiß …«, murmelte er, »… diese blöde Alte … ach, ist doch alles scheiße.«

Unvermittelt stemmte er sich hoch, drängelte sich durch die Menge und torkelte zu Acedia hinüber. Sie sprachen miteinander und gestikulierten heftig. Eule beugte sich vor und versuchte, die Arme um Acedia zu legen, aber sie wand sich heraus, schnappte sich ihre Tasche und verschwand in der Menge. »I want to know what love is«, dröhnte es aus den Lautsprechern. Eule wankte auf die Tanzfläche, stand mit erhobenen Armen da und grölte mit. Schließlich kam er wieder zum Sofa.

»Weißt du was?«, sagte er weinerlich. »Ich fahr jetzt nach Hause.«

»Alter, ich glaube, das ist keine so gute Idee.«

Eule griff nach seinem Becher, und der fiel um. Whisky-Cola lief über den Betonboden und über Alexanders Turnschuhe. Eule setzte sich auf die Sofakante, stützte die Ellenbogen auf die Knie und vergrub das Gesicht in den Händen.

»Das ist echt scheiße«, sagte Michaela, »wenn der so fährt.«

Alexander zog ein Tempo aus der Hosentasche und wischte seine Schuhe ab. Michaela setzte sich aufrecht und sah mit großen Augen zu Eule hin.

»Gerade letzte Woche war ich selbst bei einem Unfall dabei«, sagte sie so laut, dass Eule es hören musste, und schob einen Ärmel hoch. Ihren Oberarm bedeckte ein riesiger blauer Fleck mit gelblichem Rand. »Ich saß in einem VW-Bus, da wollte der Fahrer 'ner völlig besoffenen Frau imponieren und hat sie plötzlich ans Steuer gelassen. Wir standen auf der Landstraße, und ich wollte noch rausspringen – die Frau war wirklich absolut stinkebreit, aber die fuhr schon los. Kaum sind wir drei Meter gerollt, da hat sie auf ein abschüssiges Feld gesteuert, und der Bus hat sich sofort überschlagen. Bomm, auf die Seite. Ich bin gegen die Scheibe gedonnert. Bomm, aufs Dach, dann die andere Seite. Und die ganze Zeit dachte ich: ›Muss ich jetzt sterben?‹«

»Weißt du was?«, wiederholte Eule. »Ich fahr jetzt nach Hause.« Er stand auf und bückte sich hinter das Sofa. »Irgendwo muss doch hier meine Jacke sein.« Er kam mit einem zusammengeknüllten Stoffbündel wieder hoch und schwankte zum Ausgang.

»Alter, das ist scheiße«, rief Alexander hinter ihm her. »Du kannst doch gar nicht mehr gehen, geschweige denn Auto fahren.«

Er schüttelte Michaelas Hand von seinem Rücken ab, erhob sich und warf einen Blick auf die Menge, aber Acedia war nirgends zu sehen. Während er Eule nachging, spürte er, wie seine whiskyverklebten Sohlen bei jedem Schritt kurz am Boden hafteten. Alexander trat aus der dick verrauchten Halle nach draußen, blieb stehen und sog die kühle Nachtluft in die Lungen. Es war mittlerweile dunkel, nur am Horizont stand noch der schwache Lichtschein nördlicher Sommernächte. Auf der anderen Seite des Hofes entdeckte er den dunklen Umriss von Eule, der zu seinem Passat torkelte.

»Na, logisch kann ich noch fahren.«

Alexander schlenderte zu ihm. Eule trat mit ausgestrecktem Fuß gegen die Stoßstange und lehnte sich dann mit dem Rücken an die Beifahrertür.

»… dann hat Cedi ja noch einen Bruder. Diesen Frank. Von dem hat sie auch ständig gelabert, was der für ein toller Kerl ist. Frank hier und Frank da. Oh Mannomann, das ist mir vielleicht auf den Sender gegangen. Petra und Frank und alle sind total super, nur ich nicht.« Er lachte. »Schon besser, dass ich mit der Alten durch bin … ist wahrscheinlich echt besser … wenn ich so ein Arsch bin.«

Er zog den Schlüssel aus der Jackentasche und fiel beim Umdrehen mit der Stirn gegen die Dachkante des Passats. So blieb er eine Weile stehen und stützte sich ab. »Na, logisch kann ich noch fahren.« Er versuchte vergeblich, den Schlüssel ins Schloss zu schieben.

Alexander nahm ihm den Schlüssel weg. »Mensch, Eule, ist deine Fahrertür immer noch kaputt?«

Er schloss den Wagen auf und bunkerte den Schlüssel in den Tiefen seiner Jeans. Eule kletterte über den Beifahrersitz umständlich hinter das Lenkrad und umklammerte es.

»Cedi hat mit mir für die Führerscheinprüfung gelernt«, nuschelte er.

Er steckte sich eine Zigarette zwischen die Lippen, schaffte es aber auch nach mehreren Versuchen nicht sie anzuzünden. Alexander ging um den Wagen herum und klopfte an die Scheibe, in der sich die Lichter des Hauses spiegelten. Eule kurbelte sie runter.

»Ja, mit meinem Abi, das ist natürlich auch alles kacke. Da muss ich echt aufpassen. Da hat Acedia das schon gut gemeint mit mir … Die hat das echt gut gemeint … stimmt schon … Ja.« Er hob die Hand und stieß eine kleine Katze an, die am Rückspiegel baumelte. »Von Acedia. Süß, nicht?«

Alexander nahm ihm die Zigarette aus dem Mund, zündete sie an und schob sie Eule wieder zwischen die

Lippen. Dessen Gesicht war jetzt ein aufgedunsenes Etwas, die Augen rot, die Locken fielen wirr in die schweißige Stirn.

»Vor zwei Wochen hab ich Cedi noch 'ne Kette geschenkt. Eine Silberkette. Gar nicht billig. Die hat sie jetzt natürlich auch nicht mehr um. Oder hast du die noch an ihrem Hals gesehen? Du hast sie doch die ganze Zeit angeglotzt.«

Er kletterte aus dem Wagen, hielt sich schwerfällig an der Tür fest und torkelte in die Büsche. Alexander hörte, wie er sich mehrfach übergab und unterdrückt schluchzte. Er blieb unschlüssig an den Wagen gelehnt stehen. So eine Scheiße! Wenn er Pech hatte, war Acedia inzwischen verschwunden. Schließlich kam Eule zurückgetorkelt, die Zigarette hing abgebrochen in seinem Mund.

Er wischte sich übers Gesicht und nuschelte: »Alter, was bin ich für ein Versager. Was ist bloß los mit mir?«

»Na, komm. Lass uns mal wieder reingehen.«

Alexander schloss die Wagentür zu. Eule stolperte und setzte sich breitbeinig aufs Kopfsteinpflaster. Er fummelte in seiner Jackentasche und fischte eine Kinokarte heraus.

»Guck mal, Indiana Jones, da waren wir letzte Woche.«

Alexander packte ihn energisch am Oberarm, zerrte ihn hoch und schob ihn zur Tür, aus der laute Musik schallte. »Nicht hier sitzen bleiben. Das ist nicht gut. Lass mal reingehen.«

Eule wankte vor ihm, der gesenkte Kopf schlackerte hin und her. »Alter, ich bin so traurig. So traurig war ich noch nie in meinem Leben.« Die Zigarette fiel ihm aus dem Mund, und er sang nuschelnd: »I want to know what love is. And what is it for me …« In der Halle stützte er sich an einem Pfeiler ab und riss dabei ein Poster herunter. Er drehte sich zu Alexander herum und legte ihm die Arme auf die Schultern. »Wir hatten so tollen Sex, Alter … so'n tollen Sex hast du noch nie gehabt … sag ich dir echt.«

Dann torkelte er zu den dröhnenden Boxen, hockte sich direkt dazwischen auf den Beton, streckte die Beine weit aus und blickte mit glasigen Augen vor sich hin. Sein Kopf sackte zur Seite, die Augen fielen halb zu, und er schlief übergangslos ein. Mehrere Leute traten im Halbkreis vor ihn, darunter Michaela.

»Der Typ hat ja 'ne volle Alkoholvergiftung. Atmet er noch?«, schrie sie gegen die Musik an. »Ich glaub, der atmet nicht mehr.«

»Quatsch! Natürlich atmet der noch«, sagte Alexander genervt.

Sie lief von einer Box zur anderen.

»Wie viel hat der denn getrunken?«

»Na, eine Flasche Whisky.«

»Sollen wir nicht besser einen Notarzt rufen?«

»Der pennt doch bloß.«

Eine Frau von der Initiative rief: »Ein Notarzt hier auf der Hausbesetzerfete? Na, das passt ja prima. Das ist doch scheiße.«

»Ich glaub, da haben auch andere von mitgesoffen«, sagte ein Punk mit blaugrünem Irokesenschnitt.

Eule schlief, die Augen zu Schlitzen geöffnet, so dass nur das Weiße zu sehen war. Er röchelte vor sich hin.

»Keine Angst, ich bleib hier und pass auf«, sagte Alexander. Der Abend war wahrscheinlich sowieso im Arsch. Er machte sich noch ein Bier auf.

»Der wird morgen 'ne reichlich dicke Rübe haben«, grinste der Punk.

Alexander zündete sich eine Zigarette an und setzte sich auf einen Hocker, von dem aus er Eule im Auge behalten konnte.

»Wo ist seine Freundin denn?«, fragte Michaela, ging neben ihm in die Hocke und lehnte ihren Blondschopf gegen sein Knie. »Die hätte sich wenigstens mal um Eule kümmern können.« Sie schüttelte den Kopf. »Komische Tussi ...«

Alexander aschte in eine leere Bierflasche und atmete heftig aus. Irgendwie hatte Michaela natürlich recht. Dass Eule sich so betrinken musste, daran war Acedia nicht schuldlos. Aus den Boxen, zwischen denen er zusammengesunken saß, brüllte es: »Macht kaputt, was euch kaputt macht!« Sein Unterkiefer war runtergeklappt und ließ ihn vollkommen unterbelichtet aussehen. Er schnarchte stoßartig, Speichel lief aus seinem Mundwinkel. Alexander betrachtete ihn mit einer Mischung aus Ärger und Mitleid.

Frauen sind oft ganz schön beschissen drauf, dachte er.

Frank

Die Sonne glitzert auf dem Wasser. Sie berührt den Horizont, eine Möwe fliegt vorbei. Die Welt versinkt in Licht und Stille. Nur die Möwe schreit – einmal, zweimal –, und Petra steht einfach da, die vergehende Wärme auf den Wangen, und kneift die Augen zusammen gegen das blendende Rot. Ein leichter Wind fährt ihr durch die Haare.

Sie wendet sich zu Acedia um; ihre Freundin kommt gerade ein paar Meter oberhalb des Zeltes mit einer Ladung trockener Äste zwischen den Bäumen hervor. Petra winkt sie herbei, ihre dicken Armreifen klappern.

»Komm mal, Süße.«

Acedia lässt das Holz auf den Stapel neben der Feuerstelle fallen, stapft durch den Strandsand und sieht aufs Meer.

»Oh, schön …« Sie tritt neben Petra und atmet tief ein. »Hierher zu fahren war 'ne Superidee, Foxi.«

Petra stützt die Hände auf die Hüften. Wellen plätschern und umspülen ihre Füße. Die Sonne taucht ein. Das Meer rauscht so gleichmäßig, dass Petra es gar nicht als richtiges Geräusch empfindet, sondern als Teil der Stille.

»Sven«, sagt Acedia.

Und Petra lacht in das Meeresrauschen hinein. »Sven Petersen«, sagt sie, »was für eine nervige Schlaftablette. Dabei sieht der echt süß aus. Der erinnert mich übrigens an deinen Liebsten. Ich mein, so äußerlich.«

»An Dirk?«

»Ich finde schon. So von den Haaren – und der Figur.«

Ein letztes Blitzen, dann ist die Sonne verschwunden. Acedia stapft zum Lagerplatz zurück. Petra schlingt die Arme um ihren Körper und streicht mit der Handfläche über die Maori-Tätowierung auf ihrer Schulter. Sie zieht die salzige Seeluft tief in die Lungen, dazu den modrigen Geruch von Seetang.

»Und Heiko?«, ruft sie.

»Der mag Katzen. Das ist schon mal ein Pluspunkt. Der hat allerdings eine ziemlich ätzende Narbe hier an der Seite.«

»Du hast Heiko schon mal nackt gesehen?«

Acedia grinst herüber. Sie stellt die Äste in dem Kreis aus Steinen auf, in der Form eines kleinen Indianerzeltes. Dabei werfen sie und Petra einander weitere Jungennamen zu – Holger, Ralf, Manni – und machen dazu, je nachdem, veralbernde oder schwärmerische Bemerkungen.

Petra stapft zu Acedia und hockt sich neben ihr in den Sand. Acedia sollte die großen Äste anders anordnen, der eine kippt bestimmt gleich um. Aber Petra sagt nichts. In solchen Dingen ist ihre Freundin eigen und ehrgeizig.

»Jürgen Baumann?«, fragt Acedia, ohne den Blick zu heben.

»Mit dem hab ich mal geschlafen.«

»Echt?« Acedia knüllt Papier zusammen und schiebt es unter das Holz.

»Letztes Jahr. Hab ich dir bestimmt erzählt.«

»Jürgen ist, finde ich, ein total netter Kerl. *Der* sieht

wirklich gut aus.« Acedia entzündet das Papier und bläst vorsichtig ins Feuer. »Kein Wunder, dass alle Frauen auf den stehen.«

»Aber der hat so einen Riesenschwanz, ich hab den kaum reingekriegt. Ich dachte, ich reiße in Stücke.«

Acedia sieht sie prüfend an, als wolle sie erkunden, ob Petra es ernst meint. Dann lacht sie und zwinkert ihr zu. »Na, … wenn er zu klein und dünn ist, ist das auch nicht der Brüller. Ich mags ganz gern, wenn er ein bisschen größer ist.«

Petra schiebt ihre Gitarre ein Stück beiseite, klopft den Sand von der Decke und setzt sich. »Ich weiß, Süße, aber bei dem hättest selbst du gepasst.«

Knisternde Flammen züngeln an den Ästen empor und Acedia lehnt noch zwei dickere dagegen.

»Und wie findest du Alexander?«, fragt Petra.

Acedia pustet wieder ins Feuer. Ein Funkenregen prasselt auf die Steine. »Sagt mir jetzt nichts.«

»So ein Großer, Sportlicher.«

»Mit dunklen Haaren?«

»Nee, mittelblond. Halblange Haare, freundlicher Typ, etwa so alt wie ich – studiert, glaube ich, Medizin.«

Acedia starrt in die Flammen. »Hm … absolut keinen Schimmer.«

Petra denkt über weitere Jungennamen nach. Beinahe hätte sie Frank gesagt. Stattdessen sagt sie: »Ich bin echt froh, dass du Dirk gefunden hast.«

»Ich liebe ihn.« Zärtlichkeit schwingt in Acedias Stimme. »Sehr.«

»Diesmal hast du wirklich Glück, Süße. Dirk passt super zu dir. Das freut mich total für dich.«

Acedia deutet auf die Gitarre.

»Vielleicht ist das nicht gut, Foxi, so nah am Feuer.«

»Ach, egal. Die kann das ab.«

Natürlich hat Dirk ebenfalls seine Macken, überlegt Petra, so wie jeder. Aber er gehört eindeutig zu den besseren Jungs. Wenn sie daran denkt, wie unglücklich Acedia damals in den letzten Wochen ihrer Beziehung mit Eule war … Das war vielleicht ein Hänger. Unzuverlässig. Ständig besoffen. So wie viele ihrer Punkfreunde, von denen sie irgendwann auch die Nase voll hatte. Dass Eule ihr beim Umzug den Spiegel zerdeppert hat, darüber ist sie heute noch sauer.

Acedia holt aus ihrer hellen, schlichten Umhängetasche eine Flasche Rotwein hervor, und während sie tiefer darin herumkramt und murmelt: »Irgendwo muss doch dieser Korkenzieher sein«, macht sich Petra an ihrer eigenen Tasche zu schaffen.

Sie hebt vorsichtig einen Ballen aus Handtüchern heraus, faltet ihn auseinander und ruft: »Überraschung!« Zwei Weingläser kommen zum Vorschein.

»Was ist das denn?« Acedia kichert.

Petra hält die Gläser hoch und lässt sie im Licht des Feuers funkeln.

»Wenn schon saufen, dann mit Stil.«

Acedia hat den Korkenzieher gefunden. Mit einem *Plopp* öffnet sie die Flasche. Petra hält ihr die Gläser zum Einschenken hin. Und als sie miteinander anstoßen, mischt sich das Klingeln ins Rauschen des Meeres.

»Auf unser Abi.«

»Auf unser Leben.«

Acedia trinkt einen großen Schluck. »Wir sollten unsere Lumas lieber aufblasen, solange wir noch nüchtern sind.«

»Hey, wir bleiben nüchtern.« Petra grient. »Jäder nor einen wönzigen Schlock.«

»Na, klar.«

Petra befühlt den Korpus ihrer Gitarre, der doch ganz schön heiß geworden ist, und legt sie hinter sich. Die Freundinnen schnappen sich ihre Luftmatratzen, und daran, wie schnell Acedia bläst, merkt Petra, dass sie Erste werden will. Sie zwinkert Acedia zu und strengt sich auch ein bisschen an – so dass ihre Freundin schließlich gewinnt. Während Petra ihre Luftmatratze noch zustöpselt, lässt Acedia sich schon rücklings auf ihre eigene sinken und streckt die Arme zur Seite.

»Heute Nacht werde ich schlafen wie ein Stein.«

»Eigentlich bräuchten wir gar kein Zelt. So unter den Sternen«, Petra deutet nach oben, »ist doch auch geil.«

»Ich weiß nicht, nachts am Strand, da laufen manchmal so komische Leute rum.«

Petra stößt ein bellendes Lachen aus. »Die sollen nur kommen – wenn sie was aufs Maul wollen.«

Acedia schnauft. Petra grinst in sich hinein und hört Acedia in Gedanken sagen, dass sie endlich mal diese Prolosprache ablegen soll, bitte schön. Aber gerade gegenüber ihrer Freundin liebt Petra es, dieses Relikt aus ihrer rebellischen Zeit zu pflegen. Sie bettet sich ebenfalls rücklings auf ihre Luftmatratze und starrt zum Himmel. Ein Stern nach dem anderen erscheint. Sie fährt mit den Fingerspitzen über ihren Nasenring und denkt an Frank, Acedias älteren Bruder. Vor drei Jahren, kurz nachdem sie zu Acedia in die elfte Klasse des Hesse-Gymnasiums kam, hat sie sich in ihn verknallt. Diese Schwärmerei ist die einzige Sache, die sie Acedia nie anvertraut hat.

Frank, fünf Jahre älter als sie, hatte damals gerade sein Jurastudium begonnen. Sie dagegen war noch in einer ganz anderen Liga – mit ihren abwechselnd roten, schwarzen, grünen und dann wieder roten Stachelhaaren, mit ihren Nieten und Armbändern. Der Anwalt und die Punkerin. Sie schnauft belustigt. Was für ein Kitschroman.

»Wunderschöner Sternenhimmel, nicht?«, sagt Acedia.

Sie stemmt sich von der Matratze hoch, geht ans Wasser und steht dann da – in diesem besonderen blauen Licht der Zwischenzeit, diesem flüchtigen Licht, über das sich in wenigen Minuten die Nacht legen wird. Einige hundert Meter entfernt flammt ein zweites Lagerfeuer auf.

Letzte Woche hat Petra Frank nach langer Zeit wiedergesehen. Vor Acedias Haus, als er gerade zu seinem alten Golf ging. In seinem verwaschenen T-Shirt hat er sich an die Fahrertür gelehnt und sie von den Hennaspikes bis zu den Boots taxiert. Nicht auf aufdringliche Weise, sondern irgendwie – gut. Er sagte, dass sie sich ganz schön verändert habe. Seine Stimme war noch dunkler als im Jahr zuvor, und wie auch immer er es anstellte, er sah von Mal zu Mal besser aus. Groß, sportlich und braungebrannt, mit seinen hellblauen Augen und den dunklen kurzen Haaren.

Ich musste an mich halten, denkt sie, *damit ich mich*

nicht auf der Stelle auf ihn stürze. Aber Acedia würde sie umbringen. Alle Männer, mit denen Petra was anfängt, heulen am Ende.

Sie wälzt sich auf die Seite, trinkt einen Schluck und behält den süßen Rotwein ein Weilchen auf der Zunge. Acedia lässt Steine übers Wasser springen. *Fünf, sechs*, zählt Petra in Gedanken mit … siebenmal ditscht der Stein auf.

»Hammermäßig«, ruft sie.

Acedia dreht sich um, streicht sich die verwehenden Haare aus dem Gesicht und grinst.

»Gelernt ist gelernt.« Sie lässt einen weiteren Stein ditschen und ruft über die Schulter: »Hat mir mein Vater beigebracht.«

Und wirfst du auch mit Steinen?, denkt Petra. Anfangs der elften Klasse haben sie und Acedia einander kennengelernt. Auf dem Kant-Gymnasium war Petra zuvor zweimal in der Zehnten sitzengeblieben, beim ersten Mal voll mit Karacho: mit sieben Fünfen und zwei Sechsen. Bis auf einen Kunstlehrer hatten dort alle etwas gegen sie. Natürlich. Ein Mitschüler hatte sogar ihren Geschilehrer belauscht, wie er zu einer Kollegin sagte: »Das Punkmädchen sägen wir ab.« Dr. Jäger, dieser distinguierte Wichser mit seinem sorgfältig gestutzten Bart. Und nachdem Petra auf der Realschule die mittlere Reife nachgeholt hatte, war sie auf Acedias Gymnasium gekommen.

Petra klopft mit einem ihrer tiefrot, fast schwarz lackierten Fingernägel gegen den Rand ihres Weinglases und lauscht den hübschen zarten Tönen. Sie erinnert sich noch gut an die ersten Worte, die sie zu Acedia gesagt hat. Acedia lehnte am Schulhofgeländer, ihr brauner Pferdeschwanz wehte genauso im Wind wie jetzt. Petra stellte sich zu ihr und sagte: »Ich mag deinen Namen.«

Und zum Glück ließ Acedia keine Höflichkeitsfloskel zu ihrem eigenen Namen los. Petra – ein derartig spießiger Name, dass ein Mädchen damit geradezu gezwungen war, Punk zu werden.

»Petra«, sagte Acedia grinsend. »Und? Wirfst du auch mit Steinen?«

»Oh, humanistische Schulbildung.«

Dass Acedia die Bedeutung ihres Namens herleiten konnte, hat ihr imponiert. So freundeten sie sich an. Acedia hat damals noch immer ihrem ersten Freund, Rainer, nachgetrauert, und Petra hat sie getröstet, und gemeinsam haben sie über ihn rumgelästert. Vor allem aber half sie Acedia zu begreifen, was für ein pseudomäßiges Arschloch Rainer in Wirklichkeit war. Im Gegenzug unterstützte Acedia sie dabei, in der Schule die Kurve zu kriegen. Und an den Wochenenden dieses unvergessenen Spätsommers feierten sie wilde Abende mit Disco und Wein, Bier oder Gras, die oft genug in besetzten Häusern oder Schrebergärten endeten.

Von Anfang an hat Acedia ihr damals von ihrem sieben Jahre älteren Bruder Frank vorgeschwärmt, der supergut in seinem Jurastudium war und auch noch toll aussah. Petra hat oft darüber gewitzelt – so lange, bis sie Frank nach drei Wochen selbst kennenlernte. Von da an hat sie verstanden, warum Acedia ihrem Bruder in allem nacheiferte. Frank war ein Gott.

Acedia, die immer noch beim Wasser steht, bückt sich, nimmt eine Handvoll Sand und lässt ihn durch die Finger rieseln. »Auch irgendwie komisch«, ruft sie. »Alle Spielplätze sind wegen Tschernobyl gesperrt, und wir gehen hier barfuß.«

»Pfft …« Petra hebt nur die Schultern und schiebt trotzig die Füße in den kühlen Sand. Dann aber ruft sie zurück: »In Berlin, wo Frank studiert, war es da auch so schlimm mit der Strahlenwolke?«

Acedia kommt zum Feuer zurück, lässt sich auf ihre Luftmatratze fallen und wischt sich den Sand von den Füßen.

»Am schlimmsten war's in Bayern.«

Sie nimmt dicke Äste vom Stapel und schiebt sie nacheinander ins Feuer. Petra nippt an ihrem Wein und überlegt, ob sie noch einmal nach Berlin und Frank und seinem Studium fragen soll, da deutet Acedia auf ihre Haare.

»Sieht gut aus, deine neue Haarfarbe mit den kurzen Spikes, Foxi. Das Henna-Rot, echt besser.«

»Findest du?«

»Mit dem Kajal und den Ohrringen …« Acedia sieht ihr lächelnd ins Gesicht. »Meine schöne Punkfreundin.«

»Das ist doch längst kein Punk mehr.«

»Sondern?«

Petra wedelt mit der Hand über ihre Haare, ihr Schultertattoo und ihre Armreifen. »Keine Ahnung … irgendwie so'n Rest … Punkverschnitt.«

Seit sie mit dem Punkdasein zugleich ihre provokative Inszenierung von Kaputtheit ablegte, denkt Petra, hat sie einen eigenen Stil entwickelt und aus Punk und anderer Mode das kombiniert, was ihr gerade am besten gefällt.

Acedia wendet sich ab und blickt ins Feuer. Das Licht flackert über ihr verträumtes Gesicht und glänzt auf ihren braunen Haaren, der Pferdeschwanz fällt ihr über die Schulter und sie sieht so schön aus, dass Petra für einen Augenblick denkt, sie sei ein kleines bisschen in Acedia verliebt. Gerade hat ihre Freundin wieder einmal gesagt, wie schön sie sie findet. Petra dagegen beneidet Acedia um *ihr* Äußeres: um ihren großen Busen und ihren breiten Mund, um ihr Gesicht, das nur einen Hauch blauen Lidschatten benötigt, um wunderschön zu sein.

Petra zieht ihre Umhängetasche zu sich und wühlt ein Tabakpäckchen heraus. Darin ist auch eine Tüte Gras, und sie klebt Blättchen für einen Joint zusammen. Dabei schüttelt sie den Kopf. Was belastet ihre Freundin nur, dass sie manchmal so versunken sein muss?

»Abitur … wie geil!«, flüstert Petra vor sich hin, vermischt Tabak und Gras und streut es auf die Blättchen. Über dem Wasser erinnert nur noch ein schmaler, heller Streifen an den vergehenden Tag.

Erst jetzt, nach einer Woche, realisiert sie langsam, dass die Schulzeit endgültig vorbei ist. Es wird nicht einmal mehr einen Abiball geben oder eine sonstige spießige Feier. Sie hat keinerlei Grund für einen melancholischen Rückblick auf ihre Schulzeit. Das Einzige, was in ihr ist, ist ein Gefühl riesiger Freiheit. Endlich steht ihr alles offen. Endlich kann sie von zu Hause ausziehen.

»Egal, ob Lehrer, Eltern oder Punks, alle wollen, dass man genauso ist wie sie«, sagt Petra. »Sogar du manchmal, Süße.«

»Ach wo. Ich doch nicht.«

»Aber das will ich nicht«, fährt Petra fort. »Ich will machen, was *ich* will.« Sie rollt den Joint zusammen, fährt mit der Zunge am Rand des Blättchens entlang und klebt es fest, dreht eine perfekt geformte Spitze und sieht, wie Acedia auf den Joint starrt.

»Nur einen kleinen. Hab nicht viel reingetan.«

Sie zieht einen brennenden Ast aus dem Feuer und zündet den Joint an. Dieses Cowboy-Marlboro-Feeling hat sie immer geliebt. Ihr Gesicht wird ganz heiß. Sie inhaliert tief und lange, hustet und gibt den Joint weiter an Acedia, aber die zieht nur einmal kurz und reicht ihn gleich zurück.

»Nicht mit dem Wein.«

»Sei doch nicht immer so vernünftig.«

Aus der Richtung des zweiten Feuers kommen drei schemenhafte Gestalten den Strand entlang. Acedia sieht immer noch nachdenklich und in sich gekehrt aus.

»Ich glaube, ich werde Journalismus studieren.«

»Und was ist mit deinem Roman? Wolltest du nicht gerne Schriftstellerin werden?«

Petra schiebt den brennenden Ast ins Feuer zurück und stochert darin herum. Ein Funkenregen steigt auf, ein paar landen auf Acedias Jeans, und sie schlägt mit der Handfläche darauf.

»Das ist doch alles Traumtänzerei. Davon kann ich doch nicht leben.«

»Journalismus ... warum nicht? Für Politik und Öko-Kram und so hast du dich ja schon immer interessiert.«

Petra greift nach der Gitarre und singt: »Once upon a time there was a school, where we used to go to every day ... Those were the days my friend ...«

Drei Jungen, etwa so alt wie sie, schlendern am Wasser entlang. Während zwei weitergehen, kommt einer mit glatten, blonden Haaren und rotem Gesicht ans Feuer und bleibt stehen. Er singt ein paar Töne falsch mit und lässt sich dann auf den Hintern fallen, so dass Sand auf die Decke rieselt. Petra hört auf zu spielen.

»Kannst du auch was von den Pogues?«, fragt er nuschelnd.

»Du, wir möchten hier eigentlich ein bisschen für uns sein.«

»Okay.«

Die Augen halb geschlossen, wendet er mit dümmlichem Grinsen den Blick von Petra zu Acedia und wieder zurück. Die anderen beiden drehen sich um und nähern sich.

»Hast du für uns auch was zu kiffen?«, fragt er.

Petra fühlt Ärger in sich hochkochen und steht auf.

»Hast du mich irgendwie nicht richtig verstanden, Blondie?«

»Schon gut, Schwester, alles easy.« Er zeigt beschwichtigend die Handflächen.

»Hannes, jetzt komm schon«, ruft einer seiner Freunde.

»Ja, Hannes, geh zu deinen Freunden.«

Der Blonde stemmt sich schnaufend aus dem Sand hoch und stapft schwankend vom Feuer weg. Gleich tauchen er und die beiden anderen in die Dunkelheit ein.

»Die waren ja ätzend«, sagt Acedia.

»Ach … waren doch nur ein paar Jungs.« Petra sieht den schemenhaften Umrissen nach und zündet mit einem brennenden Zweig ihren Joint wieder an. »Da hab ich schlimmere erlebt.«

Ihre Wut klingt langsam ab. Der Wind trägt die grölende Stimme des Blonden herüber.

»Those were the days my friend ...«

Petra inhaliert tief und lange.

»Früher konnte ich nicht verstehen, was an dem Lied so besonders sein soll. Aber jetzt, wo die Jahre vergehen, ist es mir klar.«

Acedia schweigt.

»Was ist mit dir?«

Acedia zuckt mit den Schultern, ohne den Blick zu heben. »Nach dem bestandenen Abi müsste ich eigentlich froh und zufrieden sein, aber ich bin es nicht. Ich fühle mich seltsam leer.« Sie greift nach der Flasche. Rotwein gluckert in ihr Glas hinein. Nun sieht sie Petra an, und das Feuer flackert in ihren blauen Augen. »Dadurch, dass ich mein Abitur hab ... bin ich dadurch jetzt irgendwie ein besserer Mensch?«

»Was redest du da für einen Unsinn, Schatz? Du bist *immer* ein toller Mensch. Du hast eine tolle Familie, zwei Brüder, eine Mutter – und Dirk, einen total süßen Freund. Freu dich doch. Du hast 'nen Superschnitt!«

»Ja, meine Mutter ...« Acedia kaut auf der Unterlippe. »1,5 – was kann ich damit schon werden?«

Petra verdreht die Augen. »Fängst du jetzt wieder mit dem Scheiß an?«

Tags zuvor hat Acedia schon einmal lamentiert, ein Notenschnitt von 1,5 sei viel zu schlecht, damit könne sie nicht studieren, was sie wolle. Da hatte Petra das noch für einen Scherz gehalten. Sie schüttelt den Kopf.

Acedia spinnt, was soll sie, Petra, denn erst sagen, mit ihrem lahmen Schnitt von 2,7?

Als hätte sie Petras Gedanken erraten, sagt Acedia: »Ich muss mir alles hart erarbeiten. Du schaffst sowieso alles. Du bist hundertmal intelligenter als ich, Foxi. Du bist nur faul.«

Petra hebt die Schultern. »Ach was ...«

»Das ist wie bei Frank. Dem fällt auch alles zu.«

»Wie kommst du darauf? Wie ich das seh, muss der ganz schön ackern.«

»Dass Frank einfach alles kann, hab ich schon als kleines Kind gemerkt«, erzählt Acedia. »Als ich vier war, war er elf, das war für mich richtig groß – wie erwachsen. Er hat sogar schon bei Freunden übernachtet. Und wenn im Radio Lieder kamen, in so einer fremden Sprache, dann erklärte Frank mir, was es damit auf sich hatte. Das war Englisch. Und er konnte die Sprache verstehen.«

Petra erhebt sich abrupt und geht ums Feuer herum. Sie hat diese Geschichte schon oft gehört, unterbricht Acedia aber nicht. Sie wendet den Blick zum Meer und kann kaum noch erkennen, wo Himmel und Wasser einander berühren. Acedia erzählt hinter ihr, sie habe damals begriffen, dass Englisch von Leuten gesprochen wurde, die weit, weit weg wohnten, in Amerika; das musste wohl ein ganz besonderes Land sein. Ihre Rede verweht, die nächtlichen Wellen rauschen laut und drängend, und auf einmal erheben sich daraus Stimmen, die zu Petra wispern, hunderte, so wie in einer riesigen Bahnhofshalle. Sie fährt zusammen. Eieijei, was ist denn das für ein Gras? Sie zwingt sich, ganz langsam auszuatmen, und findet in die Realität zurück. Das kann sie.

»Warum vergleichst du dich ständig mit deinem Bruder?«, ruft sie über das Feuer hinweg. »Du bist du. Raff das mal.« Sie geht zu ihrer Freundin und setzt sich neben sie auf die Luftmatratze, legt einen Arm um ihre Schulter und zieht sie an sich.

»Frank ist sieben Jahre älter. Dass er da immer mehr konnte als du, ist doch wohl logisch, oder? Als Kind mag dir das ja nicht aufgefallen sein, aber jetzt bist du erwachsen und solltest differenzieren können.«

Acedia hat ihren Kopf gegen Petras gelehnt, und so sitzen sie nebeneinander und starren schweigend ins Feuer, und Petra streichelt Acedias Haare und genießt den Duft ihres Shampoos, warm und ganz leicht wie Honig. Sie nippt an ihrem Rotwein. Brandgeruch sticht ihr in die Nase.

Ein Ast sackt zusammen und wieder stieben Funken, die Glut knackt und zischt und zieht Petras Gedanken hinein. Äste krümmen sich und sinken ein, und die golden emporschießenden Flammen zeigen ihr wilde Formen von Gesichtern, die verflackernden Münder weit aufgerissen, schemenhafte Gestalten stürzen aus brennenden Fensterlöchern, ihr Herz schlägt plötzlich schneller, und in diesem erschreckenden Augenblick vergisst sie vollkommen …

Acedia hält sich gegen ein riesiges Gähnen die Hand vor den Mund.

»Ich glaub, ich hau mich hin.«

Sie klemmt ihre Decke und die Luftmatratze unter den Arm und kriecht auf allen Vieren ins Zelt. Petra sieht ihr einige Sekunden verwirrt nach, ihr Herz wummert. Dann schüttelt sie den gerade gefühlten Horror entschlossen aus dem Kopf und stapft hinter Acedia her. Sie setzt sich neben ihr auf den Zeltboden und dreht sich eine Zigarette.

»Meine Güte, diese Seeluft macht echt müde«, sagt Acedia, »dabei ist es erst …«, sie sieht auf die Uhr, »… na ja, immerhin schon halb eins.«

»Du musst niemandem irgendetwas beweisen, Acedia. Du wirst genau das finden, was du suchst. Das weiß ich.«

»Ja.«

»Nee, nicht einfach nur ›ja‹ jetzt. Ich mein das ernst.«

Acedia lächelt. Sie löst das Gummi aus ihrem Pferdeschwanz, streicht die Haare auseinander und kriecht in den Schlafsack.

»Ich komm auch bald«, sagt Petra. »Ich mag das ganz gern, so allein aufs Wasser zu sehen.«

»Machst du noch das Feuer aus?«

Petra nickt.

Bevor sie einschläft, reckt Acedia sich hoch. Sie gibt Petra einen Kuss auf die Wange, mümmelt sich in ihren Schlafsack und murmelt: »Ich hab dich sooo lieb.«

Acedia macht die Augen zu. Kurz darauf schnorchelt sie leise vor sich hin. Sie zuckt noch zweimal mit den Beinen. Dann schläft sie richtig.

Petra sieht die schlafende Acedia an. Auch wenn sie nur zwei Jahre auseinander sind, hat sie oft das Gefühl viel älter zu sein. Ihre Freundin ist etwas Gutes, etwas Wunderbares, das sie beschützen muss. Sie streicht ihr vorsichtig eine Strähne aus dem Gesicht und kriecht aus dem Zelt, hängt sich eine Jacke über die Schultern und schiebt sich die unangezündete Zigarette zwischen die

Lippen. Der Horror der Feuerbilder von eben flackert noch in ihr, und um sich zu beruhigen, schlendert sie ein Stückchen am Wasser entlang. Gedankenfetzen treiben ihr durch den Sinn. Ihre damaligen Schulnoten, all die Fünfen und Sechsen. Ihr Geschilehrer Dr. Jäger, der ihr einmal im Pausenraum zugesehen hat, wie sie gegen einen Mitschüler Blindschach spielte. Und ausgerechnet dieser Kerl hat später gesagt, er würde sie absägen. Ein solches Arschloch nannte sich Pädagoge. Völlig unfähig, ihr Potential zu erkennen.

Sie geht langsam zurück und setzt sich neben das Feuer. Der Mond hängt als dünne zunehmende Sichel über dem Meer. Ein leichter Nachtwind streicht über ihre bloßen Unterarme, und sie dreht an ihren Armreifen. Das Feuer brennt nieder.

Und ihre Mutter? Hat sie nicht verteidigt, sondern nur große Töne gespuckt: »Diesen Lehrern werden wir es zeigen. Ich geh zum Direktor.« Ihre Mutter. Petra stößt spöttisch die Luft aus. Die ebenso wie ihr Vater schon seit ewigen Zeiten ein Alkoholwrack ist. Petra blickt über die Schulter zum Zelt und runzelt die Stirn. Ist Acedia denn gar nicht klar, was für eine wunderbare Mutter *sie* hat? Die sie in allen schulischen Dingen unterstützt?

Aber so ist das wohl, wenn man aus einem wohlhabenden Elternhaus kommt und solch gute Startchancen hat. Dann nimmt man das alles als gegeben. Was hat Acedia, bitte schön, für einen Grund an sich zu zweifeln?

Petra streicht über die Saiten der neben ihr liegenden Gitarre, und die Töne verklingen schnell. Für Menschen wie sie dagegen war der Grat sehr schmal. Sie denkt daran, wie sie einmal einem Polizisten die Nase gebrochen hat.

»Wenn die dich damals erwischt hätten, Petra«, flüstert sie. »Das hätte alles verändern können.«

Sie überlegt plötzlich, ob sie Jura studieren soll, und bekommt einen Kicheranfall. *Das wäre was, ich als Richterin.* Sie hebt ihr Weinglas und prostet dem Mond zu. *Im Namen der Punkheit.*

Jetzt erst zündet sie sich die Zigarette an. Gut, dass ihre Punkzeiten vorbei sind. Ob sie Blondie vorhin wohl eine reingedonnert hätte, wenn er nicht abgehauen wäre? Wahrscheinlich nicht. Sie nippt an ihrem Wein. Aber ganz sicher ist sie sich nicht. Sie kichert wieder. Die Wellen rauschen, und sie lässt ihre Gedanken treiben. Petra raucht und sieht auf das schwarze, kalte Wasser.

1,5 ist zu schlecht?, denkt sie. *Süße – sei nicht so blöd.*

Ich gebe Ihnen mein Ehrenwort

Für einen Moment war ich verwirrt und glaubte, die Schule sei abgeschlossen. Ich stemmte mich mit der Schulter gegen die massive Eichentür, lehnte das gesamte Gewicht meines Körpers dagegen und schob sie auf. Die Vorhalle war menschenleer. Ich eilte an hohen Vitrinen vorbei, in denen alte Uhren ausgestellt waren. Der Unterricht musste schon lange begonnen haben.

Diese Vitrinen hatten gestern noch nicht dagestanden. Ich blieb stehen und sah mein geisterhaft durchscheinendes Spiegelbild in einer der Scheiben: Meine Haare standen wirr ab, die Augen waren müde und ungeschminkt. Während ich hinter den Kopf griff und meinen Pferdeschwanz festzurrte, beugte ich mich vor und betrachtete die Uhren genauer. Viele waren auseinandergebaut und offenbarten ihr messingglänzendes Räderwerk. Ihre Zeiger standen auf halb zehn. Ich erschrak. Hatte ich die erste Stunde verschlafen? Dabei war ich erschöpft, als hätte ich Säcke voller Steine geschleppt. Halb zehn? Die Uhren mussten falsch gestellt sein.

Ich hob den Kopf und lauschte. Hinter fernen Türen erklang Schülergemurmel. Die gebohnerten hellgrauen Fliesen glänzten unwirklich. Ich ging zögernd ein paar Schritte. Meine bloßen Fußsohlen patschten auf dem Boden, und während ihr Echo sich in den leeren Gängen verlor, versuchte ich mich daran zu erinnern, wo gerade Unterricht war. Ich stellte meine Schultasche auf den Fliesen ab und kniete mich davor, um den Stundenplan herauszusuchen. Erst jetzt erkannte ich, dass auch meine Beine nackt waren; vor lauter Eile hatte ich keine Hose angezogen.

Da schrillte plötzlich mit UNERTRÄGLICH BLECHERNEM Rasseln viel zu früh die Schulglocke, die erste Stunde konnte noch keinesfalls zu Ende sein. Ich starrte verwirrt in die dunkle Höhlung der Schultasche, nur mein Stundenplan war darin. Weder hatte ich meine Bücher dabei noch irgendwelche Hausaufgaben erledigt. Wieder klingelte

2

der Wecker. Ich riss die Augen auf, schob das Kopfkissen weg und sah auf die Uhr. Halb zehn. Ich stemmte mich im Bett hoch und rieb mir mit den Handflächen über die Wangen. So ein Mist. Vier Stunden hatte ich geschlafen, fast viereinhalb.

In der Nacht zuvor hatte ich bis fünf Uhr an meiner Semesterarbeit über *Waterkantgate* gesessen, der Barschel-Affäre und ihren Folgen. Und heute hatte ich um neun aufstehen wollen. Ich setzte mich auf die Bettkante, wischte mir die Haare aus dem Gesicht und griff nach meinem elektrischen Wecker. Er hatte geklingelt, sogar mehrmals.

Ich sah im Zimmer umher, meine Wimpern fühlten sich schwer und verklebt an, als hätte ich Reste von Mascara darauf. Auf meinem Tisch, dem Schreibtisch und beiden Stühlen häuften sich Zettel und Bücher. Ich rieb mir den verspannten Nacken. Seit drei Wochen arbeitete ich von morgens bis weit nach Mitternacht an dem Aufsatz, und mein Zimmer versank tiefer und tiefer in Unordnung. Ich hatte alle »Spiegel« durchgelesen, die im vergangenen Herbst die Barschel-Affäre ausgelöst hatten, und massenhaft Artikel aus Zeitschriften und Büchern; aber ich schaffte es bisher nicht, einen schlüssigen Aufbau zu formen. Gestern war ich sogar beim Lesen eingenickt.

Mit schweren Beinen schlurfte ich durch den langen Flur in die Küche. Petra war schon los zur Uni, hatte mir aber zwei Brötchen dagelassen. *Foxi, du bist ein Schatz*, dachte ich, stopfte ein halbes Brötchen mit Kirschmarmelade in mich hinein, zog die Joggingsachen an und griff nach dem Walkman.

Kurz darauf trabte ich die vier Stockwerke nach unten, über die Straße, unter den Ahornbäumen entlang zum nahen Sportplatz der Schillerschule. Die Aschenbahn lag im Schatten vorbeiziehender Wolken. Eine ältere Frau in einem gelben T-Shirt, der ich hier jeden Morgen begegnete, überholte mich und grüßte. Ich lief nur zwei Runden und kaufte mir in dem türkischen Kiosk an der Ecke die Morgenzeitung.

Zurück in der Wohnung massierte ich mir den Nacken und drehte in großen Kreisen den Kopf. Das Joggen hatte die Verspannungen kaum gelöst. Ich setzte Kaffee auf und trottete unter die Dusche. Während ich Shampoo in den Haaren verteilte, grübelte ich über Ballhaus nach, den Manager des Kosmetik-Konzerns Schwarzkopf, und seine Verbindungen zu Barschel und Reiner Pfeiffer. Ich spülte die Haare aus und rubbelte mich trocken. Musste ich die Rolle von Ballhaus noch genauer recherchieren? Das Make-up ließ ich wieder ausfallen; außer Petra sah mich ohnehin niemand.

Als ich in Jeans und T-Shirt die Küche betrat, roch

sie nach Kaffee. Ich schaltete das Radio an, beschmierte die zweite Brötchenhälfte mit Marmelade und ging mit einem Becher Kaffee auf den Balkon. Zwischen den Wipfeln der Ahornbäume hindurch sah ich den Sportplatz, der jetzt in praller Sonne lag. Die Nachrichten berichteten von einem Feuer auf einer Ölplattform östlich von Schottland. Die Frau im gelben T-Shirt drehte weiter ihre Runden.

Ich lehnte mich ans Geländer, schlürfte Kaffee und blätterte die Zeitung auf. Bruce Springsteen in Ostberlin. Immerhin, bei der Annäherung zur DDR tat sich was. Heute war Mittwoch – verblüfft wippte ich auf den Zehen. Wieso war heute schon Mittwoch?

Das Brötchen drückte in meinem Magen, ich schob das Shirt hoch, massierte vorsichtig mit den Fingerspitzen die Bauchdecke und ging in mein Zimmer. Neben der elektrischen Schreibmaschine lagen drei, vier bereits spärlich beschriebene Seiten. Wenigstens prangte schon ein Titel darauf: »Die Rolle der Presse in der Barschel-Affäre – Ethik in den Medien«.

Von letzter Nacht steckte noch ein weißes Blatt in der Schreibmaschine. Ich setzte mich davor, schaltete sie an und starrte vor mich hin. Auf einem Stuhl stapelten sich Artikel über Barschel und Pfeiffer aus Zeitungen, die ich in der Uni-Bibliothek kopiert hatte. Die »Spiegel« waren auf den Dielen vor dem Bücherregal ausgebreitet, daneben der »Stern« und andere Magazine. Vor dem alten, von Frank ausrangierten Schwarzweiß-Fernseher lagen Videokassetten mit Sendungen zur Affäre.

Ich stellte den Becher auf einen Papierstapel und zwang den Blick auf das weiße Blatt. Meine Haare waren mittlerweile trocken. Ich band sie zu einem Pferdeschwanz und legte die Finger auf die Tasten. Was mir seit Tagen fehlte, war ein guter Einleitungssatz. Meine Gedanken drifteten von Barschel zur Lehne des Sessels am Fenster. T-Shirts und ein Kleid hingen darüber; nicht mal meine Klamotten räumte ich mehr weg.

Ich nahm einen großen Schluck Kaffee und kratzte mir mit meinem Bleistift den Kopf. Aus dem Stapel neben der Schreibmaschine wühlte ich den Zettel heraus, auf dem ich eine Struktur der Arbeit skizziert hatte, ging ans Fenster und öffnete es. Ich blinzelte und unterdrückte ein Gähnen.

Unten auf dem Bürgersteig gingen zwei kleine Mädchen mit Eistüten. Was wusste ich bisher über Reiner Pfeiffer? Seine anonyme Anzeige gegen Engholm wegen Steuerhinterziehung. Dann die Detektive, die er angeheuert hatte, um in Engholms Privatleben dunkle Stellen zu finden. Deren Bezahlung hatte angeblich Barschels Freund Ballhaus übernommen. In einem Hauseingang gegenüber hockte eine graue Katze und sah den Eis schleckenden Mädchen nach.

Ich raffte die T-Shirts und das Kleid von der Sessellehne, packte sie aufs Bett und setzte mich. Ob das dünne Kleid bei dieser Wärme angenehmer war als Jeans und T-Shirt? Nein, nein. *Lass dich nicht ständig ablenken.*

Außerdem war da noch Pfeiffers Anruf im Hause Engholm, bei dem er sich als ein »Dr. Wagner« ausgab und behauptete, Engholm habe AIDS. Ich rutschte im Sessel nach unten und klopfte mir mit dem Radiergummi am Ende des Bleistifts gegen die Zähne. AIDS …

Wie sollte ich all diese Fakten in meine Arbeit einordnen? Seit Tagen wälzte ich sie hin und her. Ich hob das Blatt mit der Struktur meiner Arbeit vor die Augen und es schien nur ein sinnleeres Diagramm zu zeigen.

Das Telefon klingelte.

3

Am späten Nachmittag knallte die Wohnungstür, Petra kam aus der Uni. Ich stemmte mich aus dem Schreibtischstuhl hoch und ging zu ihr in die Küche.

»Da hat jemand zwei Mal für dich angerufen. Hat nicht seinen Namen genannt.« Sie hockte vor dem Kühlschrank und wühlte klappernd darin herum.

»Ach, das ist bestimmt dieser Idiot aus dem zweiten Semester. Der will unbedingt, dass ich ihm ein Buch bringe. Der soll sich sein Scheißbuch selber holen. Ich bin keine Laufbürschin.«

Ich trottete an meinen Schreibtisch zurück, stand eine Minute mit hängenden Armen da und nahm mir dann einen Artikel zum Untersuchungsausschuss im Kieler Landtag vor. Ich setzte mich, stützte das Kinn auf die Hand und schrieb Anmerkungen an den Rand. Die Sonne wanderte ins Zimmer herein und heizte es mehr und mehr auf. Auf der Suche nach einem Radiergummi ließ ich den Blick umherschweifen. Was für eine ätzende Unordnung.

Plötzlich brüllten AC/DC aus Petras Zimmer herüber – ich zuckte zusammen und Ärger schoss in mir hoch, aber bevor ich aufstehen konnte, stellte sie schon leise. Ich lehnte die Tür an, nahm den Artikel und das weiße Blatt für die Textentwürfe und verzog mich aus der Sonne in die hintere Ecke aufs Bett.

Ein Blick auf die Uhr, ich presste die Lippen aufeinander. Wieder war eine Stunde vergangen, und ich hatte keine Zeile zu Papier gebracht. Und dann diese Wärme. Das weiße Blatt … ich sah darauf … das weiße Blatt … und versank in

(… schnell sie wieder aufzustehen)

Gedankenleere. Mein Fuß zuckte, ich schrak hoch.

Was waren da eben für sinnlose Worte durch meinen Geist getrieben? War ich eingedöst? Ich wischte mir übers Gesicht.

Fünf Minuten Pause.

Ich setzte neuen Kaffee auf und ging zu Petra ins Zimmer, den Artikel in der Hand. Süßlich beißender Geruch von Aceton hing in der Luft. Petra saß auf dem Bett und lackierte sich die Fußnägel. Unter ihren Fersen lag eine alte Ausgabe der »Emma«.

»Wie findest du das Rot?«, fragte sie.

»Schön …«

Petra schraubte das Nagellackfläschchen zu, schüttelte es und deutete auf ein Paar jeansblaue Pumps, die vor ihrem Kleiderschrank nahe der Tür standen.

»Hab ich mir heute nach der Vorlesung gekauft. Ich hab gedacht, du hast sowieso keine Zeit, mit mir durch die Läden zu ziehen.«

»Nee, leider.«

Mein Blick schweifte von den Pumps durch Petras Zimmer: zu der altmodischen Borte, die sie in Kopfhöhe auf die Tapete gemalt hatte, zu dem Blumenstrauß auf ihrem Tisch, ihren ordentlich an einem Ständer aufgehängten Halsketten, ihrem Schachcomputer. Auf der Fensterbank neben dem Blumentopf mit ihrer

Marihuanapflanze lag ein Lehrbuch, dessen Titel ich von hier aus nicht lesen konnte, aber ich wusste, dass es ein Werk über Strafrechtsgeschichte war.

Ich verglich in Gedanken ihre penible Ordnung mit dem Chaos bei mir und fragte mich, wer von uns beiden eigentlich eine Vergangenheit als Punk hatte. Jetzt erinnerte nur noch ihre hennarote Frisur mit den kurzen Stacheln daran. Sie hob den Kopf. Wenigstens trug sie noch den süßen Silberring im Nasenflügel. Auch wenn er für eine Jurastudentin vielleicht nicht angemessen war.

Petra beugte sich zu ihrem Sessel und nahm einen Jeansrock beiseite, aber ich blieb in der Tür stehen.

»Ich hab neuen Kaffee aufgesetzt, Foxi.«

»Cool.«

Ich wedelte matt mit meinem Artikel über den Untersuchungsausschuss. »Das ist vielleicht eine Menge Info. Ich weiß gar nicht, wo ich anfangen soll.«

Ich hockte mich vor ihren Schrank, griff nach den neuen Pumps und drehte sie in den Händen. Petra trug einfach immer, was sie wollte. Ich dagegen überlegte bei jedem Schuhkauf, wie hoch die Absätze sein durften, damit dies noch als emanzipiert durchging. Tja …

Ich wies mit dem Kopf auf ihre Zehennägel. »Du hättest dir vorne offene Pumps kaufen sollen.«

»Aber Schatz, ich lackier die doch nicht für andere, sondern für mich selbst. Wenn ich abends vor meinen Büchern hänge, macht es mir Spaß, nebenbei meine hübschen Zehen zu bewundern.«

Das schlürfende Geräusch der Kaffeemaschine verstummte. Der Kaffee war durchgelaufen. Zur Zeit schaffte ich es gerade noch, mir die Haare zu waschen. Dann noch die Nägel lackieren, obwohl es außer mir niemand sah?

Ich ging in die Küche und murmelte über die Schulter: »Deine Zeit möchte ich haben.«

»Werd nicht frech, Süße«, rief Petra mir nach. »Ich muss auch viel lernen. Aber man muss auch an sich selbst denken. – Und du siehst meine Zehen ja auch.«

Ich füllte den Kaffee in die Thermoskanne und trug sie in Petras Zimmer zurück.

»Und Manuel sieht sie auch.«

Petra ließ sich Kaffee einschenken und lachte. »Ja, klar. Ausgerechnet Manuel. Seit wann haben Männer einen Sinn dafür, wenn Frauen sich schön machen? Wenn ich Manuel meine lackierten Nägel zeige, sagt er grundsätzlich: ›Schick!‹. Da könnte ich auch kackbraun drauf haben.«

Ich stimmte in ihr Lachen ein und für einen Augenblick wurde alles leicht und weit. Männer. Das unendliche Thema.

»Übrigens ...«, sagte Petra und nippte an ihrem Kaffee, »er möchte gerne mit mir zusammenzuziehen.«

»Du willst mich doch wohl nicht verlassen.«

»Keine Angst, Süße. Wir sind ja erst ein Dreivierteljahr zusammen. Das ist mir noch zu kurz.« Sie sah mich an. »Und wie kommst du bei Klaus voran? Oder er bei dir?«

Das Telefon klingelte.

»Da gibt es kein Vorankommen«, sagte ich und ging in den Flur. »Ein fester Freund passt zur Zeit absolut nicht in meine Pläne.«

Ein Kollege aus dem Copyladen, in dem ich zwei Mal pro Woche jobbte, war am Telefon und fragte, ob ich kommenden Freitag seine Schicht übernehmen könne. Ich verneinte kurz angebunden und knallte den Hörer auf. So ein Blödmann. Bei der letzten Ladenbesprechung hatte ich doch lang und breit erklärt, dass ich während meiner Semesterarbeit nicht zur Verfügung stehen würde. Dieser dauernde Kleinscheiß zwischendurch. Ich stampfte wieder in mein Zimmer.

»Ist meine Arbeit nicht stressig genug?«

Meine Armbanduhr zeigte halb sieben, fast eine Viertelstunde hatte ich bei Petra rumgehangen. Oh, Mann. Ich kehrte zu dem Untersuchungsausschuss im Kieler Landtag zurück, hockte mich auf die Kante des Schreibtischstuhls und wieder legte sich Schwere auf meine Schultern. Während ich ein Buch aufschlug, dachte ich übergangslos an meinen kleinen Bruder Oliver, wie er als Baby in einer Wiege lag.

Konzentrier dich, Acedia.

Ich schob das Buch so heftig gegen den Kaffeebecher, dass er an die Tischkante rutschte. Was war los mit mir? Warum ließ ich mich von irgendwelchen banalen Erinnerungen aus den Tiefen meines Gedächtnisses ablenken?

Ich trank einen Schluck, schmeckte den bitteren Kaffee auf den Lippen und starrte auf die ersten Worte des Artikels. Der Untersuchungsausschuss wurde von Trutz Graf Kerssenbrock geleitet, diesem jungen Abgeordneten der CDU. Ob die blaue Wiege noch bei uns auf dem Dachboden stand? Oder hatte Mama sie weggegeben? Barschels Fahrer und seine Sekretärin hatten im Ausschuss ausgesagt, Barschel habe sie gedrängt, falsche Aussagen in der Affäre zu machen. Ich sah kopfschüttelnd durch das Fenster auf den blauen Himmel.

Kurz vor acht schaltete ich die Tagesschau an. Ich schob den Fernseher ein Stückchen zur Seite, damit die Abendsonne sich nicht im Monitor spiegelte. Umweltminister Töpfer kritisierte die Sicherheit beim Genehmigungsverfahren des schnellen Brüters in Kalkar. Der amerikanische Brandspezialist Red Adair bekämpfte das Feuer auf der Ölplattform in der Nordsee.

Meine Hände wurden kalt. Während ich mit halbem Ohr auf die Nachrichten hörte, schrieb ich Notizen zum eben Gelesenen. Ich korrigierte mit dem Radiergummi am Ende des Bleistifts und er zog hässliche Schlieren übers Papier.

Scheiße, Scheiße! Meine Finger krallten sich um das Blatt.

»Puuh«, rief ich, »puuh«, lief ans offene Fenster und klatschte mit der Handfläche drei-, viermal auf die Fensterbank. Ich sog die Abendluft ein und strich das Papier wieder glatt. Hinter den Dächern ging die Sonne unter.

»Ich kann nicht mehr«, tönte eine seltsam fremd klingende Stimme aus mir heraus.

Natürlich kannst du noch. Hör auf mit dem Scheiß!

Verwirrt von der Plötzlichkeit meines Ausbruchs, setzte ich mich an den Schreibtisch zurück, strich mit den Handflächen über die Oberschenkel und atmete langsam und tief ein – und aus – ein – und aus. In der Küche klapperte Petra mit Tellern und Besteck. Nach einer Weile drang süßlicher Geruch von Gras in mein Zimmer. Dann das Geräusch der aufgehenden Tür.

»Hast du das Schreiben von der Hausverwaltung gelesen?«, fragte Petra hinter meinem Rücken. »Wir müssen uns endlich mal um die fehlerhafte Heizkostenabrechnung kümmern. Liegt in der Küche.«

Gleich verspannten sich meine Schultern. Ich blätterte durch meine Papiere, versuchte einen Gedankengang zu behalten und wandte mich um. Sie lehnte im Türrahmen und zog an einem Joint.

»Hast du jemals einen Bleistift gehabt«, fragte ich lauter als beabsichtigt, »an dem der Radiergummi vernünftig radiert? Scheiße! Der verschmiert nur alles.«

Petra ließ den Rauch langsam ausströmen, er kräuselte sich vor ihrem halboffenen Mund.

»Vielleicht solltest du mal 'ne Pause machen.«

»Hab ich doch – vorhin.«

»Ich mein 'ne richtige Pause. Ein paar Stunden.«

Ich wandte mich wieder meiner Arbeit zu und schüttelte wortlos den Kopf.

»Mach dich nicht fertig, Süße«, sagte sie. »Du hast bisher noch jede Prüfung bestanden.«

Ich schnaubte. *Na prima.* Dann hatte ich ja keinen Grund, so kaputt zu sein.

Sie zog die Tür zu und sagte dabei: »Du warst eigentlich auch dran mit Geschirrspülen.«

Ja, Mama! Vielen Dank für die Information.

Ich hob einen der »Spiegel« vom September 1987 vom Boden vor dem Bücherregal auf und setzte mich damit ans offene Fenster. Eine Pause machen? Der Zug rollte. Hatte Petra eine Ahnung, wie viel Kraft es mich gekostet hatte ihn anzuschieben? Ich konnte ihn jetzt nicht einfach anhalten lassen. Dann brauchte ich wieder Tage, um reinzukommen. Ich schob eine Strähne meines Pferdeschwanzes zwischen die Lippen.

Den »Spiegel« halbwegs konzentriert durchzuarbeiten, würde ich ja wohl noch schaffen. Manchmal nervte es, eine Lerche zu sein. Ein ums andere Mal verloren meine Augen die Zeile. Mühevoll hielt ich mich

(Dank meiner Stufen …)

wach.

Ich schreckte aus einem Sekundenschlaf hoch. Was waren da wieder für sinnlose Worte durch meine Gedanken getrieben? Petra kam ins Zimmer. Sie legte einen großen, neuen Radiergummi auf meinen Schreibtisch und ging wieder.

Eine halbe Stunde nach Mitternacht hatte ich den toten Punkt überwunden. Jedes Zeitgefühl verschwamm. Von Übermüdung berauscht, hockte ich mich vor die Schreibmaschine und schaffte in einem Rutsch die Einleitung.

Um Viertel vor vier schlüpfte ich in mein Nachthemd, und als ich ins Bett stieg und das Licht löschte, liefen Begriffe und ganze Sätze vor meinem inneren Auge weiter. Ich knüllte das Kissen unter meinem Kopf zusammen, und mein Blick irrte zur dunklen Silhouette der Schreibmaschine. Aus den Labyrinthen meines Unbewussten wand sich die Furcht herauf, ich hätte nur substanzloses Gelaber geschrieben. Ich schob die Bettdecke von mir, aber die auf meinen Atem drückende Beklemmung löste sich nicht.

»Alles okay«, flüsterte ich in die Dunkelheit.

Der Wecker schrillte mich aus dem Schlaf. Ich schlug die Augen auf, starrte eine Minute lang reglos an die Zimmerdecke und ließ das Echo eines weiteren Traums von der Schule, von endlosen Gängen und nicht gemachten Hausaufgaben in mir verklingen. Ich wälzte mich auf den linken Ellenbogen und richtete mich halb auf. So blieb ich erst mal.

Als ich an den näher rückenden Abgabetermin dachte, legte sich sofort wieder eine Klammer um meine Brust. Ich griff nach der Uhr. Ich hatte doch fast eine Stunde länger geschlafen; warum fühlte ich mich zerschlagener als am Morgen zuvor?

Du hast noch zwei Wochen Zeit!

Gähnend streifte ich mein Nachthemd ab. Auf dem Bord warteten meine Joggingsachen und auf der Fensterbank daneben die Bücher für die Politikklausur. Dafür sollte ich auch noch anfangen zu lernen. Statt weniger wurde die Arbeit mehr und mehr. Heute Morgen würde ich mich jedenfalls nicht um den Sportplatz quälen.

Ich zog irgendeine Jeans und ein T-Shirt über, schlurfte in die Küche, schmierte mir ein Brötchen und setzte Kaffee auf. Während er durchlief, trat ich auf den Balkon und trommelte mit den Fingern auf dem Geländer. Drüben auf dem Sportplatz drehte die Frau im gelben T-Shirt schon ihre Runden. Musste die Politikklausur warten? *Natürlich* musste sie warten. Die Arbeit an Barschel zu unterbrechen, wäre absolute Zeitverschwendung.

Halt dich an den Plan.

Auf dem Küchentisch drohte das Schreiben der

Hausverwaltung. Ich goss Kaffee in meinen Becher und stand mit hängenden Schultern da. Schmutziges Geschirr stapelte sich auf der Fläche neben der Spüle. Immerhin hatte Petra einen Teil davon abgewaschen. Den Rest würde ich am Wochenende machen. Spätestens. Teller, Töpfe, ein verklebtes Nudelsieb, eine angebrannte Pfanne.

»Oh Mann.«

Heute musste ich noch einmal den »Stern« lesen – aber mein Zimmer nervte zu sehr. Ich raffte meine Unterlagen zusammen und schleppte sie auf den Balkon. Auf dem »Stern«-Titel lag der tote Barschel in der Badewanne. Mein Blick schweifte über den Hinterhof. Ich rieb mir den schmerzenden Nacken und dachte daran, wie ich von Barschels Tod erfahren hatte.

An dem Abend hatte ich mich mit meinem damaligen Freund Dirk zum Pizzaessen getroffen. Ich erinnerte mich sogar noch daran, wie mein Finger über die Speisekarte gewandert war, und während ich gegrübelt hatte, ob ich eine Pizza mit Artischocken nehmen sollte oder lieber eine mit Anchovis, hatte Dirk nebenbei gesagt: »Hast du eigentlich gehört, dass Barschel tot ist?«

»Was?«

»Ertrunken – in einer Badewanne. Wahrscheinlich Selbstmord.«

Ich ließ die Speisekarte sinken. »Du spinnst doch.«

Dirk hatte nur im Autoradio das Ende einer Sondermeldung aufgeschnappt; er wusste kaum etwas. Ich starrte zu einer Zeitung, die an einem Pfosten beim Tresen hing. Natürlich konnte darin noch nichts zu Barschels Tod stehen. Auch wenn er mir als Politiker immer suspekt gewesen war, fühlte ich mich seltsam berührt, aber als ich Dirk wieder genau zuhörte, hatte er bereits das Thema gewechselt und von einer Dokumentation über Wale erzählt.

Ich blinzelte gegen die Sonne, trank einen Schluck Kaffee und stellte den Becher so unbedacht auf die Geländerkante, dass er mir schwappend entgegenfiel. Meine Hand zuckte hin, und ich schob ihn zurecht, wischte mir Kaffee vom Oberschenkel. Vor sechs Wochen hatten Dirk und ich uns getrennt.

Dabei war die erste Zeit wunderbar gewesen. Wir hatten einander wirklich geliebt. Er war so viel aufmerksamer gewesen als Eule – und vor allem als Rainer, das Arschloch. Aber nach zwei Jahren spürten wir beide, wie die Liebe weniger wurde und weniger und schließlich einfach – verschwand.

Ich schob den Campingstuhl in den Schatten zurück, schlug den »Stern« auf und zwang mich zu lesen. Zu Uwe Barschels mysteriösem Tod im Genfer Hotel Beau-Rivage würde ich sämtliche Spekulationen weglassen und mich stattdessen nur mit den juristischen und ethischen Aspekten der Veröffentlichung befassen.

Im Frühjahr hatte Dirk zum Studieren nach Berlin gewechselt und dort eine andere kennengelernt. War wohl echt besser so. Wir waren doch zu unterschiedlich. In letzter Zeit hatte er auch noch von Kindern angefangen. Oh Mann, Kinder – das passte nun wirklich nicht in meine Pläne. Nach meinem Magister wollte ich einige Jahre als Journalistin nach Madrid oder Rom gehen. Vielleicht sogar nach New York.

»Acedia! Konzentrier dich.«

Ich sah auf das Bild des toten Uwe Barschel. Dieser Mann war eine Metapher für menschliches Scheitern durch Ehrgeiz. Wie konnte es angehen, dass Menschen wie er ihrer Karriere alles andere unterordneten? Gab es kein inneres Signal, das ihn gewarnt hätte? Ich trommelte mit dem Bleistift auf die Seite und begann den Artikel von vorn. Das Telefon klingelte.

Nein, nein, nein.

Ich blickte zur Balkontür und wieder zurück auf die Zeilen und ließ es klingeln. Es klingelte. Ich las die Worte – hör auf zu klingeln! –, doch sie ergaben keinerlei Sinn. Nach dem zehnten Klingeln sprang ich auf und rannte in den Flur, wo das Telefon auf einer alten Weinkiste stand, aber als ich die Hand zum Hörer ausstreckte, verstummte es.

»Puuh«, entfuhr es mir, und es war nicht nur ein einfaches Stöhnen, sondern ein dumpf rasselnder Laut, der sich aus den Tiefen meiner Lunge heraufquälte. Ich ging ins Bad, warf mir Wasser ins Gesicht und stützte die Unterarme auf den Waschbeckenrand. Mein Spiegelbild sah mich an, die Wangen blass, die Augen glanzlos.

Weitermachen.

Im Zurückgehen schaltete ich das Küchenradio ein. Die Käserinde vom Frühstück lag noch auf dem Tisch, und ich ließ den Mülleimerdeckel aufklappen. Joghurtbecher und eine leere Raviolidose drückten sich hoch.

Den Müll muss ich heute auch noch runterbringen.

Alle Kraft floss aus mir hinaus – mein Herz wummerte, und ich bekam keine Luft mehr. Sank rücklings auf einen Hocker und starrte minutenlang auf eine über den Rand hängende Bananenschale.

Bobby McFerrin sang: »Don't worry, be happy.«

Am Nachmittag unterbrach mich das Telefon wieder. Ich hatte mich in mein Zimmer verzogen und die Tür zugemacht und das Klingeln nicht gleich wahrgenommen. Mama war dran. Wie ich mit dem Lernen vorankam. Ich ließ mich auf die Weinkiste sinken und nahm das Telefon auf den Schoß.

»Danke. Alles total super.«

Ob ich am Wochenende bei ihr essen wolle. Was sollte ich darauf antworten? Ich starrte durch die Küchentür auf den überquellenden Mülleimer. Nach dem Gespräch blieb ich noch sitzen und rieb mir das Gesicht.

Okay, Acedia, du musst den Müll runterbringen. Und es nervt dich, mit dem müffelnden Müll anderen Leuten auf der Treppe zu begegnen. Aber musst du darum gleich – ausflippen?

Ich kehrte zu meinem Sessel am offenen Fenster zurück und versuchte, einen kritischen Kommentar zur Beweisführung in der Barschelaffäre zu lesen. Nach einer Weile klopfte Petra und steckte den Kopf zur Tür rein.

»Falls jemand von meinen Kommilitonen anruft: Ich geh jetzt zum Seminar über Insolvenzrecht. Essen wir heute Abend zusammen?«

Ich hob die Schultern. »Mal sehen, ich weiß nicht … glaub nicht.«

»Insolvenzrecht. Kannst du dir das merken?«

»Ich schreibs mir auf.«

»Ich meinte nicht essen gehen heute Abend, sondern

in der Küche zusammensetzen und ein paar Brote essen.«

Ich zeigte auf all die Zettel, Zeitschriften und Bücher.

»Das ist noch so viel Kram hier.«

»Haben wir lange nicht mehr gemacht.«

Ich atmete langsam aus. »Kennst du dich mit Äußerungsrecht aus?«

»Hab ich schon mal gehört, ja.«

»Da hätte ich ein paar Fragen.«

»Du hast abgenommen, Süße.«

»Zwei, drei Kilo.«

»Cedia, du musst echt mehr auf dich achten.«

»Ja, Mama.«

Ich sah nicht zu ihr. Spürte eine Weile ihren Blick im Rücken. Dann schloss sie die Tür und verließ die Wohnung.

Warum wollten alle, dass ich esse? Zu viel essen machte müde. Die Zeilen verschwammen, die Buchstaben wurden unscharf, meine Stirn tat weh. Ich presste zwei Finger dagegen, wandte mich zum Fenster und sog die frische Luft ein. Vielleicht sollte ich wirklich ein Stück gehen – in die Bibliothek. Ich hatte mir ein Buch zum Äußerungsrecht vorbestellt, darin ging es um das Foto des toten Barschel beispielhaft für die Probleme des postmortalen Persönlichkeitsrechts. Das musste ich spätestens morgen abholen. Aber brauchte ich es überhaupt? Wäre das Zeitverschwendung? Ich stützte mich auf die Fensterbank. *Zeitverschwendung. Das schaffen wir schon.*

Als kleines Mädchen hatte ich mir so sehr gewünscht, eine Katze zu haben. Es hatte damals eine rote gegeben, die hatte mich ein paar Wochen lang in unserem Garten besucht. Das war ein hübsches Tier gewesen.

Das erste Mal hatte ich sie kurz vor Beginn der Sommerferien 1976 gesehen. Da war ich neun. Während ich am Tisch vor dem Küchenfenster saß und Hausaufgaben machte, bemerkte ich aus den Augenwinkeln, wie eben etwas Rotes über den Rasen nach hinten streunte – ich erkannte nicht einmal genau, was es war.

Ich hatte durch die Küchentür zum Flur geschaut und gelauscht. Mama wischte im Wohnzimmer Staub. Leise schob ich den Stuhl zurück und huschte durch die Hintertür, lief an dem Schuppen und den Spargelbeeten vorbei und fand das Tier am Gartenende bei dem uralten Walnussbaum.

Eine rote Katze – so etwas kannte ich nur aus Bilderbüchern. Ganz gleichmäßig rot, nur auf dem Rücken hatte sie ein paar dunklere Streifen. Ich blieb fünf Schritte vor ihr stehen. Die Katze schnupperte an einem Rhododendron, drehte dann den Kopf und betrachtete mich ein Weilchen. Schließlich begann sie sich den Bauch zu lecken.

Ich wusste schon viel über Katzen. Meine Freundin Mini hatte eine, und Mini hatte gesagt, ihre Katze hatte sie sehr getröstet, nachdem ihr Vater zu einer anderen Frau gezogen war. Mini hatte mir außerdem beigebracht, dass man mit Katzen viel Geduld haben musste.

Von da an fand ich die rote Katze immer häufiger unter dem Rhododendron. Ich zeigte sie auch Oliver;

Mama aber sagte ich nichts davon. Am Ende der Woche war sie schon richtig zutraulich. Sie lag zusammengerollt im hohen Gras, eine Pfote über den geschlossenen Augen. Ich ging langsam in die Hocke und setzte mich neben sie. Wie seltsam Katzen waren, dauernd schliefen sie. Die Blätter des Rhododendron warfen Schattenflecken auf ihr Fell, dazwischen schimmerte das hübsche Rot in der Sonne. Ich schlang die Arme um die Knie. Ihr Rot hatte etwas Freches, Besonderes.

Da traute ich mich und streckte die Hand aus, und als ich sie behutsam auf das Fell legte, hatte ich das Gefühl, noch niemals etwas so Weiches berührt zu haben, und mich durchzog eine Wärme, die ich lange nicht gespürt hatte. Die Katze hob ihre Pfote von den Augen, wandte den Kopf und blinzelte mich an. Sie begann zu schnurren, »Rrrrrrr« – und nach einer Weile drehte sie sich zu mir und rieb ihren Kopf an meinen Fingern. Das fühlte sich schön an, aber auch ein bisschen traurig. Ich streichelte weiter, bis sie unvermittelt aufstand und sich trollte. Katzen machten einfach, was sie wollten.

Die Ferien gingen dem Ende zu, es wurde August, es wurde September, und irgendwann kam die Katze nicht wieder. Eine Woche lang lief ich jeden Tag zu ihrem Platz unter dem Rhododendron; ich setzte mich ins Gras und wartete. Schließlich ging ich zusammen mit Oliver ins Tierheim. In den Käfigen dort rannten Katzen im Kreis, reckten sich miauend an dem Drahtgeflecht zu mir hoch oder sprangen ziellos auf den kurzen Ästen des Kletterbaums herum.

»Wenn ich groß bin«, sagte ich auf dem Rückweg fest, »werde ich so viele wie möglich von all diesen fremden, herrenlosen Katzen mitnehmen und versorgen.« Und Oliver hatte seine Hand zu mir hochgestreckt, nach meiner gefasst und sich bemüht, mit mir Schritt zu halten.

»Frag doch Mama, ob du eine Katze haben darfst.«

»Mama hält das für Zeitverschwendung. Ich weiß schon, was sie sagen wird: ›Erst einmal ist es wichtiger, dass du auf deine Noten achtest.‹«

Konnte man dem »Spiegel« vorwerfen, durch seine Veröffentlichungen die Landtagswahl in Schleswig-Holstein beeinflusst zu haben?

Ich setzte mich an die Schreibmaschine und schrieb: »Wie weit geht politische Berichterstattung und ab wann werden die Medien durch ihre Berichte und die dadurch entstehende Meinungsbildung bzw. Veränderung selbst zu politischen Akteuren?« Ich stockte. Aus dem Grundgesetz hatte ich mir Artikel 5 notiert: Jeder hat das Recht, seine Meinung in Wort, Schrift und Bild frei zu äußern und zu verbreiten … Aber im welchem Zusammenhang wollte ich das zitieren? Ich konnte meine handschriftlichen Notizen nicht entziffern. Vielleicht sollte ich erst mal überarbeiten, was ich bisher geschrieben hatte. Ich drehte das Blatt aus der Walze, lehnte mich zurück und starrte darauf. All diese elend langen Satzkonstruktionen. Ich hielt mit Gewalt die Augen offen. Und all diese Komma- und Flüchtigkeitsfehler. Ich las.

»Nach dem 1973 vom Deutschen Presserat aufgestellten Pressekodex

(Smiling … then you reburn my …)

sollten unbestätigte Meldungen, Gerüchte und Vermutungen …

(Was, was, was?)

… Gerüchte und Vermutungen zu erkennen …«

Die Zeilen verflossen in sinnlos aneinandergereihte Wörter und die in sinnlose Buchstaben.

Kurz nach Beginn der Tagesschau drehte sich ein Schlüssel in der Wohnungstür. Petra kam nach Hause. Sie verschwand in der Küche und betrat gleich darauf mein Zimmer, die Kaffeekanne in der Hand.

»Möchtest du einen?«

Ich hielt ihr, ohne aufzusehen, den Becher hin. Kaffee gluckerte hinein.

»Nach der Tagesschau gehen wir zusammen ins Kino«, sagte sie, schob die Papiere auf meinem Schreibtisch beiseite und setzte sich auf die Ecke. Ihre Knie berührten meinen Stuhl.

»Was?« Ich wandte den Kopf. »Nein. Für so was habe ich echt keine …«

»Das ist kein Vorschlag, Süße, das ist ein Befehl. Du merkst doch gar nicht mehr, wie sehr du im Arsch bist.«

Ich starrte auf den Fernseher und antwortete nicht. Die Nachricht über ein Hochwasser in Spanien verlor sich in Rauschen.

»Du hast noch zwei Wochen Zeit«, fuhr sie fort. »Ab übermorgen sind meine Seminare vorbei. Dann helfe ich dir. Suche Artikel zusammen, ich kann auch was für dich tippen.«

»Aber eine Woche später hab ich auch noch die Politik-Klausur. Da müsste ich eigentlich jetzt schon mit Lernen anfangen.«

»Hast du mal in den Spiegel geguckt? Du bist total hohläugig. Du schminkst dich ja nicht mal mehr. Du siehst gar nicht mehr aus wie du selbst.«

»Mein Stil ist zur Zeit eben …«

»Und dann isst du nicht mehr.« Sie sah über meinen Körper. »Du kannst mir doch nicht erzählen, dass du nur drei Kilo abgenommen hast.«

»Meine Jeans sitzt dafür aber besser, ich …«

»Komm mir nicht blöd.« Sie lehnte sich nach vorn. »Seit wann hat es dich gekümmert, dass du drei, vier Kilo mehr drauf hast als irgendwelche Model-Hungerhaken aus der Glotze? Du hast seit je eine perfekte Figur.«

Ich nippte mit leerem Blick an dem Kaffee und zog den Kopf zwischen die Schultern.

»In welchen Film denn? Bitte kein Horror.«

Petra lachte.

»Ödipussi. Du ziehst dir ein Kleid an oder wenigstens die scharfe Bluse, die wir letztens bei H&M gekauft haben.«

Ich nickte.

»Und dann schminkst du dich gefälligst.«

»Ja, Mama.«

»Und hör mit diesem Mama-Scheiß auf.«

Kurz darauf marschierten wir perfekt aufgebrezelt an der Alster entlang, Petra in Jeansrock und Lederjacke, ich in Jeans und der neuen Bluse. Die tief stehende Sonne blitzte auf dem Wasser. Während ich brav Petras Anweisungen folgte, fühlte ich mich zum ersten Mal seit Wochen frei. Wie wunderbar war es, eine solche beste Freundin zu haben. Ich schloss ein paar Schritte lang die Augen und hob das Gesicht in die Sonnenwärme. Petra war die einzige gute Konstante in meinem Leben.

Sie deutete auf ihre Pumps. »Als ich mir die gestern geholt hab, hab ich übrigens deine Mutter getroffen.«

»Ja, die ist auch dauernd einkaufen.«

»War wie immer nett, mit ihr zu reden. Du hast eine tolle Mutter.«

Das dachten viele über sie, dabei sah meine Mutter auf die meisten meiner Freunde geringschätzig herab. An Petra mochte sie wenigstens, dass sie trotz des schlechten Starts in ihrem Elternhaus ihren Weg ging.

»Mit der extremen Belastung durch meine Semesterarbeit kann ich meiner Mutter nicht kommen. Dazu sagt sie nur: ›Sei froh, dass du studieren kannst. Ich hätte auch gern studiert.‹ Sie hat keine Vorstellung, wie hammerschwierig das ist.«

»Und warum hat sie nicht studiert?«

Ein Radfahrer überholte uns auf dem Bürgersteig und drängte uns zur Seite, doch statt ihm Beschimpfungen nachzurufen, schüttelte Petra nur den Kopf.

»Gepackt hätte Mama ein Studium allemal. Intelligenzmäßig. Aber ihre Eltern waren Bauern. Ziemlich konservative, spießige Knochen … ich mag die nicht besonders. Meine Großtante Gertrud hat mir mal erzählt, dass Mamas Brüder immer vorgezogen wurden. Der älteste Bruder war ausersehen den Hof weiterzuführen und die anderen beiden durften studieren. Mädchen zählten damals gar nichts.«

»Vielen Dank, Alice Schwarzer«, sagte Petra.

Ich nickte schweigend. Wir gingen über den Rasen und eine Treppe hoch.

»Bei all deinen juristischen Fragen helfe ich dir«, sagte Petra. »Persönlichkeitsrecht, Medienrecht, das ist auch für mich interessant. Vielleicht leiht Manuel uns seinen Computer, dann brauchst du nicht auf deiner Schreibmaschine zu tippen.«

»Das soll doch alles gar nicht richtig funktionieren.«

»Doch, doch. Manuel hat einen DOS-Computer. Mit einem guten Schreibprogramm. Den Text kannst du dann in der Uni-Bibliothek ausdrucken lassen.«

Wir überquerten einen Platz, der mit verschiedenfarbigen Gehwegplatten belegt war. Ich sprang mit tänzelnden Schritten von einer Platte zur nächsten und schlenkerte mit meiner Tasche. Petra warf mir einen Seitenblick zu.

»Nach dem Film gehen wir noch was essen und trinken einen Wein«, sagte sie. »Aber nur ein einziges Glas. Und dann gehen wir nach Hause. Und du gehst dann nicht mehr an deine Arbeit, sondern verschwindest sofort im Bett.«

»Ja, Mama!«

Petra boxte mir gegen den Oberarm und lachte. »Ich kleb dir gleich eine.«

»Ich hab dich auch lieb.«

10

Für meine Hausarbeit »Die Rolle der Presse in der Barschel-Affäre – Ethik in den Medien« erhielt ich sechs Wochen später die Note eins.

Der Name der Katze

1 Acedia schob die Wohnungstür weit auf. Sie ließ die Wiege im Treppenhaus stehen, trug erst einmal ihren Rucksack und den Einkaufskorb in die Küche und kam dann zurück. Die blaue Kinderwiege aus massivem Holz war nicht gerade schwer, aber unhandlich. Acedia fasste sie mit beiden Händen und schleppte sie in Petras leeres Zimmer. Sie dachte an die bevorstehende Geburt, und Rührung überfiel sie. Jetzt war es nur noch zwei Wochen hin, bis sie Tante wurde.

Damit gehörte sie zu einer anderen Generation. Alles veränderte sich. Im Jahr zuvor war die Mauer gefallen. Und vor einer Woche war Petra zu Manuel ins wiedervereinigte Berlin gezogen. Das kam Acedia schon jetzt wie eine Ewigkeit vor.

Sie ging durch das leere Zimmer zum Fenster und fuhr mit den Fingerspitzen über die Fensterbank. Obwohl Petra eifrig geputzt hatte, waren noch die kreisrunden Abdrücke ihrer Blumentöpfe zu erkennen. Dort, wo Petras Gitarre immer an der Wand gelehnt hatte, war in Bauchhöhe die Tapete abgeschabt.

»Those were the days my friend«, summte Acedia. Sie hockte sich auf die nackten Dielen vor die Wiege und betrachtete die naive Blumenmalerei auf blauem Grund. In dieser Wiege hatte sie selbst schon gelegen. Wie sie zu wissen glaubte, hatte ihre Mutter sie von ihrer Großtante Gertrud zu Franks Geburt geschenkt bekommen – und nun würde Franks Baby darin liegen. Aus den Tiefen ihrer Erinnerung wühlte sich das Bild ihres neugeborenen Bruders Oliver herauf: Oliver, wie er als Baby in der Wiege lag und noch ganz verknautscht aussah, dabei aber so gut roch, süß und weich wie Vanille.

Frank sollte die Wiege am kommenden Wochenende hier abholen. Schühchen und andere Geschenke für sein Baby standen schon in Acedias Zimmer bereit. Sogar Petra hatte es sich nicht nehmen lassen, etwas zu kaufen. *Petra geht nach Berlin, warum nicht ich?*, dachte Acedia. Wenn sie schon auseinanderzogen, warum war es dann nicht sie, Acedia, die nach Berlin ging? In die zur Zeit spannendste Stadt der Welt. Immer nur Petra machte die interessanten Dinge.

Acedia spielte mit dem silbernen Anhänger ihrer Halskette und starrte auf die kahle Tapete gegenüber. In einem Monat würde sie ein Volontariat beim »Hamburger Abendblatt« beginnen. Und immerhin waren bereits mehrere ihrer Artikel in Stadtzeitungen erschienen, kürzlich sogar eine Reportage in der »TAZ« – allerdings unter dem Pseudonym *Hanna Lorentz*. Der zuständige Ressortleiter hatte Acedia Lorentz für einen etwas zu übertriebenen Künstlernamen gehalten.

Fern unten im Treppenhaus hallten Schritte und erinnerten Acedia daran, dass die Wohnungstür noch offen stand. Sie erhob sich, ging durch den langen Flur, und während sie die Tür zudrückte, überlegte sie, ob sie die Miete allein tragen könnte. Sie konnte sich keine Mitbewohnerin vorstellen, mit der sie sich auch nur annähernd so gut verstehen würde wie mit Petra. Aber wollte sie überhaupt allein leben?

Sie ging in die Küche, schaltete das Radio an und hob ihren Rucksack und den Einkaufskorb auf den

Tisch. Vor allem bei Nacht hatte sie es in den letzten Tagen genossen, allein in der Wohnung zu sein. Die Stille gab ihr ein Gefühl von Freiheit. Sie könnte Zettel an Straßenlaternen kleben, um einen Nachmieter zu suchen. Nein, so etwas war ihr unangenehm. Besser waren die Pinnwände an der Uni.

Wenn Petra zwei Monate früher ausgezogen wäre – da hatte Jörg ein WG-Zimmer gesucht, ein gutmütiger, lieber Kerl. Er studierte zwei Semester über Acedia Politikwissenschaft, und von ihm hatte sie schon seit dem Frühjahr gemerkt, dass er sie mochte. *Sehr* mochte. Hm. Acedia lehnte sich gegen den Kühlschrank und wand eine Strähne ihres Pferdeschwanzes um den Finger. Aber momentan wollte sie keinen festen Freund, das war – Zeitverschwendung. Auch wenn Jörg und sie bestimmt gut zueinander passen würden, sie hatte über die Jahre einfach zu viel Pech mit Männern gehabt.

Die Dosen mit dem Katzenfutter stellte sie nach unten in den Schrank. Immerhin war sie ja nicht ganz allein. Sie legte das Schwarzbrot in den Brotkasten, den Käse in den Kühlschrank. Seit Petras Auszug kaufte sie kleinere Mengen. Eier aus Bodenhaltung, Fair-Trade-Kaffee und Biobananen. Für sie als Studentin verlangten die Käufe dieser teuren Waren jedes Mal eine bewusste Entscheidung, zumal vor zwei Wochen noch die Impfungen der Katze dazugekommen waren. Aus der Seitentasche ihres Rucksacks entnahm sie Kontoauszüge. Der Lohn aus ihrem Copyladenjob war immerhin schon drauf und ebenso die monatliche Unterstützung von ihrer Mutter. Erstaunlich, wie hoch ihr Guthaben war. Beim genauen Durchsehen entdeckte sie, dass ihr auch Tante Gertrud wieder einmal fünfhundert Mark überwiesen hatte. »Tante Gertrud, du bist ein Schatz.«

Acedia sah auf die Uhr. Zeit, das Kätzchen zu füttern. »Miez, Miez.«

Sie klapperte mit der Gabel gegen die Dose und lauschte in den Flur. »Katzenmann!«

Seltsam. Normalerweise kam der kleine Kater bei diesem Geräusch sofort in die Küche getapst. Wahrscheinlich schlief er irgendwo. Acedia ging in ihr Zimmer und schaute auf dem Bett nach, dann unter dem Schreibtisch. Kein Kater da. Sie suchte auf dem Balkon, im Bad, in der Weinkiste unter dem Telefon im Flur, ein zweites Mal in ihrem Zimmer, unter dem Bett, in der Lücke neben dem Schrank. Sie ging sogar in Petras leeres Zimmer und sah hinter die Tür.

»Kleiner Kater!«

Da glaubte sie, ein Miauen zu hören, konnte aber nicht ausmachen, woher es gekommen war. Vielleicht hatten ihr ihre Sinne einen Streich gespielt. Vielleicht war das Geräusch aus dem Radio gekommen? Sie schaltete das Radio aus und lauschte. Es wiederholte sich nicht.

Oh, dachte sie plötzlich und hielt den Atem an. Hoffentlich war die Katze nicht rausgelaufen, während sie die Wiege in die Wohnung geschleppt hatte. Acedia ging noch einmal auf den Balkon und sah mit mulmigem Gefühl in den Hinterhof. So lange hatte die Tür doch gar nicht offen gestanden. Aber obwohl die Katze erst drei Monate alt war, war sie schon unheimlich schnell. Acedia beugte sich übers Geländer. Unten im Hof huschte etwas entlang, doch es war nur ein Vogel.

Sie öffnete die Wohnungstür, lauschte in den Hausflur und ging die hölzerne Treppe hoch zum Dachboden. Das kannte die Katze ja, sie hatte sich von ihr zwei-, dreimal dorthin begleiten lassen. »Mieze«, rief Acedia, »Mieze« – und ihre Stimme hörte sich ganz kläglich an.

2

Gegen Mittag des nächsten Tages, gleich nach ihrer Vorlesung in Kommunikationswissenschaften, rief Acedia im Tierheim an. Ihr fiel ein, wie sie und Oliver dort als Kinder nach der roten Katze gesucht hatten. Eine Dame mit einer angenehm weichen Stimme ließ sich die Katze ausführlich beschreiben.

»Grau, mit dunklen Streifen und einem weißen Bauch und weißem Gesicht und Pfoten. Und eine Hinterpfote ist rötlich, die linke – glaube ich.«

Eine kleine Pause entstand.

»Eine solche Katze ist hier leider nicht abgegeben worden. Wie heißt das Tier denn?«

»Wir …«, wieder eine Pause, »… also, meine Freundin und ich, wir hatten die Katze noch ganz neu. Die hatte noch gar keinen Namen.«

Zeitverschwendung, dachte Acedia.

»Zeitverschwendung« hatte Petra sie immer grinsend genannt, da Katzen nach Ansicht von Acedias Mutter Zeitverschwendung waren. Aber so konnte sie die Katze ja nicht öffentlich nennen.

»Vielleicht sollten Sie Zettel an Bäume hängen«, sagte die Dame mitfühlend. »Das hilft oft.«

Am Nachmittag hatte Acedia das Seminar bei Dr. Bauer. Danach suchte sie ein gutes Foto der Katze raus. Dabei fand sie eine schon vor anderthalb Wochen ausgefüllte Spendenüberweisung für Amnesty International, die sie im Trubel von Petras Auszug vergessen hatte. Dreißig Mark, auch das konnte sie sich eigentlich gar nicht leisten. Aber es musste irgendwie sein.

Sie klebte das Foto auf ein Blatt Papier und begann zu schreiben.

»Mein kleiner Kater …«

Sie musste sich irgendeinen Namen ausdenken. Nichts Biederes, dann würde Petra ausflippen. Zeitverschwendung stimmte ja irgendwie.

»Schwendi.«

Sie sprach das Wort vor sich hin und schmeckte es vorsichtig ab.

»Mein kleiner Kater Schwendi, drei Monate alt, ist weggelaufen.«

Sie schrieb nähere Angaben zu seiner Färbung dazu, außerdem ihren Namen, Adresse und Telefonnummer, ging danach runter in ihren Copyshop an der Ecke und kopierte den Zettel zwanzig Mal.

Acedia wartete bis zum Abend. Sie brachte die Überweisung für Amnesty zur Bank und ging dann mit ihren Zetteln, Tesafilm und Heftzwecken durch die Straßen. Zuerst rief sie noch einmal vergeblich in sämtliche Gärten und Torbögen hinein. Es dämmerte, und es waren kaum noch Leute unterwegs. Sie sah sich um und klebte den ersten Zettel an eine Laterne. Was war schlimm daran, hier Zettel aufzuhängen? *Petra würde so was nichts ausmachen.* Petra wäre erst gar nicht so blöd gewesen, die Katze weglaufen zu lassen. Sie trat zurück und betrachtete den angeklebten Zettel. Schwendi war nicht besonders gut darauf zu erkennen. Jetzt hatte sie einen Namen, aber keine Katze mehr.

Ich hätte Farbkopien machen sollen, dachte sie, *die zehn Mark hätte die Katze mir wert sein müssen.*

Und ihr war zum Heulen.

3 Alexander sortierte schmutzige Bettwäsche und Schlafanzüge auf den Haufen mit der Unterwäsche. Er warf die Handtücher und die hellen Baumwollsocken dazu und zwei seiner geliebten Karohemden, aber der Haufen wurde kaum größer. Es half nichts, die Maschine im Waschsalon würde nicht voll werden. Er könnte seinen Mitbewohner Jo fragen, ob der noch was hatte.

Im Hausflur polterten Schritte. Jemand stiefelte die Treppe hinauf, und ein Schlüsselbund rasselte. Alexander sah auf die Uhr. Halb sieben. Das dürfte wohl Willy, sein Nachbar von oben, sein. Eine Tür klappte. Alexander zerrte ein Handtuch zwischen der Schmutzwäsche hervor. Er musste jetzt hoch, um sich zu beschweren. Er blickte zur Zimmerdecke hinauf und sein Puls schlug stärker.

Willys laute Metall-Mucke am vergangenen Abend war absolut ätzend gewesen. Sie hatte ihn stundenlang am Lernen gehindert, und schließlich hatten er und Jo sich in die Kneipe des besetzten Hauses verzogen; auch wenn Jo der ständige Lärm von oben nicht besonders zu stören schien. Wahrscheinlich, weil er selbst immer bis spätnachts in Kneipen rumhing.

Als Alexander dann zurück in die Wohnung gekommen war und gerade im Bett gelegen hatte, ging es schon wieder los. Am schlimmsten waren die monotonen Bässe: bumm, bumm, bumm. Er hatte im Dunklen dagelegen, zur Decke gestarrt und gehofft, dass Willy nur zwei, drei Lieder hören würde. Wenn er hochging, musste er sich erst wieder anziehen. Wie das nervte. Bumm, bumm, bumm. Er spürte, wie sein Körper mit Adrenalin überschwemmte und sein Herz in der Brust quälend groß wurde. Eine halbe Stunde später war er in flachen Schlaf geglitten, während die Bässe sich in sein Unterbewusstsein gebohrt hatten.

Alexander atmete aus und sah wieder zur Decke. Keine Schritte zu hören. Zuerst musste er ohnehin die Wäsche zu Ende sortieren. Willy arbeitete unten in dem Fahrradladen, der zur Kooperative des besetzten Hauses gehörte. Die machte um sechs Uhr zu. Er war ein jovialer Bär mit riesigen Händen, Halbglatze und Bart. Jedes Mal, wenn Alexander sich über die Musik beschwerte, sagte er: »Geht klar, Alter. Mach ich leiser.« Aber hinterher war sie genauso laut wie vorher.

Na los, geh endlich hoch.

Alexander stieß die Luft aus und zog sich seine Turnschuhe an, er wollte nicht in Pantoffeln vor Willys Tür stehen. Er ging die achtzehn Stufen nach oben und klingelte einmal, zweimal, wartete – und klingelte ein weiteres Mal. Erleichtert und genervt zugleich trabte er wieder nach unten. Offenbar hatte er sich vorhin getäuscht.

Die T-Shirts packte er lieber nicht mit zur Sechzig-Grad-Wäsche. Einige davon waren von der letzten Wäsche reichlich ausgeleiert. Und vergangenen Monat war auch noch die Gemeinschaftswaschmaschine kaputt gegangen. Alexander hatte angeregt, Geld für die Reparatur zu sammeln, aber Benny von der Initiative kannte jemanden, der es fast umsonst machen würde. Der hatte allerdings erst in drei Wochen Zeit. Das Wohnen im besetzten Haus war zwar billig, ging Alexander aber mehr und mehr auf die Nerven. Er stopfte die Wäsche in zwei große Taschen.

Der Abend war mild, und so ging er nicht auf direktem Weg in den Waschsalon, sondern hintenrum durch die schmale Sigmundstraße. Das war kaum weiter, aber ruhiger als vorn an der Hauptstraße. Die Sonne stand bereits so tief, dass sie nur noch die obersten Stockwerke bestrahlte. Auf der Suche nach einem Parkplatz rollte ein Trabi vorbei. Dass es die jetzt auch hier gab …

Aus einem verwilderten Vorgarten ertönte ein klägliches Miauen. Alexander blieb an dem spitzenbewehrten Metallzaun stehen, aber zwischen Büschen, Disteln und Pusteblumen war nichts zu entdecken. Im Weitergehen erinnerte er sich, wie er am Abend zuvor am offenen Fenster geraucht und dabei schon einmal ein Miauen gehört hatte.

Er betrat den Waschsalon, und während er dort auf die in der großen Trommel rotierende Wäsche starrte, fiel ihm ein, dass er sein Lehrbuch zur Entwicklungspsychologie hatte mitnehmen wollen. Oder wenigstens seinen Stephen-King-Roman.

Als er eine Stunde später mit den beiden Taschen mit der fix und fertig gewaschenen und getrockneten Wäsche durch die Sigmundstraße zurückschlenderte, dämmerte es bereits. Wieder miaute eine Katze, diesmal in einem Vorgarten drei Häuser weiter als zuvor. Er stellte seine Taschen auf den Gehwegplatten ab, sah sich um und ging in der Vorgarten hinein. Vorsichtig durchpflügte er kniehohes Gras voller Pusteblumen. Weiße Schirmchen lösten sich in großen Wolken und hüllten ihn ein.

Und dann entdeckte er zwei gelbe Augen, die aus einem dunklen Kellerfenster strahlten. Ein Kätzchen, höchstens zehn, zwölf Wochen alt, duckte sich hinter den platten Reifen eines rostigen Fahrrads. Alexander ging langsam in die Hocke; er traute sich, streckte eine Hand aus und legte sie behutsam auf das Fell.

»Na, kleine Mieze …«

Alexander legte den Kopf in den Nacken und starrte zu den erleuchteten Fenstern hoch. »Hallo«, rief er halblaut. »Vermisst hier jemand eine Katze?« Niemand antwortete. Er mochte nicht lauter rufen.

»Ach was«, sagte er zu dem Kätzchen, »ich nehm dich einfach mit. Dann frag ich morgen hier, ob jemand eine Katze vermisst.«

Alexanders Oma hatte immer Katzen gehabt, er wusste, wie man mit ihnen umging. Zuoberst auf seiner Wäsche lag ein ohnehin fadenscheiniges Handtuch, und so ergriff er das Kätzchen mit einer Hand unter dem Bauch und setzte es in seine Tasche hinein. Es ließ es ohne jede Regung geschehen.

Als er kurz darauf zu Hause die Wohnungstür aufschloss, donnerte gerade Willy die Treppe herunter. Er blieb groß hinter Alexander stehen, kratzte sich den Bart und sah in die Wäschetasche. »Das ist ja ein putziges Kerlchen. Deins?« Er streckte einen seiner dicken Finger aus und streichelte das Kätzchen zwischen den Ohren. Es kniff die Augen zusammen und rieb sein Köpfchen an dem Finger.

»Nein, hab ich gefunden«, sagte Alexander.

Willy hob den Zeigefinger und sah plötzlich aus wie Lehrer Lämpel mit Halbglatze.

»Die musst du ins Tierheim bringen.«

»Klar, was denkst du denn?«

Alexander setzte das Kätzchen in der Wohnung ab, ging zur Tankstelle und kaufte eine Dose Katzenfutter. Auf dem Rückweg lief er mit schwingenden Schritten über das Kopfsteinpflaster der Auffahrt zum besetzten Haus hinauf. Seit Wochen hatte er nicht so gute Laune gehabt. Seine Oma mit den Katzen war immer so lebendig gewesen. Ganz anders als seine Mutter, die, wie ihm durch sein Studium klar geworden war, leicht autistische Züge hatte.

Er betrat die Wohnung, öffnete die Dose, und als er mit der Gabel dagegenschlug, kam das Kätzchen sofort mit erhobenem Schwanz angetapst. Während es sich über die Untertasse voller Futter hermachte, streichelte Alexander es sacht und lauschte dem leise knatternden Schnurren.

Gegen halb zwölf klopfte es verhalten an der Wohnungstür. Willy stand schwankend im Treppenhaus.

»Ich hab noch Licht gesehen.«

Bier- und Zigarettendunst waberte aus seinem Mund. Er streckte den Kopf zur Tür herein und reichte Alexander einen Zettel.

»Hier. Hing an einem Laternenpfahl.«

Alexander warf einen Blick darauf. Jemand vermisste seine Katze. Das Foto war schlecht, aber das Tier zu erkennen. Er sah auf die Uhr – zu spät, um noch anzurufen.

»So, so«, sagte er, »du heißt also ›Schwendi‹.«

Bevor er ins Bett schlüpfte, nahm er noch einmal den Zettel zur Hand. Erst jetzt registrierte er Acedias

Namen. Er legte sich ins Kissen zurück und im gleichen Moment ging über ihm wieder die laute Musik los. Er atmete tief ein, aber zugleich erklangen neben seinem Bett trappelnde Schritte, ein Sprung, das Kätzchen krallte sich ins Laken, zog sich hoch und sah ihn mit großen Augen an. Er kraulte es sacht.

»Acedia«, sagte er – und dann: »Willy, du Idiot …«

4 Acedia öffnete die Wohnungstür.

Vor ihr stand ein junger Mann und hielt eine kleine graue Katze mit dunklen Streifen im Arm. Ihre Katze.

»Ich hab deinen Schwendi gefunden.«

Acedia streckte die Hände aus und nahm ihm das Kätzchen ab. »Oh, wie cool, wie toll, danke, vielen Dank.« Sie drehte sich um, trug die Katze ans Ende des langen Flurs und setzte sie vorsichtig auf dem Teppich ab. »Sie heißt eigentlich gar nicht ›Schwendi‹. Das hab ich nur so geschrieben«, sagte sie über die Schulter. »Weil … ihr richtiger Name ist ziemlich blöd.«

Schwendi tapste in Petras Zimmer, schnupperte an der Wiege, die nahe der Tür stand, und rieb seinen Kopf daran. Acedia wandte sich zu dem jungen Mann um. Erst jetzt betrachtete sie ihn: mittelblonde Haare, groß und sportlich – kein Märchenprinz, aber wie er da unschlüssig im Treppenhaus stand, wirkte er nett. Sie sah, wie sein Blick über die Wiege glitt und von da verstohlen über ihren Bauch. Gegen ihren Willen lachte sie auf.

»Oh Gott, nein. Ich will keine Kinder, jedenfalls nicht so schnell. Ich muss jetzt erst mal an mein Studium denken und so weiter.«

Was plappere ich da für einen Unsinn? Sie verschränkte die Arme vor der Brust und wandte den Kopf zu der Wiege zurück, da sie spürte, wie sie seltsamerweise errötete. Sie deutete auf die Katze.

»Eigentlich nenn ich sie immer ›Zeitverschwendung‹.« Sie stieß ein weiteres Lachen aus. »Das ist eine lange Geschichte. Aber so heißt sie auch nicht richtig. Eigentlich hat sie irgendwie gar keinen Namen.«

»Schwendi fand ich eigentlich hübsch.«

»Das ist halt die Abkürzung … Irgendwie blöd, oder? Auch nicht viel besser als ›Zeitverschwendung‹. War mir gerade so eingefallen.«

Der junge Mann trat von einem Fuß auf den anderen und rieb sich die Hände an den Oberschenkeln.

»Schwendi finde ich hübsch«, wiederholte er.

Er mochte Katzen. Das war schon mal ein Pluspunkt.

»Ich heiße jedenfalls Acedia.«

»Ich weiß.«

»Klar. Stand ja auf dem Zettel. Und wie heißt du?«

»Alexander. Alex.«

»Sei nicht böse, Alexander, wenn ich dich nicht reinbitte. Ich bin gleich zum Lernen verabredet.« Einen Moment lang schwiegen sie und betrachteten einander. »Aber … ich würde dich gern als Dankeschön irgendwie zum Essen einladen. Pizza oder so.«

»Pizza klingt gut.«

»Morgen Nachmittag vielleicht?«

»Morgen Nachmittag klingt super.«

Alexander stiefelte die Treppe hinunter.

Acedia fühlte Ärger in sich erwachen, behielt den freundlichen Klang ihrer Stimme aber zunächst bei.

»Alex«, sagte sie und umfasste den Telefonhörer fester, »du hast es versprochen.« Kim an ihrer Brust hörte auf zu nuckeln und wurde unruhig. »Du warst schon gestern mit dem Abwasch dran. Heute wird das echt Zeit.«

Sie spürte Alex am anderen Ende der Leitung zögern.

»Ich schaff das nicht aus dem Labor wegzukommen. Nicht vor sechs.«

»Und wann will der Herr das dann machen?«

»Ich hab gedacht, wenn du sowieso zu Hause bist …«

»Was soll das denn jetzt bitte heißen?«

Kim ließ die Brustwarze aus ihrem Mündchen gleiten und runzelte die Stirn. *Schon gut, schon gut*, dachte Acedia. Aber sie sagte: »Ich mach schon die Wäsche und die Betten und all den anderen Kram. Für dich ist nur der Abwasch. So haben wir das aufgeteilt. Das kommt überhaupt nicht in Frage, dass ich den jetzt auch noch mitmach.«

»Ich geh ja immerhin einkaufen.«

»Weil ich das mit Kim nicht machen kann.«

Ihre Stimme wurde jetzt lauter. Sollte sie vielleicht mit Kim durch den Schneematsch laufen und am Ende noch ausrutschen? Kim gab kleine, unwillige Laute von sich.

»Ich geh schließlich arbeiten«, sagte Alex.

»Na und? Ich arbeite auch. Ich hab hier meine Reportage fertig zu schreiben. Da ist genug zu tun.«

»Ich hab ohnehin gedacht, dass du damit vielleicht mal ein bisschen kürzertrittst.«

»Wie bitte?«

»Na ja, jetzt wo Kim da ist …«

»Wie bitte?«

Auch sein Ton wurde nun schärfer. »Ein Baby braucht seine Mutter. Gerade in den ersten Monaten.«

Acedia brachte vor Wut kein Wort heraus.

»Das Kind und zusätzlich noch deine Arbeit für die Redaktion …«, sein Tonfall wurde beruhigend. »Du wirkst in den letzten Wochen immer so müde … Das ist alles zu viel für dich …«

»Und darum soll ich jetzt den Abwasch machen? Vielen Dank. Weißt du überhaupt, was du da redest?«

Sie schwiegen sich sekundenlang an, und sie hörte Alex atmen.

»Dann mach ihn morgen«, rief Acedia und knallte den Hörer auf die Gabel.

Kim ballte ihre kleinen Fäustchen und gab weiter unruhige Töne von sich.

»Schlaf, Kindchen, schlaf …«, sang Acedia, aber ihre Stimme war noch ganz hart, und sie verstummte.

Schwendi kam hereingestromert, blieb auf den Fransen des Teppichs sitzen und leckte sich den Rücken. Acedia legte ihr Töchterchen um an die andere Brust. Sie schob den schmalen Silberreif am Arm hoch, damit er nicht gegen Kims Köpfchen drückte, und steckte ihr vorsichtig die Brustwarze in den Mund.

Sie erhob sich, ging mit wiegenden Schritten zum Fenster und blickte über den Garten. Im Sommer vergangenen Jahres, kurz vor Kims Geburt, hatten sie die große Mietwohnung im ersten Stock eines Zweifamilienhauses gefunden, ganz nah bei ihrer alten Wohnung; über den Garten hinweg konnte sie sogar den Sportplatz sehen, auf dem sie früher regelmäßig gejoggt hatte. Jetzt war es Ende Februar und draußen nass und klamm. Hier im Zimmer aber war es kuschelig und so warm, dass Acedia barfuß lief. Schwendi strich ihr um die nackten Beine, trottete dann zu der drei Schritte entfernt stehenden Kinderwiege und stellte sich daran aufrecht.

»Verschwinde da. Nerv du mich nicht auch noch.«

Die Katze reagierte nicht, sondern sprang hinein. Acedia schüttelte den Kopf und musste lachen.

»Sobald Kim richtig eingeschlafen ist, schmeiße ich dich da sowieso raus.«

Kim trank jetzt. Acedia lehnte sich gegen das Fenster und betrachtete das weiße Blumenmuster auf der blauen Bauernwiege. Sie liebte es, die in schlichtem Stil gehaltene Wohnung mit ein paar ausgewählten Stücken zu verschönern. Sie fuhr mit den Zehen über den bunten, weichen Wohnzimmerteppich, der aus ihrem Elternhaus stammte. Nach jahrelangem Betteln hatte ihre Mutter sich endlich erweichen lassen und ihr den Teppich zu Kims Geburt geschenkt.

Das sanfte Nuckeln ihres Töchterchens ließ ein wohliges Gefühl durch Acedias Körper hindurchströmen. Ihr Ärger war verflogen. Sie strich mit der Fingerspitze am Ansatz von Kims dünnen schwarzen Haaren entlang. Wie sollte man sich auch ärgern, wenn man in ein so süßes Gesichtchen blickte?

»Schlaf, Kindchen, schlaf …«

Es machte Spaß, dieses kleine, etwas kitschig-altmodische Lied zu singen. Kims runde Bäckchen, ihre hübschen geschlossenen Augen und die winzige Nase verlangten geradezu danach. Acedia ging langsam im Kreis, strich dabei mit den Fußsohlen über den Teppich und genoss die Wärme.

Auf diesem Wohnzimmerteppich hatte sie als Kind ihre Puppen und Bauklötze verteilt. Die farbigen Flächen waren verschiedene Länder gewesen. *Hier ist das Deutsche Fernsehen mit der Tagesschau.* Wenn sie gespielt hatte und ihr Vater währenddessen in dem schweren Ledersessel saß und die Fernsehnachrichten sah, hatte sie Namen und Worte aufgeschnappt, die sie noch heute erinnerte: Brandt und Bahr, die Ostverträge und der kalte Krieg, Gromyko und Nixon. Dies waren mächtige Männer aus anderen, fernen Ländern wie Amerika, mächtiger als ihr Vater.

Einmal hatte sie mit Buntstiften ein Bild dazu gemalt: eine halbkreisförmige Arena, in der die Strich-Punkt-Köpfe von Leuten versammelt waren, und dahinter einen riesigen Adler. Ohne zu wissen, was es war, hatte sie das Parlament gemalt, und sie benannte es mit einem merkwürdigen Wort aus der Tagesschau: »Brunolzbriek«. Als Acedia ihren Vater Monate später in seiner Firma besuchte, hing das Bild über seinem Schreibtisch.

»Brunolzbriek – das heißt ›Bundespolitik‹«, hatte ihr Vater damals gesagt und gelacht. »Du wirst bestimmt mal Politikerin.«

Das Telefon riss Acedia aus den Erinnerungen. »Ja?«

»Cedi? … Tut mir leid. Ich mach den Abwasch morgen, okay?«

»Okay.«

»Für mich ist das im Moment auch alles ganz schön viel hier.«

»Ja.«

»Ich will dich ja nicht einengen. Ich hatte eben nur gedacht …«

»Schon gut.«

»Ich versuch bald zu kommen, aber es dauert halt noch …«

»Ja.«

»Ich bring auch morgen deine Disketten in die Redaktion.«

»Gut. Das wäre nett.«

»Bis nachher. Ich hab dich lieb.«

»Ich dich auch.«

Sie hauchten einander Küsse zu und legten auf.

Alex meinte es ja nur gut. Aber er wusste nicht, wie hart die Konkurrenz im Journalismus war. Sie konnte kein vollständiges Jahr aussetzen, schon gar nicht als Frau. Davon hatte er als Mann einfach keine Ahnung. Kim weiterhin an der Brust, setzte sie sich auf den Bürostuhl vor dem Schreibtisch, griff nach dem Artikel, an dem sie gerade schrieb, und lauschte zugleich dem leisen Schmatzen. Seit einer Woche wurde sie von wachsender Unruhe erfasst. *Natürlich* musste sie jetzt wieder arbeiten. Wie sollte das Kim schaden? Es war gut für sie, gestillt zu werden, doch sieben, acht Monate sollten reichen. Acedia vermisste ihren morgendlichen Kaffee. Und sie musste am Ball bleiben, in der Politik gab es ständig neue Themen.

In der Brunolzbriek. Die sanfte Melancholie zog herauf, die Acedia regelmäßig erfasste, wenn sie an ihren Vater gedacht hatte.

Kim schien jetzt einzuschlafen, Acedia zupfte sie aber noch nicht von ihrer Brust ab. Sie wiegte ihr Töchterchen sacht und sang weiter.

»... fällt herab ein Träumelein ...«

Sie hatte versucht, das Bild ihres Vaters in sich zu bewahren, doch es war zerfallen. Übrig geblieben waren ein paar unzusammenhängende Erinnerungen.

Eine ihrer schönsten war die an einen Ausflug zum Strand, als sie sechs Jahre alt gewesen war. Nur sie und ihr Vater waren an jenem Sonntagnachmittag unter einem strahlend blauen Himmel in seinem Mercedes übers Land gefahren, vorbei an einem Dorfplatz, auf dem ein kleiner Jahrmarkt seine Buden und Karussells aufgebaut hatte, vorbei an Wiesen mit Kühen und Schafen. Aus dem Autoradio sangen die Beatles. Sie würde mit ihrem Papa am Wasser spazieren gehen, und hinterher, versprach er, würde es dort am Strand ein Eis geben.

Sie parkten am Rand des schmalen Weges unter Bäumen und gingen zwischen Büschen hindurch einen Trampelpfad zum Strand hinunter. Acedia erinnerte sich sogar noch daran, dass ihr Papa ein hellblaues Hemd mit kurzen Ärmeln angehabt hatte. Hellblau wie der Himmel. Und der Wind hatte seine dunklen, vorn schon schütteren Haare lustig zerzaust. Als sie unten am Campingplatz bei der Eisbude vorbeigingen, hatte ihr Vater in seine Hosentasche gegriffen.

»Zu blöd«, sagte er. »Ich habe mein Geld im Auto liegen gelassen.«

Bei ihrer Mutter hätte Acedia jetzt angefangen zu quengeln, bei ihrem Vater aber wusste sie: Er hielt seine Versprechen immer.

»Mach Pferdchen«, rief sie und fasste seine große Hand.

Bis zum Mittag hatte es geregnet, darum war der Strand leer, auch das wusste sie noch. Sie hatten sich Schuhe und Strümpfe ausgezogen. Ihr Papa nahm sie huckepack und lief mit ihr wiehernd durch den Sand. Nach einer Weile setzte er sie aber wieder ab.

»Du weißt, der Arzt hat gesagt, ich muss ein bisschen vorsichtig sein mit meinem Herzen.«

»Muss ich mit meinem Herzen auch vorsichtig sein?«

Ihr Vater lachte und zupfte an ihrem Zopf.

»Du bist doch noch ein Kind.«

Er bückte sich, hob einen Stein auf und ließ ihn übers Wasser springen. Dann suchte er einen aus, der schön flach und rund war, und hielt ihn Acedia hin. Sie versteckte ihre Hände hinter dem Rücken. Gestern beim Völkerball in der Schule hatte der blöde dicke Michi sie wieder geärgert, weil sie mit dem Ball niemals getroffen hatte. Und die anderen Jungen hatten gegackert, als hätte er den Witz des Monats gemacht.

»Na, komm. Versuch es mal.« Ihr Papa griff nach ihrem Arm, führte ihre Hand nach vorn und legte den Stein hinein. »Wenn es nicht gleich klappt – macht doch nichts.«

Er führte sie an den Schultern zum Wasser.

»Der Stein sollte wie eine flache, runde Scheibe geformt sein. Du wirfst ihn parallel zur Wasseroberfläche. Du weißt doch schon, was parallel bedeutet, oder?«

Acedia nickte.

Ihr Papa nahm einen zweiten Stein, hielt ihn zwischen Daumen und Zeigefinger und ging in die Knie.

»Du musst deine Hand ganz tief unten halten«, sagte er. »Und wenn du den Stein loswirfst, muss er sich drehen – so wie eine Schallplatte, verstehst du?«

Ihr erster Stein plumpste müde ins Wasser, aber schon der zweite machte drei lustige Sprünge. Acedia kniff die Augen gegen die Sonne zusammen und sah zu ihrem großen Vater hoch.

»›Mädchen können nicht werfen‹, hat gestern ein Junge aus meiner Klasse gesagt.«

Sie versuchte es erneut und schaffte wieder drei Sprünge. Auch ihr Papa warf jetzt. Acedia rannte los und fand eine Sandfläche, wo zwischen vertrockneten Algen schöne glatte Steine lagen, rostrot oder grau. Dann warfen sie abwechselnd und lachten, es platschte und spritzte, und Acedia wurde besser und besser, schaffte sechs, sogar sieben Sprünge, und endlich gingen sie in Richtung der hohen Bäume, vorbei an einer Sandburg, und setzten sich im Schatten in den Sand und sahen aufs Wasser.

Ihr Vater legte einen Arm um ihre Hüfte.

»Eines sollst du dir für dein Leben merken, Acedia: Mädchen sind genauso viel wert wie Jungen. Und wenn sie sich anstrengen, können sie auch genauso viel.«

»Aber Mama lobt immer nur Frank. Mich lobt sie nie.«

»Ist das so?«

»Frank ist gut im Schwimmen und im Laufen. Und auch im Rechnen und Schreiben und im Englischsprechen, und er kann überhaupt alles ganz, ganz gut.«

»Und dich lobt sie nie? Aber Frank ist ja auch sieben Jahre älter als du. Du bist in der ersten Klasse und dein Bruder ist schon im Gymnasium. Da ist doch ganz klar, dass er viele Dinge besser kann als du.« Er drückte sie an sich. »Dafür lob ich dich dann, mein Schatz.«

Acedia schob ihre Füße im Sand herum.

»Aber ich will auch mal von Mama gelobt werden.«

»Ich werd mal mit ihr reden. Sieh mal, Oliver lobt sie ja auch nur selten.«

»Der ist ja auch ganz klein, der kann ja noch nichts.«

Ihr Vater lachte. »So ist das also.«

Da lachte Acedia ebenfalls, und ihr wurde mit einem Mal so leicht und glücklich zumute, dass sie aufspringen musste und in großen Kreisen auf dem Strand herumlief. Sie rannte von ihrem Papa weg und wieder hin, weg und hin, ihre Füße ließen den Sand aufspritzen, und sie stolperte und setzte sich dort, wo sie nach den Steinen gesucht hatte, schwer atmend auf den Hosenboden.

Neben ihren nackten Füßen lag ein verrottetes Holzstück, und darunter glitzerte plötzlich etwas silbern im Sand. Acedia beugte sich vor und fand eine Fünfzig-Pfennig-Münze.

»Papa, schau mal.« Sie hielt die Münze hoch über den Kopf.

Ihr Vater richtete sich auf. »Was hast du denn da?«

Sie lief zu ihm und hielt die Münze auf der Handfläche vor sein Gesicht.

»Ein Geld. Das hab ich im Sand gefunden.«

Der Tag wurde immer besser, der Himmel blauer und blauer.

»Siehst du«, sagte er. »Ich habe mein Geld vergessen, dafür hast du jetzt welches gefunden. Es ist wie ein kleines Wunder.«

»Darf ich dafür Eis kaufen, Papa? Bitte.«

»Aber natürlich, Liebling. Das Geld gehört ja dir.«

Acedia lachte hell.

»Dann spendier ich jetzt *dir* ein Eis.«

Auf dem Rückweg in Richtung der Eisbude lief Acedia so nahe am Wasser, dass die Wellen ihre Füße umspülten. Zwischendurch hopste sie ein paar Schritte und betrachtete wieder und wieder die kniende Frau auf dem Geldstück; sie war ganz klein, mit einem Blatt in der Hand.

»Das ist ein kleines Wunder.«

Ihr Vater fuhr ihr über die Haare und sagte ernst: »Denk aber auch daran, dass jemand anderes dieses Geld verloren hat. Vielleicht ein kleiner Junge oder ein kleines Mädchen, das jetzt ganz traurig ist. So ist das im Leben. Wenn irgendwo was gefunden wird, ist woanders was verloren gegangen.«

Als Acedia daraufhin erschrocken auf die Münze sah und wieder hoch zu seinem Gesicht, fügte er freundlich hinzu: »Aber es ist auch umgekehrt: Wenn irgendwo was verloren geht, wird woanders was gefunden. Glück und Pech gehören zusammen wie die zwei Seiten einer Münze. Man kann sie nicht einmal immer auseinanderhalten.«

Sie stellten sich an die Eisbude und kauften sich Eis, Erdbeer für Acedia und Zitrone für ihren Papa. Dann stapften sie den Trampelpfad hoch zum Auto, die Büsche streiften Acedias nackte Beine, und das schmelzende Eis rann hübsch klebrig über ihren Handrücken. Sie schleckte es ab und sagte: »Das ist ein kleines Wunder.«

Auf der Rückfahrt sagte ihr Vater: »Ich habe dir ja versprochen, dass ich dich heute einlade.«

So hielten sie an dem kleinen Jahrmarkt, den sie auf dem Hinweg gesehen hatten, und ritten auf den Holzpferden des Karussells zu schepperndem Jahrmarktsgedudel im Kreis. Danach kaufte ihr Papa auch noch einen gelben Plastikpropeller für sie, der auf einen Stab gesteckt und mit einem Gummiband abgeschossen wurde. Damit gingen sie auf die Dorfwiese daneben. Ihr Papa schoss ihn ab und Acedia rannte und holte ihn; danach war sie dran, und sie rannte wieder und holte ihn und lachte, und während vom Jahrmarkt die Musik herüberdudelte, ließen sie und ihr Papa den Propeller abwechselnd in den hohen blauen Himmel fliegen. So lange, bis die Schatten länger wurden und länger.

3 Kim fing an im Schlaf zu schmatzen. Acedia scheuchte Schwendi aus der Wiege, sammelte ein paar Katzenhaare von der Decke und hob ihre schlafende Tochter hinein. Sie verschloss ihren BH, knöpfte die Bluse zu und schob die Wiege neben das Sofa.

Bestimmt würde Kim ein sehr begabtes Mädchen werden. *Ich werde sie jedenfalls fördern, so gut ich irgend kann.* Kaum zu glauben, dass sie dieses kleine Wesen neun Monate lang in sich getragen hatte. Und schließlich in einem vierzehnstündigen Kampf hinausgepresst.

»Wenn man das schaffen kann«, sagte sie und betrachtete ihr Töchterchen, »dann kann man alles schaffen.« Sie beugte sich zu ihr hinunter. »Nicht wahr, Schatz?«

Sie legte eine Hand auf die Wiege und schaukelte Kim sanft. Wie friedlich sie war. Auch Alex war im Grunde ja viel freundlicher und hilfsbereiter als alle Männer, die sie davor gehabt hatte. *Man sollte viel mehr genießen, was man hat*, dachte sie. Aber sie spürte zugleich, dass es nur Worte waren, deren Bedeutung nicht tief genug in sie hereinreichte.

Acedia stand auf, ging umher und fasste nach einem Roman, der auf dem Tisch lag. Gabriel García Márquez im Original. Sollte sie die Zeit nutzen und ihre Spanischkenntnisse vertiefen? Oder Petra anrufen, mit der sie seit einigen Tagen nicht mehr telefoniert hatte? Ihre Finger fuhren über den Telefonhörer, doch statt Petras Nummer wählte sie die einer Mitarbeiterin des BUND, die sie zu einem Artikel über Windenergie befragen wollte.

Niemand hob ab.

Sie griff nach ihrem angefangenen Artikel. Vielleicht konnte sie Sommerkorn, den Chefredakteur des »Hamburger Blicks«, dafür begeistern, daraus eine Serie über erneuerbare Energien zu machen. Einige weitere Ideen hatte sie schon und es gab sicher genug Stoff zu dem Thema. Sie arbeitete eine Stunde, überflog dann das Geschriebene und fand dabei wieder zwei Exemplare ihrer scheinbar nicht auszurottenden ellenlangen Sätze, denen ein Nebensatz mit nachklapperndem Verb folgte. Was hatte Mark Twain über die deutsche Sprache gesagt? Wenn der deutsche Dichter in den Wörtersee taucht, kommt er auf der anderen Seite wieder hoch und hat ein Verb im Mund. Sie grinste vor sich hin und griff nach der Fernbedienung des Fernsehers.

»Hier ist das Erste Deutsche Fernsehen mit der Tagesschau.«

Schwendi richtete sich wieder an der Wiege auf, und weil Acedia ihn beobachtete, hörte sie den Anfang der ersten Meldung nur mit halbem Ohr. In New York hatte es einen Anschlag gegeben.

Sie ging zur Wiege, schnappte Schwendi und setzte ihn sich auf den Schoß. In der Tiefgarage des World Trade Centers hatten islamistische Terroristen eine mehrere hundert Kilogramm schwere Bombe zur Explosion gebracht. Es hatte Tote und Verletzte gegeben, und auch das Gebäude selbst war teilweise stark beschädigt worden.

Während Acedia sah, wie verstörte Menschen aus dem Gebäude herausgeführt wurden, schüttelte sie den Kopf. Wie konnten ein paar Terroristen glauben, mit einem solchen Anschlag eine Weltmacht wie die USA herausfordern zu können? Was für eine Selbstüberschätzung.

In fremden Betten

1 Acedia schaut auf die Taschenuhr, die sie von ihrem Vater geerbt hat: 23:42 – kurz vor Mitternacht. Zu spät, um Alex noch anzurufen.

Sie blinzelt in die Sonne, wischt sich den Schweiß von der Stirn und blickt aufs Wasser. Auf der gegenüberliegenden Seite der Upper Bay erhebt sich die Skyline von New York und links, das dürfte die Freiheitsstatue sein.

Die deutsche Mitternacht dämmert noch in Acedias Körper; er wehrt sich gegen die Behauptung, dass es – sie sieht auf ihre Armbanduhr, die auf New Yorker Zeit steht – erst 17:42 sein soll. Sie lässt die Uhr ihres Vaters in die Tasche ihrer Jeansjacke gleiten und legt die Unterarme auf das Ufergeländer. Drei spanisch sprechende Touristen treten neben sie. Ein glatzköpfiger Mann fotografiert übers Wasser, und Acedia schnappt auf, dass er »Estatua de la Libertad« sagt. Sie hatte offenbar recht. Wie winzig die Freiheitsstatue aus dieser Entfernung ist.

Auf dem Platz hinter ihr steht eine Reihe schmiedeeiserner Straßenlaternen mit Bänken dazwischen, und Acedia unterdrückt den Wunsch, sich für einen Augenblick zu setzen. Die Müdigkeit würde sie dort festhalten. Sie schiebt den Riemen ihrer Tasche die Schulter hoch, kehrt der Upper Bay den Rücken und geht durch einen kleinen Park und am Ritz-Carlton-Hotel vorbei auf den lauter werdenden Verkehrslärm zu. Hier in New York ist alles nicht einfach nur groß, sondern geradezu riesig.

Zwei Tage ist sie hier und hat ihren Jetlag immer

noch nicht überwunden. Sie denkt an ihren früheren Freund Eule, der im Jahr vor dem Abitur mit seinen Eltern in Chicago Urlaub gemacht hat. »Jetlag?«, hat er hinterher geprahlt, »halb so schlimm, da bleibt man einfach ein paar Stunden länger wach.« Acedia steht an einer Ampel und pustet sich Haare aus dem Gesicht. Für Eule war das sicher kein Problem. Ein Sightseeing-Bus, rot, mit Sitzen auf dem Dach, fährt vor ihr vorbei.

»Wenn du New York kennenlernen willst, solltest du zu Fuß von der Freiheitsstatue bis zum Times Square gehen«, hat ihr amerikanischer Kollege Desmond Reyes von der »New York Voice« ihr geraten, als sie ihn gestern kurz kennengelernt hat. Zu Fuß gehen. Das ist eigentlich nichts für sie. Zumal sich ihre Beine anfühlen, als hätte sie Gewichte daran.

Ein Fahrradkurier fährt eng an ihr vorbei, und sie biegt in den Broadway ein, der hier noch eine kleine Straße zwischen Häusern und einem Park ist. Desmond Reyes kam ihr laut und jovial vor. Einer jener Männer, die weibliche Kollegen gern auf die Probe stellen – aber Acedia nimmt es mit Humor. Auch wenn er stellvertretender Chefredakteur der »Voice« ist, fühlt sie sich ihm in keiner Weise unterlegen. Sie geht weiter den Broadway hoch.

Den Weg zum Times Square hat Acedia auf einem Zettel notiert, sie möchte nicht mit einem Stadtplan als Touristin erkannt werden. Sie hat auch keinen Fotoapparat dabei und trägt gegen ihre Gewohnheit keine Businesskleidung, sondern T-Shirt und Sneakers zu hellen Shorts. In der Sonne ist ihre Jeansjacke zu warm, aber in der Tiefe der Häuserschluchten recht angenehm.

Über die Grünanlage einer Kirche hinweg ragen die beiden Türme des World Trade Centers kantigfest in den phantastischen Himmel.

Den Kontakt zu Reyes und anderen hat ihr Freund und früherer Kommilitone Jörg hergestellt. Michael Locke, der Amerika-Korrespondent des »Hamburger Blicks«, wird voraussichtlich in zwei bis drei Jahren seine Stelle hier aufgeben, und ein Kollege hat Acedia kürzlich im Vertrauen verraten, dass sie auf der Liste von Lockes möglichen Nachfolgern ganz oben steht. Da wurde es Zeit für sie einmal hierherzufliegen – auch wenn es zunächst nur für zehn Tage ist.

An einer Kreuzung regelt ein Polizist mit grün leuchtender Weste den Verkehr. Acedia wartet in einem Pulk Passanten und betrachtet die Vögel auf den Bildern eines Straßenmalers. Groß und bunt, aber langweilig. Sie lässt sich von den Passanten über die Kreuzung treiben und setzt sich auf dem großen Platz gegenüber jetzt doch auf eine Bank.

In den vergangenen Wochen hat Acedia einige Male mit Locke telefoniert und gemailt. Auch wenn er für einen Journalisten ungewöhnlich zurückhaltend und insofern schwer einzuschätzen ist, hat sie das Gefühl, dass er sie mag. Die Kollegen des »Hamburger Blicks« hat sie am ersten Tag kennengelernt und gestern ist Locke mit ihr zur »Voice« gefahren. Dort hat er sie Reyes, Juliet Littleton und weiteren amerikanischen Kollegen vorgestellt. Von Lockes Sympathie für sie wird einiges abhängen.

Wenige Schritte von ihrer Bank entfernt tanzen zwei weiße junge Frauen mit Hula-Hoop-Reifen. Dass so was noch in Mode ist. Acedia wühlt das Diktiergerät aus ihrer Umhängetasche und spricht Notizen über ihre Beobachtungen darauf.

Auf der anderen Seite des Platzes steht ein asiatisches Pärchen mit einem kleinen Mädchen, das wohl in Kims Alter ist. Höchstens drei, vier Monate älter. Während der Vater fotografiert, hockt sich die Mutter neben das Kind, deutet auf die Gebäude ringsum und dann auf Bilder in einem Prospekt. Das Mädchen dreht sich im Kreis und schaut mit großen Augen umher.

Alex hatte gemeint, Kim sei noch zu klein; es sei noch zu früh, dass Acedia so lange nach New York fahre. Er wird bestimmt schimpfen, weil sie heute nicht angerufen hat. In solchen Dingen ist er wie ein Mädchen.

Um neun ist sie mit Locke, Reyes und Juliet im »Ford's« verabredet – einem, wie Juliet sagte, höchst angesagten Restaurant. Obwohl Acedia erst wenige Minuten mit Juliet gesprochen hat, spürt sie, dass diese Kollegin sie unterstützen wird.

Acedia drückt sich mühsam von der Bank hoch und geht weiter, aber auf Höhe der Chambers Street beginnt die sich wiederholende Architektur sie zu ermüden. Im Vorbeigehen betrachtet sie die Schaufenster der Klamottenläden und betritt schließlich einen hell gestylten Second-Hand-Laden. Vielleicht findet sie ja hier eine größere Umhängetasche. Möglichst so groß, dass ein Laptop hineinpasst. Danach sucht sie schon seit einigen Monaten, aber was sie bisher gefunden hat, hat nie zu ihrem schlichten Stil gepasst. Sie wandert suchend umher. Auf einem Wühltisch entdeckt sie CDs und Platten aus Deutschland: die Scorpions, Kraftwerk, Nena – und sogar Superbia ist dabei. Ein Globus auf einer verschnörkelten Anrichte fängt ihren Blick. Sie tritt heran und legt ihre Hände darauf. New York liegt auf der Höhe von Madrid. Dass diese Stadt so weit südlich ist, verblüfft Acedia immer wieder aufs Neue.

Schließlich kauft sie einen Becher mit der Aufschrift »I love NY« und verlässt den Laden. Auf dem Gehweg davor rempelt ein dünner, blasser Mann sie an. Er entschuldigt sich wortreich und klopft ihr auf die Schulter. Als er in der Menge verschwindet, durchzuckt Acedia ein Schreck, und sie greift in die Tasche ihrer Jeansjacke. Sie atmet auf. Die Uhr ihres Vaters ist noch da. Kurz nach eins. Acedia spürt ihr Herz schlagen. Aber als sie weitergeht und ihren Puls immer noch fühlt, merkt sie, dass dies nicht nur von ihrem Schreck herrührt, sondern ebenso von ihrer wattigen Müdigkeit.

Sie überquert die Houston Street. Petra anzurufen, ist es mittlerweile auch zu spät, aber bestimmt ist Oliver noch wach, der Nachtschwärmer. Er geht selten vor zwei Uhr ins Bett. Am Mittwoch wollte er sich in Hamburg die Superbia-Ausstellung ansehen. Wie die wohl gewesen ist?

Acedia stellt sich an den Straßenrand und winkt eines der zahlreichen Yellow Cabs heran. Wenn sie jetzt noch weitergeht, wird sie bald so kaputt sein, dass sie im »Ford's« keinen guten Eindruck macht. Acedia steigt in das Taxi, nennt den Namen ihres Hotels und tastet während der Fahrt wieder und wieder nach der Taschenuhr ihres Vaters. Schließlich verstaut sie die Uhr tief in ihrer Umhängetasche.

Sie blickt versonnen aus dem Seitenfenster und ein Spielzeug aus früher Kindheit taucht aus ihrer Erinnerung auf: ein kleiner Propeller, der auf einem Stab steckte und mit einen Gummiband abgeschossen wurde. Ein gelbes Plastikding; ihr verstorbener Vater hatte es ihr geschenkt.

Selbst jetzt, nach zwanzig Jahren, kann sie noch vor sich sehen, wie der Propeller an diesem schlimmen Tag weit oben in den Zweigen eines alten Birnbaums

hängen geblieben war. Sie und drei Spielkameraden hatten damit auf einer Wiese, an die ein Schrebergarten grenzte, um die Wette geschossen. Bis der dicke Michi, der etwas langsam im Kopf war, ihren Propeller völlig dämlich in Richtung des hohen Birnbaums gefeuert hatte. Er war auf den Blättern gelandet, trudelte ein Stückchen herab, und für einen Augenblick schien es – als würde er ganz herunterfallen, er rutschte ein weiteres Stückchen, verhedderte sich dann aber hoch oben in den Zweigen. Schlagartig war ihr Kinderspiel abgebrochen.

Acedia hatte die Büsche durchwühlt und einen langen Ast gefunden, hielt ihn mit ausgestreckten Armen über den Kopf und sprang und sprang immer wieder, so hoch sie konnte, aber der Propeller hing gelb und verloren weit über ihr in den Zweigen fest.

Der dicke Michi stand ungeduldig daneben. »Lass doch das doofe Ding. Wir spielen was anderes.«

Acedia knallte den Ast gegen den Baumstamm, dass er zersplitterte, rannte auf den einen halben Kopf größeren Michi zu und schrie: »Du … du blöder … musst du alles kaputt machen?« Fast hätte sie ihn umgeschubst.

Wie sie es geschafft hatte, auf den hohen Birnbaum hinaufzuklettern und sich auf einem morschen Ast in

Richtung des Propellers vorzuschieben, weiß sie heute nicht mehr, aber sie kann sich noch genau erinnern, wie die Spitzen ihrer gestreckten Finger das gelbe Plastik berührten – und in genau diesem Augenblick der Ast brach.

Auch an den Fall.

Wie die Zeit sich verlangsamte, ja beinahe stillstand, und Einzelheiten der zerfurchten Baumrinde mit unheimlicher Schärfe hervortraten, wie ihre Hand nach vorbeirauschenden Ästen haschte.

Ein Schlag krachte in Acedias Rücken und trieb ihr die Luft aus den Lungen. Nachrieselnde Blätter prasselten ihr ins Gesicht. Sie kippte auf die Seite und starrte auf die Socken ihrer herbeilaufenden Freunde. In ihren Ohren summte es, und der seltsamerweise ausbleibende Schmerz wiegte sie in der falschen Hoffnung, sie könne den Sturz unversehrt überstanden haben.

Die Kinder standen kurz um sie herum und rannten dann weg; nur der blöde Michi half ihr auf. Er verfrachtete sie brummend auf sein Rad und schob sie nach Hause. Ihrer Mutter sagte sie nichts von dem Sturz. Benommen schleppte Acedia sich die Treppe hoch, in ihr Zimmer, aufs Bett. Müdigkeit ergriff sie, und ihr wurde schwindelig, sie kämpfte dagegen an. Doch als sie vorm Abendessen noch pinkelte, sich danach umdrehte und eine Hand zur Kette für die Spülung erhob, sah sie in der Kloschüssel ihren Urin. Ihre Hand verharrte in der Luft – er war rot.

Sie hatte die Zähne zusammengebissen, so wie sie es von ihrer Mutter gelernt hatte, und sich an den Abendbrottisch gesetzt.

Aber noch in der gleichen Nacht lag sie im Krankenhaus.

Acedia sieht aus dem Fenster des fahrenden Taxis: Häuser, Parks, Leute, Häuser, Parks – nichts davon nimmt sie in diesem Augenblick bewusst wahr.

Neun Kinder hatten mit ihr in einem Zimmer geschlafen. Sie erinnert sich, wie ein Junge auf der anderen Seite des Ganges nach seinen Eltern rief: »Mama. Ich will nach Hause.«

Acedia hatte auf ein helles Viereck an der Wand gestarrt – Licht von den Scheinwerfern der draußen vorbeifahrenden Autos. Und der Junge weinte. Schließlich kam Nachtschwester Waltraud herein, deren Haare immer streng nach hinten geknotet waren und der Kragen hochgeschlossen. Im Dunklen war sie nur ein schwarzer Schattenriss mit Taschenlampe.

»Du bist doch schon groß«, flüsterte Schwester Waltraud dem Jungen zu. »Die anderen Kinder können nicht schlafen.«

Acedia wagte nicht zu atmen.

Ich bin nicht groß, dachte sie mit feuchten Augen. Noch lange, nachdem die Nachtschwester gegangen war, beobachtete sie die Lichter der Scheinwerfer an der Wand. Starr vor Angst wehrte sie sich gegen die heraufziehende Müdigkeit. Seit ihr Vater im Bett gestorben war, wusste sie, was *ewiger Schlaf* bedeutete. Es war der Tod. Sie hasste, hasste, hasste den Schlaf. Acedia zog sich die Decke übers Gesicht und schluchzte.

Als auf diese Nacht der Tag folgte und wieder Nacht und Tag – und sie immer noch nicht gestorben war, nahm ihre Angst ab; dafür wuchs ihre Einsamkeit. An den Tagen las Acedia, und in den Nächten träumte sie sich fort in Geschichten. Geschichten von Mädchen, die nicht im Bett liegen mussten, sondern laufen konnten, die tanzen konnten und sogar fliegen. Die Lichter der Straße strichen an der Wand entlang.

Noch Wochen danach hatte sie sich im Traum fallen gesehen.

3 Eine Viertelstunde später schließt Acedia die Tür zu ihrem Hotelzimmer auf. Sie wirft ihre Tasche und ihre Jeansjacke aufs Bett und erinnert sich mit einem flüchtigen Schmunzeln daran, wie schwer es ihr als Kind fiel, woanders zu schlafen. Sie öffnet die Tür zum Balkon und vor ihr liegt der freie Blick auf die zwanzig-, dreißigstöckigen Gebäude ringsumher. Warme Luft strömt herein, und aus den breiten Straßen dröhnt der Verkehrslärm hoch zu ihr in den zehnten Stock.

Sie kramt die Taschenuhr aus ihrer Umhängetasche und lässt sich aufs Bett sacken. Viertel vor zwei. So wie sie es sich dachte. Sie greift zum Hörer des Telefons und wählt Olivers Nummer.

»Hallo, kleiner Bruder.«

»Hallo, Acedia.« Sie hört ein Grinsen in seiner Stimme. »Ich stelle fest, die Stadt, die niemals schläft, färbt schon auf dich ab.«

Acedia erzählt von ihren ersten Eindrücken, von dem Gefühl riesiger Freiheit, das New York in ihr auslöst, von den erstaunlich vielen Parks und der Architektur: vier-, fünfstöckige Wohnhäuser mit Simsen und Rundbögen, nicht anders als die alten Häuser in Hamburg, aber auch von den geflickten Straßenbelägen.

Sie versucht sich Hamburg vorzustellen, das jetzt unter einem schwarzen Himmel liegt, und die Bilder von New York und Hamburg schieben sich vor ihrem inneren Auge für einen Moment übereinander.

»Vor einem Bankgebäude mit riesigen Glasfassaden entdeckst du dann einen historischen Postkasten«, fährt sie fort. »So ein verschnörkeltes Metallding. Bis du näher gehst und feststellst, dass das Ding aus Kunststoff ist. Das ist New York. Vieles wirkt hier … überdimensioniert und künstlich.« Sie unterdrückt ein Gähnen. »Aber erzähl du auch mal. Warst du in der Superbia-Ausstellung?«

»Ja.«

»Und?«

Oliver erzählt von Superbias farbenfrohen Riesenbildern, ihren Miniaturen und bizarren Plastiken. Von ihrer ersten Gitarre und Fotos, die sie und ihren Vater als Straßenmusiker zeigen. Obwohl sie Olivers Bericht ehrlich interessiert, fangen ihre Gedanken immer wieder an wegzudriften.

»Aber das Verrückteste war der doppelte Raum«, sagt er.

»Ein doppelter Raum?«

»Der erste Raum der Ausstellung war ziemlich karg, da stand nur ein zerwühltes Bett, darin lagen Zeitschriften, davor eine Uhr – und in der Ecke Klamotten, Strümpfe, BH und so. Völlig unspektakulär. Danach ging es durch die anderen Ausstellungsräume mit den eben beschriebenen Exponaten. Aber plötzlich war ich wieder in dem Raum mit dem Bett. Aus der gleichen Richtung. Dabei war ich absolut sicher, dass ich ihn beim ersten Mal vom Vorraum aus betreten hatte. Hui, das war unangenehm, ein seltsames Gefühl von … Entpersonalisierung. Ich wusste plötzlich nicht mehr, wo ich war.«

»Hört sich krass an.«

»Ja, das war es. Ich habe für Momente an meiner Wahrnehmung gezweifelt. Ich konnte einfach nicht wieder in diesem Raum sein. Dabei stand da sogar eine Frau, die genau so aussah, und verteilte Flyer.«

»Zwillinge.«

»Ja, klar.«

Sie schweigen einander an. *Entpersonalisierung*, denkt Acedia. Ein treffendes Wort für ihr momentanes Gefühl.

»Hoffentlich habe ich genug Zeit hier«, sagt sie. »Ich möchte unbedingt ins Metropolitan Museum of Art.«

4 Acedia steht im Bad und wäscht sich am Waschbecken den Oberkörper ausgiebig mit kaltem Wasser ab. Das macht sie wieder munter. Sie bindet ihren Pferdeschwanz neu, geht ins Zimmer und tritt vor den Spiegel, der neben dem Kleiderschrank hängt. Vielleicht hätte sie sich bei Juliet erkundigen sollen, was man im »Ford's« trägt. Sie bemerkt, wie wichtig es ihr ist, Eindruck auf Locke zu machen, schön und weiblich zu wirken, aber keinesfalls zu aufreizend. Sie wendet sich vor dem Spiegel hin und her und entscheidet sich endlich für ihr helles Kostüm aus leichtem Leinen. Dazu die Perlenohrstecker, die Alex ihr zum siebenundzwanzigsten – nein, achtundzwanzigsten Geburtstag geschenkt hat, die wirken professionell und zugleich sportlich. Sie

schminkt sich die Augenlider und kann sich danach nicht zwischen zwei Lippenstiftfarben entscheiden, bis sie sich schließlich ermahnt: »Hey, es ist nur ein informelles Kennenlerntreffen und nicht die Verleihung des Pulitzer.« Ein paar Tupfer Parfum, und sie wirft sich ihre Tasche über die Schulter und verlässt das Hotelzimmer.

Als sie mit einem Taxi vor dem »Ford's« vorfährt, kommt auch Michael Locke gerade die Straße hoch, einen weißen Pullover um die Schultern geschlungen. Er begrüßt sie lächelnd und sie gehen zusammen hinein. Desmond Reyes erkennt sie schon von Weitem an seiner hageren Gestalt und der gebändigten Mähne. Er und seine Kollegin Juliet Littleton winken ihnen von einem Fenstertisch aus zu. Juliet hat ein rotes Sommerkleid an und trägt die blonden Locken offen. Zehn, fünfzehn Jahre älter als Acedia, ist sie immer noch eine schöne Frau. Als sie Acedia umarmt, schwingen ihre großen goldenen Ohrringe und Acedia hofft, dass die Perlen in ihren Ohren nicht bieder wirken.

Hin und wieder streuen die New Yorker Kollegen deutsche Brocken in die Unterhaltung ein. Vor allem Locke, aber auch Juliet, die acht Jahre in Berlin akkreditiert war und dort für den »Tagesspiegel« schrieb.

»Was macht Ihr Jetlag, Acedia?«, fragt sie über den Rand ihrer Speisekarte hinweg.

»Sehe ich so schlimm aus?« Acedia lacht.

Juliet stimmt in ihr Lachen ein.

»Aber nein, Sie sehen phantastisch aus.«

Der Kellner kommt. Acedia bestellt ein Wasser und auf Reyes' Empfehlung den gegrillten Fisch.

»Der Jetlag ist eine interessante Erfahrung.« Acedia wirft Locke einen Blick zu. Sie möchte nicht den Eindruck erwecken, als sei sie nicht belastbar, und drückt es vorsichtig aus. »Ich fühle mich die ganze Zeit leicht unwirklich – wie in einem Film.«

Ein Handy klingelt. Reyes greift in die Tasche seines Jacketts. Er nimmt das Gespräch an und lehnt sich zurück.

Superbias Installation des doppelten Raumes fällt Acedia ein. Dies wäre eine treffende Metapher für ihr gespaltenes Gefühl, doch es ist zu komplex, es hier zu beschreiben. Stattdessen erwähnt sie den Globus, den sie im Laden gesehen hat. »Mir ist niemals zuvor so klar geworden, dass durch die Drehung der Erde unser gesamtes Zeitempfinden bestimmt wird.«

Juliet streicht ihre blonden Locken zurück und nickt. »Der Wechsel von Tag und Nacht und damit der grundsätzliche Rhythmus unseres Lebens.«

»Aber ist das nicht trivial?«, fragt Locke. »Die Drehung ist nun einmal vierundzwanzig Stunden lang.«

Die Getränke werden gebracht.

»Viele Dinge, die uns trivial erscheinen, sind, sobald wir sie genauer betrachten, höchst komplex«, sagt Juliet. »Ich finde schon, dass sich das theoretische Wissen der Erdrotation durch die sinnliche Erfahrung des Jetlags noch einmal anders darstellt.«

Reyes beendet sein Telefonat.

»Also mir hat der Jetlag nie was ausgemacht«, sagt Locke.

Reyes wendet sich an Acedia: »Das neue Erscheinungsbild des ›Hamburger Blicks‹ gefällt mir.«

Sie trinkt von ihrem Wasser. »Seit der ›Focus‹ dem ›Spiegel‹ Konkurrenz macht, wird die Presselandschaft ziemlich durcheinandergewirbelt, alles soll mit einem Mal bunt und leicht verdaulich sein.«

»Das gefällt Ihnen nicht?«

»Was die Vermittlung politischer Fakten angeht, bin ich möglicherweise ein wenig … traditionell.«

Reyes grinst. »Ihr Deutschen neigt eben zur Schulmeisterlichkeit. Die Herausgeber in Amerika haben vor allem die Vorstellung, Zeitungen sollten Gewinne erwirtschaften. Und dazu gehört eben ein modernes Layout.«

Locke lehnt sich mit ernstem Blick nach vorn. »Ich hab ja Ihre Paris-Reportagen gelesen, Acedia.«

»Paris-Reportagen?«, fragt Reyes.

»Tolle Arbeiten. Für eine davon hat unsere junge, hübsche Kollegin hier sogar den Kisch-Preis erhalten. Sie hat ein Talent, die Dinge auf den Punkt zu bringen.«

Acedia lächelt und ertappt sich dabei, dass sie den Kopf schief legt. Sie entspannt sich und hält ihn wieder gerade.

Locke greift nach seinem Bierglas. »Diese Reportagen gefallen mir wirklich außerordentlich, Acedia. Aber wenn Sie über New York schreiben …«, er schüttelt den Kopf. »Ich weiß, am liebsten sind Ihnen soziale Themen. Die Rassenfrage und so weiter. Doch wenn ich Ihnen einen Rat geben darf: Gehen Sie Sommerkorn damit nicht zu sehr auf die Nerven.«

»Dadurch, dass wir nicht auf die Probleme hinweisen«, sagt Acedia ein wenig zu scharf, »lösen sie sich ja nicht – Hokuspokus – in Luft auf.«

»Glauben Sie nicht, ich hätte ein Herz aus Stein«, sagt Reyes. »Wir berichten in der aktuellen ›Voice‹ über Waffengewalt und radikale Christen. Aber daneben gibt es auch leichtere Kost. Unsere Leser verlangen nun mal Ausgewogenheit.«

Er sieht sie ernst und hager an. Acedia hält seinem Blick stand.

»Wie wärs mit einer Story übers Internet?«, fragt Locke. »Seit letztem Jahr gibt es hier überall Internetcafés. Als Aufhänger nehmen Sie den Cyberpunk.«

Das Essen wird gebracht. Acedias gegrillter Fisch duftet. Sie wundert sich, wie riesig die Portionen sind.

Juliet greift nach ihrem Besteck. »Sehen Sie zu, dass Sie beim ›Blick‹ irgendwann den Absprung kriegen«, sagt sie verhalten zu Acedia. »Oder verschaffen Sie sich wenigstens ein zweites Standbein. Sommerkorn kann einfach nicht mit Frauen. Ich fürchte, solange er da was zu sagen hat, können Sie Amerika vergessen.«

Kurz bevor sie das Restaurant verlassen, hat es zu nieseln begonnen. Als Acedia auf die Straße tritt, hält Juliet einen Schirm über sie; sie begleitet Acedia zum Fahrbahnrand und winkt ein Taxi herbei. Während Acedia einsteigt, macht Juliet eine Kopfbewegung in Richtung ihrer männlichen Kollegen, die mit hochgezogenen Schultern zu ihren Wagen hasten.

»Lassen Sie sich von denen bloß nicht einschüchtern.«

»Vielen Dank für Ihre Tipps, Juliet.«

»Gern geschehen.«

Acedia steigt ein. Juliet zwinkert fröhlich und winkt

ihr nach. Im Taxi fühlt Acedia sich schlaftrunken und zugleich seltsam klar, eingesponnen in einen Kokon aus Unwirklichkeit. Nach dem Essen hat sie doch noch einen Rotwein getrunken. Da konnte sie sich nicht ausschließen. Insgesamt war der Abend ein Erfolg.

Regen rinnt die Scheibe herab und verzerrt die Lichter der Stadt. Sie hat sich gut geschlagen, auch wenn sie sich ärgert, dass sie Reyes bei der Frage des Layouts nicht mehr Paroli geboten hat. Acedia fährt sich mit der Handfläche über die feuchten Haare.

Ihre Anspannung lässt nach und schlagartig kehrt ihre Müdigkeit zurück. Es ist jetzt kurz nach elf Uhr New Yorker Zeit und die Straßen sind noch belebt. Leuchtreklamen für Museumsausstellungen und Musicals ziehen vorbei. Das Phantom der Oper, Mamma mia!, West Side Story – *schade.* Zwar hat Petra ihr gestern am Telefon geraten, den Aufenthalt auch als Urlaub zu betrachten. Doch das wird sich kaum vereinbaren lassen. Das Wichtigste wird nun mal sein, aus New York eine fertige Reportage mitzubringen. Übergangslos muss sie an Kim denken, und sie nimmt sich fest vor, morgen zu Hause anzurufen.

Falls das Gespräch mit Michael Locke sich nicht zu lange hinzieht. Morgen hat er Zeit für sie. Ihre Paris-Reportagen haben ihm also gefallen. Acedia stützt die Wange auf eine Handfläche. Hm, Cyberpunk … Warum nicht? Locke hat gesagt, er habe einen guten Draht zu Frau Marxen, der Verlagsleiterin. Er hat versprochen, ihr zu empfehlen, Acedia als seine Nachfolgerin aufzubauen, wenn er in zwei, drei Jahren nach Old Germany zurückkehrt.

Dann ist Kim fünf Jahre alt. Bestimmt lässt es sich einrichten, dass sie gleich in New York zur Schule kommt. Und Leute, die auf Autismus spezialisiert sind, wie Alex, braucht man auch hier. Sie spürt, wie sich ein großes Lächeln auf ihr Gesicht legt, und fühlt zugleich die tiefe Gewissheit, es schon bald zu schaffen. Sie wird Alex bestimmt überzeugen können. Als sie vor dem Hotel halten, gibt Acedia dem Taxifahrer ein ungewöhnlich hohes Trinkgeld. Es hat aufgehört zu nieseln.

Oben angekommen betritt Acedia den Balkon. Sie wischt das feuchte Geländer ab und stützt sich schwer darauf. Die nächtliche Stadt sieht verheißungsvoll und wunderschön aus. Ein warmer, aus den Straßen aufsteigender Wind streicht ihr übers Gesicht. Tief unter ihr fließt mit gleichmäßigem Rauschen der New Yorker Verkehr. The city that never sleeps. Acedia lässt ihre Hand über das Geländer gleiten und wirft einen Blick über die Schulter durch die halb offene Balkontür zu ihrem Hotelbett.

Sie stößt ein belustigtes Schnaufen aus und erinnert sich dunkel, dass sie als Kind nicht einmal bei Freundinnen übernachten mochte. Ihre Klassenfahrt in der dritten Klasse aber liegt für Acedia vollständig unter einem Schleier des Vergessens verborgen.

6

Wie sie damals in einem Landschulheim auf der Nordseeinsel Amrum Nacht für Nacht wach gelegen hat, weiß sie nicht mehr. Sie weiß nichts mehr von den Scheinwerferlichtern, die über die Wand irrten – Lichter der vereinzelten Autos, die unhörbar alle zehn, zwanzig Minuten die Küstenstraße entlangfuhren. Nur immer diese Lichter.

Sie weiß nicht mehr, dass sie sich noch schlimmer fühlte als im Jahr zuvor im Krankenhaus. Wie sie zur Decke hochsah und die Arme fest um ihren Körper schlang, bemüht, ihre Klassenkameradinnen nicht aufzuwecken. Die Alpträume. Der durch die Dünen pfeifende Wind. Dass sie es in der dritten Nacht nicht mehr aushielt, leise aus dem Zimmer schlich und die Treppe zum unteren Stockwerk hinuntertappte, ins Zimmer der Lehrer und Betreuer.

Dass Frau Samtleben, ihre Lehrerin für Schreiben, ihr einen Becher heiße Schokolade brachte und anbot, am nächsten Tag Acedias Mutter anzurufen, damit sie sie abholte. Aber Acedia hatte den Kopf geschüttelt. Ihre Mutter würde auf so etwas niemals eingehen. Sie sagte immer: »Das schaffen wir schon.«

Frau Samtleben hatte ihr tröstend einen Arm um die Schultern gelegt. Und das fühlte sich ganz schrecklich an. Jetzt, Jahre später, glimmt in Acedia nur noch ein leises Unbehagen davon, und das Echo, das das Hotelbett heraufbeschwört, wird überdeckt durch das freie Gefühl, in New York zu sein. Acedia sieht auf den Verkehr hinunter. Noch vor der Jahrtausendwende wird sie hier als Korrespondentin arbeiten.

»Ich hab's geschafft«, flüstert es aus ihr hinaus.

Sie verdankt ihrer Mutter so viel. Immer hat sie ihr bei den Schulaufgaben geholfen, hat ihr sämtliche Bücher bezahlt, die sie brauchte.

Acedia holt einen Stuhl aus dem Zimmer, setzt sich auf den Balkon und beschließt, dem Jetlag zu trotzen und so lange wie möglich wachzubleiben. Jetzt wäre es schön, wenn Petra hier wäre. Aber kiffen bräuchte sie nicht. Gerade jetzt fühlt sie sich auch so bekifft. Ihr Kopf sackt vor und sie zuckt zusammen.

Ihr Kopf sackt nach vorn. Der Verkehr rauscht. Ein Lichtschein flackert über die Balkonwand, sie wendet das Gesicht zur Tür und sieht, dass plötzlich ihr Hotelzimmer brennt. Riesige Flammen wüten darin, aber so lautlos, dass Acedia im ersten Augenblick kaum erschrickt.

Dennoch springt sie auf, der Stuhl kippt nach hinten, und sie wirft Blicke umher. Jetzt erst bemerkt sie, dass der Balkon auf der einen Seite offen ist und zu einem umlaufenden breiten Sims führt, so wie man es aus Filmen kennt. Ohne zu zögern balanciert sie, Arme und Rücken gegen die Wand gepresst, darauf entlang. Da fällt ihr Blick versehentlich nach unten, auf die winzigen Dächer der Autos, und die Tiefe saugt so sehr, als würden die Wände in ihrem Rücken sich schräg stellen und gegen sie drücken.

Ich träume, denkt sie.

Aber trotz dieser Erkenntnis empfindet sie die sich nun aus der Tür schlängelnden Flammen nicht als weniger bedrohlich. Einer riesigen Hand gleich erhebt sich das Feuer; heiße, orangerote Finger gleißen auf und züngeln ihr nach. Acedia reißt den Blick von der saugenden Tiefe los. Die Wand reibt über ihre Schulterblätter, sie tappt – einen Fuß neben den anderen – bis zur Ecke vor, und da ist plötzlich noch ein Hotel – mit einem breiten, mit einem sicheren Sims, nur einen Sprung entfernt. Oliver steht dort, er hat Kim schon gerettet, ihr

Nachthemdchen flattert weiß im Wind. »Greif meine Hand«, schreit er.

Er beugt sich weit, weit vor und streckt einen Arm nach Acedia aus.

Da fängt ihr Kostüm Feuer.

Alexanders Traum

1 »Darf meine Tochter bei Ihnen mal auf die Toilette gehen?«, fragte Acedia.

Eine rundliche Frau in den Vierzigern stand hinter dem Tresen des Landgasthofs und spülte Gläser. Sie nickte und deutete ans andere Ende des langen Tresens.

»Gleich da rum.«

Kim griff nach Acedias Hand. »Komm bitte mit, Mama.«

Acedia schüttelte den Kopf und zog die Hand weg. »Das schaffst du alleine, du bist doch schon groß.«

Kim wurde in drei Wochen eingeschult, und es war Zeit, dass sie ein wenig mehr Selbstständigkeit lernte. Sie verzog schmollend den Mund und trottete, den braunen Wuschelkopf gesenkt, am Tresen entlang. Die einzigen Gäste, zwei Männer mit rosigen Gesichtern, die an einem Fenstertisch hockten, waren aufmerksam geworden und blickten ihr nach.

Acedia reckte den Hals, sah nach draußen zum Parkplatz des Gasthofs und versuchte Alex und Felix zu entdecken.

Die Frau hinterm Tresen sagte: »Machen Sie beide einen Sonntagsausflug? Falls Sie Hunger haben, wir haben gerade ganz leckeres Sauerfleisch mit Bratkartoffeln.«

»Nein, danke.«

Acedia schüttelte den Kopf und wandte erst dann den Blick vom Fenster ab. Sie spürte, dass ihre Stimme etwas abweisend geklungen hatte, und fügte darum freundlich hinzu: »Mein Mann und mein kleiner Sohn warten draußen beim Auto. Wir sind unterwegs nach Barkelau, zur Hochzeit einer Freundin. Um halb eins an der Kirche dort.«

Zum Beweis dafür, wie gehetzt sie sei, sah sie mit erhobenen Augenbrauen auf ihre silberne Armbanduhr.

»Da haben Sie noch Zeit. Barkelau ist nur zehn Minuten entfernt. Hinten am See nach links, dann sind Sie gleich da.«

Die Wirtin brachte zwei Biere zu den Männern am Fenstertisch. Acedia drehte verstohlen ihren Kopf im Nacken und lockerte ihre Schultern. Sie überlegte, ob sie sich gegen ihre leichten Kopfschmerzen schnell ein Wasser geben lassen sollte.

»Barkelau ist auch ein hübscher Ort«, sagte die Wirtin und ging wieder hinter den Tresen. »Die Kirche ist wunderschön.«

Aus dem Durchgang zur Küche trat Kaugummi kauend ein etwa achtzehnjähriges Mädchen. Sie sah aus wie eine jüngere und schlankere Ausgabe der Wirtin.

»Da gibt's auch einen coolen Wildpark.«

»Ja«, sagte Acedia.

Die Leute mögen hier ja ganz nett sein, dachte sie, als sie, Kim an der Hand, wenige Minuten später den Gasthof verließ. Sie hatte vergebens versucht, der Wirtin für Kims Toilettenbesuch zwei Mark aufzudrängen. Aber alles in diesem Ort war so provinziell. Wenigstens kannten die Jugendlichen hier das Wort »cool«.

Sie ging suchend über den Parkplatz, an ihrem Audi vorbei und um den Gasthof herum. Als sie am Morgen vor dem Spiegel im Schlafzimmer ihr blaues Kleid angezogen und sich geschminkt hatte, hatte sie plötzlich überhaupt keine Lust auf Petras Hochzeit gehabt. Zum Glück war das vergangen, und jetzt freute sie sich darauf, während der Trauung auf Petras Töchterchen zu achten. Thanita war so süß.

Ein ungeteerter Weg führte zu einem in der Sonne blitzenden See hinunter, und Acedia kniff die Augen zusammen. Alex und Felix standen nahe des Ufers und betrachteten ein altes Gebäude.

Acedia winkte und rief: »Wo bleibt ihr?«

»Komm doch mal.«

»Nein, kommt ihr. Na, los.«

Alex setzte sich Felix auf die Schultern und kam den Weg hoch.

Als Acedia ihren Wagen vom Parkplatz steuerte, fragte sie: »Was war denn da so Besonderes?«

»Da war ein Haus am See. So was wäre mein Traumhaus. Das hätte vielleicht sogar dir gefallen.«

»Du weißt, wie ich darüber denke.«

»Es ist doch einigermaßen in Stadtnähe. Über die Autobahn sind das gerade mal zwanzig Minuten.«

»Es geht nicht darum, wie weit es von einer Stadt entfernt ist. Es geht darum, dass es – in Deutschland steht.«

Ein Haus in diesem verschlafenen Kaff … am Ende noch jede Woche den Rasen mähen. Als wenn sie nicht genug zu tun hätte.

Petra würde Alexander wohl immer ein Rätsel bleiben. Gerade verließen sie und Manuel die Kirche. Alex ging, Kim und Felix an der Hand, gemächlich hinterher und sah durch das offene Kirchenportal, wie das Hochzeitspaar nun von Verwandten und Freunden umringt wurde. Fotoapparate klickten. Acedia hielt Thanita auf dem Arm, mit dem anderen drückte sie ihre Freundin. Alexander schritt die fünf Stufen zum Vorplatz hinunter.

Acedia und er hatten ihre eigene Hochzeit im letzten Sommer nur in ganz kleinem Kreis gefeiert, alles andere wäre ihnen zu spießig gewesen. Und eine kirchliche Trauung wäre ihnen nicht mal im Traum eingefallen. Aber Petra stand jetzt neben Manuel in ihrem schulterfreien weißen Hochzeitskleid vor der Kirche und nahm mit strahlender Selbstverständlichkeit die Glückwünsche entgegen. Zur Hochzeit hatte sie sich die kunstvoll geflochtenen Haare stärker rot gefärbt.

Sie ist wirklich richtig religiös, dachte Alexander, während er sich im Pulk der Leute einen Meter vorschob und zugleich die Kinder im Auge behielt. Letzte Weihnachten hatte sie ihm dies erzählt. Nicht mit Kirche und Beten und so weiter, doch sie glaube an Gott. Das hatte ihn reichlich überrascht. Dass sie aber kirchlich heiraten könnte, hätte er nie für möglich gehalten. Obwohl der Anstoß dazu von Manuel gekommen war, dessen spanische Eltern sehr gläubig waren. Petras weißes Hochzeitskleid und ihr Perlenschmuck schienen ihm einfach nicht zu ihrer Punkvergangenheit zu passen. Er grinste verhalten. Wenn sie dazu wenigstens noch eines ihrer Stachelhalsbänder getragen hätte.

»Vorsicht!«, schrie eine junge Frau neben ihm.

Die um Petra Herumstehenden traten einen Schritt von ihr zurück.

Auf ihrem linken, jetzt geschlossenen Augenlid hatte sich eine Wespe niedergelassen.

»Mach die weg«, rief jemand.

»Nein, Quatsch, nicht bewegen.«

Manuel ging auf Petra zu, aber sie wehrte ihn ab, hob langsam die Hände und spreizte die Finger.

»Keine Panik«, sagte sie ruhig.

Die Wespe drehte sich auf Petras Auge hin und her und bildete einen bizarren Kontrast zu dem sanft glänzenden Lidschatten. Neben Alexander machte jemand tatsächlich ein Foto. Die Wanderung der Wespe auf dem Lid schien Minuten zu dauern. Schließlich flog sie mit einem kleinen Hüpfer an Petras Hals, krabbelte an der Perlenkette entlang, dann zur Schulter, über die geschwungenen Linien der Tätowierung, auf den Oberarm, zum Ellenbogen.

»Die tut nichts«, sagte Petra.

Sie hob langsam den Arm vors Gesicht und pustete sie weg. Die Umstehenden sahen der davonfliegenden Wespe nach; es dauerte eine Weile, ehe sie mit ihren Glückwünschen fortfuhren.

Vor Alexander stand Acedias Bruder Oliver, der sogar in einem Jackett wie immer leicht zerzaust wirkte. Alexander ließ ihm den Vortritt, dann klopfte er Manuel auf die Schulter, beugte sich zu Petra und küsste sie auf die Wange.

Ihre kajalumrandeten Augen lächelten. »Vielen Dank, dass du mir immer ein Stückchen von deiner Liebsten lässt.«

Der Gasthof, in dem sie feiern würden, lag nur dreihundert Meter entfernt. Acedia wollte mit Petra fahren, und Alex brach kurz darauf auf, um mit Kim und Felix das kleine Stück zu Fuß zu gehen. Während er durch den Ort schlenderte und die Häuser betrachtete, musste er an das Haus am See denken. Es hatte gewirkt, als sei es unbewohnt. Das konnte wirklich sein Traumhaus sein. Ein bisschen verwinkelt, alt, mit Gauben und aus Rotstein. Eine riesige alte Kastanie beschattete das Dach. Am Ende des zum Schilfufer hin abfallenden Rasens führte ein baufälliger Steg ins Wasser, der wahrscheinlich noch zum Grundstück gehörte.

Ja, wenn Petra das Haus gefallen würde, dann würde es Cedi auch gefallen, dachte er unvermittelt und schnaubte.

Neben ihnen hielt ein Wagen. Ein Mann mit kurzen, braunen Haaren und einer großen Nase kurbelte die Scheibe runter.

»Alex. Wollt ihr mitfahren?«

Erst jetzt erkannte er Cedis Kollegen. »Hallo, Jörg. Danke, das kurze Stück gehen wir.«

»Okay. Bis gleich.«

Neben Jörg winkte eine blonde Frau aus dem Halbdunkel des Wagens heraus. Das musste seine Frau Susanne sein. Während sie weiterfuhren, ließ Felix sich auf eine kniehohe Mauer heben, die neben dem Gehweg verlief, und balancierte an Alexanders Hand.

Kim war schon zu groß dazu. »Wer waren die Leute eben, Alex?«

»Der Mann ist ein Kollege von Mama, Schatz.«

Alexander dachte an das Dorf, bei dem der Bauernhof von Cedis ungeliebten Großeltern lag; ob es wohl auch hier in der Nähe war? Er stellte sich die Landkarte vor und versuchte, sich zu orientieren. Nein, Trege lag wenigstens dreißig Kilometer entfernt. Alexander war erst einmal da gewesen; der Hof war recht malerisch – mit den Linden davor und der einladenden grünen Tür. Er würde wohl irgendwann verkauft werden, aber für ihn, Acedia und die Kinder war er einfach zu riesig.

Nach der nächsten Kurve kam der Gasthof. Auch er lag an dem kleinen See. Ein von einem halbhohen Jägerzaun umrundeter Biergarten reichte beinahe bis zum Wasser. Auf der Seite gegenüber stand ein achteckiger Pavillon. Im Gastraum gab es erst einmal Sekt und für die Kinder Orangensaft. Fotoapparate wurden gezückt. Alexander ließ den Blick über die Gäste mit den erhobenen Gläsern schweifen und hielt Ausschau nach Frank. In der Kirche hatte er ihn nicht entdecken können. Wahrscheinlich hatte Frank es wieder mal nicht geschafft.

Anderthalb Stunden und ein paar launige Reden später saß Alexander draußen an einem der langen Biertische gegenüber von Acedia, die sich mit einer etwa vierzigjährigen, schon leicht ergrauten Frau unterhielt. Er hatte sein Jackett neben sich auf die Bank gelegt und das Hemd aufgeknöpft, ließ sich die Sonne auf die nackten Unterarme scheinen und sah an Acedia vorbei zum Wasser. Servierer liefen an den Tischen entlang und deckten die Reste von Kaffee und Kuchen ab.

Jörg trat mit einer Ladung frisch gezapfter Biere von dem Außentresen auf der Terrasse an den Tisch. Er stellte eines vor Alexander ab und ging mit den anderen zum oberen Ende des Tisches, wo er mit Freunden von Petra und Susanne und Oliver saß.

»Danke«, rief Alexander ihm nach.

Kim, Felix, Thanita und zwei weitere Kinder rannten kreischend am Ufer des Sees entlang. Das Wasser schien an dieser Seite sehr flach zu sein. Trotzdem behielt Alexander die Kinder im Auge.

Petra kam, ein Glas Rotwein in der Hand, an den Tisch. Sie stupste Acedia an und quetschte sich zwischen ihr und der leicht ergrauten Frau auf die Bank. Sie strich mit einer Hand über Acedias Oberarm. »Hübsches Kleid. Und? Wie gehts dir so, Süße?«

»Eigentlich gut.« Acedia drehte den Kopf im Nacken. »Ein paar Verspannungen. Ansonsten das Übliche, was man in unseren Berufen so hat.«

Sie stießen mit ihren Rotweingläsern an.

»Was ist denn das Übliche?«

»Müdigkeit.« Acedia zuckte mit den Schultern. »Schlaflosigkeit. Ich hab einfach jede Menge zu tun, Foxi. Wenn alles so läuft, wie ich es mir vorstelle, schickt Sommerkorn mich nächstes Jahr nach New York. Ich bin kurz davor … Da muss ich mich jetzt erst mal in der Redaktion ganz besonders krumm machen und zeigen, dass ich allen journalistischen Herausforderungen gewachsen bin. Und unter Stress schnell sauber recherchierte Geschichten in den Kasten kriege.« Sie merkte, dass Alexander sie beobachtete, und warf ihm einen gespielt bösen Blick zu. »Ja, ja, ich weiß.«

Alexander wandte den Kopf zur Seite. Felix und Thanita rannten am Zaun entlang. Außerhalb des Biergartens, auf halbem Weg zu den parkenden Autos, stand ein großer Mann mit Sportjacke und hängenden Schultern und starrte über den Zaun.

Alexanders Fachgebiet war zwar Autismus, aber nach allem, was er von Kollegen über psychosomatische Erkrankungen wusste, kam ihm Acedias Zustand eher wie ein Vorläufer von Burnout vor. Ihre allgemeine Erschöpfung, ihre gelegentlichen Konzentrationsprobleme. Vielleicht nützte es ja was, wenn Petra sie einmal darauf ansprach.

Der Mann mit der Sportjacke stieg über den Jägerzaun und ging mit roboterartigen Bewegungen auf die Tische zu. Ein Servierer mit einem Tablett leerer Kuchenteller eilte genau in seine Richtung, und er trat ihm in den Weg.

»Trifft sich hier der Handball-Verein?«, fragte er laut.

Der Servierer versuchte, sich an ihm vorbeizudrücken, blieb dann jedoch stehen. »Wir haben eine geschlossene Gesellschaft.«

»Aber hier sollen doch die Handballer sein.«

»Augenblick. Ich komme sofort zu Ihnen.«

Der Servierer lief weiter.

Der Mann stand mit roten, wässrigen Augen da und schwankte vor und zurück. Petra beobachtete ihn. Er knautschte mit einer schwieligen Hand an seiner Sportjacke herum und rief über die Tische hinweg einer Serviererin zu: »He, du da!« Die Gäste, die mit dem Rücken zu ihm saßen, verstummten und duckten sich leicht.

Petra stand auf.

Acedia griff nach ihrem Arm. »Foxi.«

»Alles gut.« Sie machte sich los und stieg von der Bank. Ihr weißes Kleid raschelte.

Sie trat vor den großen Mann hin und redete auf ihn ein, höflich, aber bestimmt, Alexander verstand nur

Wortfetzen; er sah, dass Oliver sich erhob, und stand ebenfalls auf. Petra schüttelte den Kopf und wies mit ausgestrecktem Arm auf den Parkplatz. Der Mann zog den Kopf zwischen die Schultern und trottete zum Jägerzaun zurück, stieg darüber und verschwand zwischen den parkenden Autos. Petra kam wieder zum Tisch.

»Oh, Mann.« Acedia hob die Augenbrauen.

Petra strich ihr über den Kopf und verwuschelte dabei ihre Haare. Sie lachte. »Keine Angst, meine Therapie schlägt ziemlich gut an.« Sie kletterte auf die Bank zurück, trank einen Schluck Rotwein und sah vor sich hin. »Mich hat vor anderthalb Jahren in der U-Bahn ein Typ bedrängt«, sagte sie wie zu sich selbst. »Ziemlich heftig. Dem habe ich einen Zahn ausgeschlagen.« Sie griff sich an den Hals und spielte mit ihrer Perlenkette. »Was mich hinterher daran echt erschreckt hat, war meine plötzliche, unkontrollierbare Wut. Ich war nicht mehr Frau über mich selbst. So was ist einfach scheiße.«

Thanita tauchte hinter Petra auf, drängte sich an sie und krähte: »Szeiße, Szeiße!«

»Genau, Liebling.« Petra küsste sie auf die Stirn. »Scheiße ist das.« Sie hob Thanita auf ihren Schoß. »Darum hab ich eine Therapie angefangen.«

»Was für eine?«, fragte die grauhaarige Frau neben ihr und blinzelte.

»Psychoanalyse. – Ich will einfach wissen, wo meine Aggressionen herkommen.« Sie trank einen weiteren Schluck Wein. »Du hast eben so erschrocken geguckt.«

»Wir werden in unserem Beruf ja genug damit konfrontiert. Mit dieser ständigen Scheiß-Gewalt.«

»Solange wir im privaten Bereich davon verschont sind.«

Die Frau blinzelte noch immer. »Das stimmt.«

Alexander fummelte eine Zigarette aus seinem Jackett. Es war Zeit, ein paar Schritte zu gehen. Als er sich erhob, fühlte er sich leicht betrunken. Während seiner Studentenzeit wäre das nach zweieinhalb Bier nicht der Fall gewesen. Er steckte sich eine Zigarette in den Mund und ging runter zum See. Das Wasser gluckerte leise. Das verwinkelte Haus mit der alten Kastanie und dem Steg am Schilfufer war von hier aus nicht zu sehen.

Als Kind hatte es ihn so genervt, dass sich seine Eltern alles, was sie taten, gegenseitig aufrechneten. *Du hast aber – jetzt will ich auch mal*, konnte er ihre Stimmen noch immer hören. Er hatte sich fest vorgenommen, nie so zu werden – doch in diesem Moment spürte er, wie er gegen seinen Willen Vergleiche anstellte. Cedi zog ihren Lebenstraum, Auslandskorrespondentin zu werden, durch, ohne darauf zu achten, was dies mit ihm und den Kindern machte. Er dagegen brauchte nur zaghaft zu äußern, wie ihm ein beliebiges Haus auf dem Land gefiel, schon bügelte sie dies mit einem einzigen Satz ab.

Ein Schatten ließ ihn aufblicken. Die Frau mit den angegrauten Haaren trat neben ihn, eine Zigarette in der Hand.

»Du musst Alex sein, der Mann von Acedia. Ich darf doch *du* sagen?«

»Klar.«

Er fischte sein Feuerzeug aus der Hosentasche und gab erst ihr und dann sich selbst Feuer.

Die Frau ließ langsam den Rauch ausströmen.

»Ich bin Invidia.« Sie hielt ihm eine Hand hin. »Ich kenne Petra vom Studium.«

Er ergriff ihre Hand und schüttelte sie. Sie hatte einen kräftigen Händedruck. Im Gegensatz zu Petra sah sie aus, wie er sich eine Juristin vorstellte: Kurze Haare umrahmten eine schmales, gleichmäßiges Gesicht. Der Hosenanzug in gedecktem Braun und die Halskette aus viereckigen Emailleplättchen unterstrichen ihre sachliche Erscheinung.

»Du bist Psychologe?«, fragte sie.

»Nicht direkt. Ich arbeite an der Uni – im Bereich Autismus.« Er sah über den See. »Meine Mutter hat autistische Züge«, fügte er ohne nachzudenken hinzu.

Die Frau lachte mit leichter Bitterkeit. »Dem Schatten unserer Eltern können wir offenbar nicht entfliehen.«

»So ist es wohl.«

3 Petra war betrunken und glücklich. Sie lehnte am Außentresen, blickte über die Biertische mit all ihren Gästen und die volle Tanzfläche auf der Terrasse und trank ein Wasser. Das würde gegen den dicken Kopf am nächsten Tag helfen. Die Kinder waren eine Stunde zuvor in einem Gästezimmer zum Schlafen gebracht worden, und seitdem hatte sie sich in Manuels Armen auf der Tanzfläche gedreht.

Die Sommerabendsonne versank hinter Bäumen. Acedia und Alex sprangen ausgelassen beim Tanzen herum. Nach zwei, drei Liedern kam Alex an den Tresen, ließ sich einen Rotwein geben und brachte ihn Acedia, die neben der Tanzfläche auf ihn wartete. Sie legte die Arme um seinen Hals und ließ spielerisch die Hüfte kreisen, Wein pladderte auf den Boden, sie lachte und küsste ihn.

Petra schlenderte zum Ufer des Sees, wo zwei Mannschaften gegeneinander Bauernkegeln spielten. Jemand erklärte ihr, dass man dabei mit Wurfhölzern versuchte, aufgestellte Klötze zu Fall zu bringen, und sie machte eine Runde mit. Im Hochzeitskleid mit den Hölzern zu werfen, war nicht so einfach, aber irgendwie auch lustig. Sie zog weiter zu einem Tisch, an dem Ratespiele gemacht wurden. Bei einem der Rätsel multiplizierte sie im Kopf zwei dreistellige Zahlen. Sie tat es als nichts Besonderes ab; für so etwas gäbe es allerlei Rechentricks.

Manuel beugte sich von der Seite zu ihr. Sie solle lieber mal nach ihren Eltern sehen, sagte er mit gedämpfter Stimme, ihre Mutter sei ziemlich betrunken. *Soll ich jetzt zu den Eltern meiner Eltern werden?*, dachte sie und erhob sich.

Als sie wiederkam, saßen Acedia und ein großer Teil ihrer Freunde abseits in dem achteckigen, offenen Pavillon. Petra holte sich ein Glas Rotwein vom Tresen und ging zu ihnen. Susanne, die nahe des Eingangs auf der umlaufenden Bank saß, rutschte ein Stückchen beiseite. Petra nahm neben ihr Platz und lauschte einer Unterhaltung darüber, ob *Titanic* spannend, kitschig oder was auch immer sei.

Nach einer Weile wandte Susanne sich zu ihr. »Du hast tatsächlich mal jemandem einen Zahn ausgeschlagen?«

Petra stellte ihr Glas auf den Tisch und schob es von

sich. Zwar wurde ihr noch nicht die Zunge schwer, aber es war besser, etwas langsamer zu trinken.

»Als ich fünfzehn, vielleicht sechzehn war«, sagte sie, »gab es in meiner Clique eine Mitläuferin, die sich meist am Rand hielt, ein ganz unscheinbares Mädchen. Wenn ich mich recht erinnere, hat die auch so gut wie nie Alkohol getrunken. Ich dagegen war eine Punkerin, wie sie im Buche stand, mit Lederjacke, Nieten und schwarzen Haaren. So war ich mal beim Protest gegen eine öffentliche Vereidigung von Soldaten. Etwa hundertfünfzig Protestierer hatten sich versammelt, und ich hatte mich unter die Anarchos im schwarzen Block gemischt. Uns gegenüber standen genauso viele Polizisten, die die Soldaten beschützen sollten. Aus unserem Block flog irgendwann die erste Dose, und hätte ich keine Bierflasche, sondern auch eine Dose gehabt, hätte ich bestimmt mitgeworfen.«

Alle anderen Gespräche im Pavillon waren nun verstummt und vor allem in den Augen derjenigen Freunde, die sie erst ein paar Jahre kannten, las Petra Erstaunen. Sie schlug die Beine übereinander, schob ihren Rock zurecht und nahm jetzt doch einen Schluck Rotwein.

»Immer mehr Dosen flogen«, fuhr sie fort, »und unsere Minidemo wurde natürlich von der Polizei aufgelöst. Es kam zu Gerangel. Die meisten von uns rannten weg und in eine belebte Einkaufsstraße hinein. Die Polizei … hinterher.« Fast war Petra versucht, »Bullen« zu sagen. »Sonnabend Nachmittag, Omas und Opas, Familien mit Kindern. Ich rannte hakenschlagend zwischen den Leuten hindurch, da schlug mir ein Polizist im Rennen von hinten seinen Knüppel an den Hals.

Mein Kopf flog zur Seite, ich kam ins Taumeln, fing mich aber, drehte mich reflexartig um und donnerte ihm meine Bierflasche ins Gesicht. Eine Blutfontäne schoss ihm aus der Nase. Obwohl ich wirklich irre wütend war, war ich zugleich echt erschrocken. Wie ich später erfuhr, hatte ich ihm das Nasenbein gebrochen.

In dem Augenblick aber dachte ich nur ans Abhauen. Ich rannte weiter durchs Getümmel, etwa zehn Polizisten hinter mir her, ich hatte vielleicht zwanzig Meter Vorsprung. Um eine Häuserecke, in eine Seitenstraße. Da prallte ich gegen eine junge Frau. Die hielt mich fest. Erst dachte ich, sie wollte mich verraten, aber ohne ein Wort zog sie ihren Pullover aus – das war das unscheinbare Mädchen, von dem ich eben erzählte, keine Ahnung, wie die da hingekommen war –, sie riss mir die Lederjacke runter und innerhalb von Sekunden tauschten wir die Klamotten. Dazu gab sie mir noch eine Baseballkappe. So ging ich den Polizisten in einem knallgrünen Pullover entgegen. Und sie rannten an mir vorbei.«

Nachdem sie geendet hatte, setzte Petra eine unbewegte Miene auf.

Susanne deutete auf ihren Oberarm. »Ist aus deiner Zeit als Punk auch dein Tattoo?«

»Das ist eine Maori-Tätowierung.«

»Sie bedeutet *Kriegerin*«, sagte Acedia.

Petra winkte ab. »Angeblich.«

Auf der großen Terrasse flammte bunte Partybeleuchtung auf. Musik und Gelächter schallten herüber.

»Ich hätte damals auch im Jugendknast landen können«, nahm Petra den Faden noch einmal auf. »Das war einer der Gründe, warum ich Anwältin geworden bin.

Die Erfahrung, dass es oft vom Zufall abhängt, ob wir straffällig werden. Und wie unser Leben dann weiter verläuft.«

Acedia stand auf, sie verließ den Pavillon, schlenderte ein paar Schritte zum See und stützte die Hände auf die Hüften.

Petra drehte sich zu ihr um. »Kannst du dich erinnern, wie wir am Strand unser Abi begossen haben?«, rief sie. »Da kam mir zum ersten Mal der Gedanke, Jura zu studieren.«

Sie ging Acedia nach und sie lehnten sich von außen an das Geländer des Pavillons. Petra legte Acedia eine Hand auf den Unterarm.

»Schön, dass du dich amüsierst. Heute Mittag hast du mir gar nicht gefallen. Ich hab mir echt ein bisschen Sorgen gemacht, Schatz.«

Acedia nickte ernst. »Die Kopfschmerzen sind zum Glück jetzt vorbei. War wohl ein bisschen der Kreislauf. Irgendwie muss ich mir in den letzten Wochen 'ne Sommergrippe eingefangen haben.« Über dem See hing ein Halbmond und spiegelte sich im Wasser. »Damals nach dem Abi am Strand. Daran erinnere ich mich auch noch gut. Und jetzt stehe ich hier mit dir kurz vor deiner …«, sie schwang den Arm zu einer großen Geste, »… Hochzeitsnacht. Auch wenn die ja nicht mehr die gleiche Bedeutung hat wie früher.«

»Immerhin konnte ich Manuel dazu überreden, dass wir ab sechs Wochen vor der Hochzeit sexabstinent leben.«

»Ihr habt so lange nicht mehr miteinander geschlafen?«

»Genau.« Sie warf einen Seitenblick zu Manuel hinüber und flüsterte: »Und jetzt bin ich so richtig schön geil.«

Acedia lachte und schüttelte den Kopf.

»Was ist?«

»Wie du redest. Stehst da im feinen Brautkleid und redest von *richtig schön geil*«.

Manuel kam zwischen den langen Biertischen hindurch, blieb zwanzig Schritte entfernt stehen und winkte. »Lass uns mal wieder tanzen.«

»Ich komm gleich. Versprochen.«

Er ging zur Terrasse zurück. Ein neuer Song in einem schwingenden Walzertakt erklang.

»Ich spiele Theater«, sagte Petra. »Früher habe ich mich als Punk verkleidet, jetzt als Braut. In der Woche verkleide ich mich als Juristin. Egal, was ich anziehe, wie ich mich tätowiere oder schminke – ich bin und bleibe immer nur ich.«

Petra stieß sich vom Geländer ab und folgte Manuel. Im Gehen machte sie wiegende Tanzbewegungen. Ein Tisch stand im Weg und sie wollte trotz ihres Kleides übermütig hinüberklettern, aber als sie einmal darauf stand, blieb sie oben. *Hijo de la Luna*, das Kind des Mondes. Sie öffnete die Arme, legte den Kopf in den Nacken, drehte sich im Kreis und tanzte.

7. September

1 Petra und ich hatten früher wenigstens ein Mal die Woche telefoniert, aber das war seit einigen Jahren vorbei. Und jetzt hatte sie mir plötzlich gemailt, dass sie seit Anfang September in einer Anwaltskanzlei in New York saß. Ich reihte mich in die linke Spur ein, überholte eine Kolonne dänischer Lastwagen und sah auf meine Armbanduhr. Halb vier. Für einen Freitagnachmittag war die Autobahn relativ leer.

Ich warf einen Blick auf meine Freisprechanlage. Eine gute Zeit, um Petra anzurufen. Wenn ich die Zeitverschiebung richtig im Kopf hatte, war es bei ihr gerade halb zehn.

Ich klatschte mit der flachen Hand aufs Lenkrad. »Schlaft nicht ein, da vorn! Los, los.«

Die Wagen vor mir fuhren rechts rüber und ich beschleunigte auf hundertfünfzig. Bis Göttingen war ich durch leichten Nieselregen gefahren, aber jetzt lag die Autobahn unter strahlendem Sonnenlicht. Am Horizont türmten sich vereinzelte Blumenkohlwolken.

»Liebe Acedia«, hatte Petra geschrieben, »endlich komme ich mal dazu, dir zu mailen. Es gibt eine überraschende Neuigkeit …«

Natürlich hatte sie gewusst, dass ich heute anrufen würde, und mir dies darum noch schnell mitgeteilt. Na und? War doch verständlich. Ich fuhr mir mit der Zunge über die Lippen. *Los, Acedia, ruf an.* Ich streckte die Hand zum Telefon aus, wählte ihre Nummer und lauschte dem gleichmäßigen Tuten.

»Hallo, Acedia«, sagte Petra von der anderen Seite des Atlantiks.

»Hallo, Foxi«, sagte ich mit zuckriger Stimme und sang eine verunglückte Zeile »Happy Birthday to you«.

Statt einer Antwort erklang Petras Lachen aus dem Lautsprecher. Ich ließ einen überholenden Wagen vor mir einscheren.

»Vielen Dank, Cedia. Hab mich schon gefragt, wann du wohl anrufst.«

»Ich hoffe, ich störe dich nicht beim Frühstück oder so. Was macht der Jetlag?«

»Du vergisst meinen Geburtstag nie.«

»Am 7. September hatte auch mein Vater Geburtstag.« Ich bremste den Audi herunter und scherte nach rechts ein. »Du bist mir ja eine Geheimniskrämerin.« Ich hörte einen leichten Vorwurf in meiner Stimme und schickte ein Lachen hinterher. »Herzlichen Glückwunsch auch zu deinem neuen Job.«

»Vielen Dank, Süße.«

Wir schwiegen einen Moment.

»Ich gestehe«, fuhr Petra fort, »dass ich die Mail an dich mehrmals aufgeschoben habe. Ich weiß ja, wie sehr du es dir wünschst, hier zu arbeiten. Das war aber bis Ende August gar nicht abzusehen, dass mir dieser Job angeboten wird.«

Meine Foxi, immer klare Worte. Kein Drumherumgerede. Nicht so wie ich.

»Einer der Teilhaber von Shephard & Austen ist plötzlich nach Nairobi gewechselt. So konnte ich gerade mal zwei Nächte darüber schlafen.«

»Und wo genau in New York sitzt du?«

»Mein Büro ist im World Trade Center. Im Südturm ziemlich weit oben.«

»Im Herzen des Feindes.«

»Ja, genau dort.« Petra lachte. »Was ist bloß aus uns geworden?«

»Das muss ja eine Superaussicht sein.«

»Ich komme heute Morgen zum ersten Mal dazu, sie richtig zu genießen. Büro einräumen, sich vorstellen, erste Meetings, der ganze langweilige Mist.« Ich hörte das Klappern ihrer Absätze auf Parkett. »Jetzt stehe ich hier vor einem Riesenfenster. In der Ferne fliegt eine kleine Sportmaschine. Die ist tiefer als ich.«

»Kannst du die Freiheitsstatue sehen?«

»Das Fenster hier zeigt nach Norden. Aber ich sehe einen von diesen Meeresarmen, zwischen denen Manhattan liegt. Und das da hinten könnte der Central Park sein. – Ist schon krass, die Wolkenkratzer um mich herum sind ja auch Monstergeräte. Doch von hier oben sehen sie aus, als wenn ein Kind Bauklötze aufgestellt hätte. Ich kann sogar in Straßenschluchten reinsehen, und da wuseln winzige Autos und Menschen herum.«

»Sehr cool«, sagte ich mit betont lockerem Tonfall. »Ich kann nicht verhehlen, dass ich dich beneide.«

Wir lachten.

»Ist da nicht mal ein Seiltänzer zwischen den beiden Türmen rübergelaufen?«, fragte ich.

»Hör bloß auf. Ich hab zwar keine Höhenangst, aber beim Gedanken, von so weit oben … Puuh!«

»Geht mir auch so.«

»Andererseits: Ob man aus zwanzig Metern abstürzt oder aus hundert – tot ist tot.«

»Und was ist genau deine Funktion in der Kanzlei?«

»Kann ich nicht mit zwei Sätzen erklären.«

Im Hintergrund hörte ich Schritte. Es folgte eine kurze Unterhaltung auf Englisch zwischen Petra und einer tiefen Männerstimme.

»Das ist mein Chef. Mr. Austen höchstselbst. Es geht zu einer Besprechung. Lass uns am Mittwoch Nachmittag mal ausgiebig telefonieren. Da habe ich einen halben Tag frei.«

Ich legte auf. Gut, dass Petra ihren Erfolg nicht runtergespielt hatte. Ich wusste von Manuel, dass ihre Kanzlei sie schon länger drängte, Auslandserfahrung zu sammeln. Aber sie wäre eigentlich lieber in Deutschland geblieben. Gut, dass sie auch das nicht erwähnt hatte.

Übergangslos dachte ich an den Tod meines Vaters.

Ich betrachtete die leuchtend weißen Blumenkohlwolken, die vor mir am Horizont über der Autobahn hingen, und erinnerte mich, wie ich an jenem Tag aus der Schule kam, es musste in der zweiten Klasse gewesen sein. Ich war neben zwei Schulfreundinnen auf dem Asphalt des Forstwegs geschlendert und hatte mit ihnen gegackert und gekichert und dabei stolz davon erzählt, dass ich gleich nach dem Mittagessen zusammen mit meinem Papa weiter an meinem Puppenbett basteln würde. Die Seitenteile und der Boden waren bereits fertig. Heute würden wir sie verschrauben. Die Materialien dafür hatte er aus der Firma mitgebracht. »Wenn wir Betten für Große bauen können, warum nicht auch für Kleine?«, hatte er gesagt.

Dann hatten meine Freundinnen und ich uns getrennt. Ich wusste nicht, ob es damals wirklich so gewesen war oder ob nur meine Erinnerung dies so einfärbte. Aber alles – die Vorgärten und Bäume, selbst der Himmel

2

verliert mit einem Mal seinen Glanz. Das Bild, das sich mir am deutlichsten eingräbt, ist ein frisch abgebrochener Ast in einem Vorgarten, zwei Minuten von meinem Elternhaus entfernt. Der Ast liegt mit welken Blättern auf dem Rasen, und an der Bruchstelle am Stamm des Baumes ragen noch die Bruchstücke splitterspitz empor wie böse Spieße.

Ich biege aus dem Forstweg in die Steinstraße ein und es fühlt sich an, als sei in einem Film plötzlich der Ton weggedreht. Ein dunkler Wagen steht vor unserem Haus. Ich trete an den Zaun. Frank sitzt auf den roten Klinkern der Treppe, die zur Haustür hochführt. Er hat sein Gesicht in den Händen vergraben, und ich denke zuerst, er schläft. Aber er hebt sein Gesicht und starrt wortlos zu mir. Seine Augen sind rot und verweint.

Ich rufe: »Was ist denn?« und wage nicht die Gartenpforte aufzustoßen. Dann noch einmal drängender: »Was ist?«

Meine Mutter tritt aus der Haustür wie aus einem riesigen dunklen Loch und sieht mich mit maskenhaftem Gesicht an. Dann geht darin eine Veränderung vor, und während sie kerzengerade die Treppe herunterschreitet und ihre langen Ketten schwingen, wird ihr Gesicht auf unheimliche Weise weich. Vorbei an den Rosen. Sie öffnet die Pforte und streckt die Arme aus. Sie tritt auf mich zu.

»Komm mal her.«

Meine Mutter sagt es mit einer so sanften Stimme, wie ich sie nie zuvor bei ihr gehört habe. Mit einer so sanften Stimme, dass ich starr werde vor Angst.

»Der Papa ist eingeschlafen.«

Ich weiche zurück. »Was? Und wann wacht er wieder auf?«

Frank dreht den Kopf zu mir und ruft an ihr vorbei: »Du Dummkopf. Papa ist tot.«

Ich weiß, was dieses Wort bedeutet – tot –, habe aber für den Bruchteil eines Moments die Hoffnung, es könne noch eine andere Bedeutung haben, eine Bedeutung, die mir bisher unbekannt ist. Oder dass mein Vater zwar tot ist, aber dennoch lebendig wiederkommen wird, so wie gestern, so wie jeden Tag.

»Alles wird wieder gut«, sagt meine Mutter.

Ich stehe neben der Treppe und starre auf das dürre Moos zwischen den Fugen der Klinker.

Papa ist tot.

Ich starre auf eine gesprungene Gehwegplatte. Leute gehen über die Straße und lachen. Ich löse mich plötzlich aus meiner Starre und dränge mich an meiner Mutter und Frank vorbei die Treppe hoch ins Haus. Meine Mutter will mir nach, sie sieht zwischen Frank und mir hin und her, aber in diesem Moment fängt Frank wieder an zu weinen, und sie beugt sich zu ihm.

Im Flur unseres Hauses steht das angefangene Puppenbett. Werkzeuge liegen bereit. Ich renne in mein Zimmer hoch und setze mich gedankenleer aufs Bett, meine trockenen Augen brennen. Papa ist tot. Ich wandere wie betäubt im Zimmer herum. Wer wird es Oliver sagen? Im Regal neben meinem Globus liegt der gelbe

Propeller. Ich greife danach und setze mich an meinen Schreibtisch. Dann schießen mir Tränen in die Augen.

Alles wird wieder gut? Wie soll es ohne meinen Papa jemals wieder gut werden?

3 Vor mir zuckelte jetzt ein Wohnwagen. Meine Gedanken schweiften zu meiner Großmutter. Vor einer Stunde war ich an der Ausfahrt vorbeigefahren, die zu dem Altersheim führte, in dem sie seit Anfang des Jahres lebte. Sie und mein Großvater waren nach Papas Tod in keiner Weise für Mama da gewesen. Ich atmete aus, setzte den Blinker und scherte in eine Lücke auf der zweiten Spur. Ansonsten aber hatte meine Mutter recht behalten, alles *war* wieder gut geworden.

Auch heute, viele Jahre nach Papas Tod, tat es noch weh, wenn ich an ihn dachte, doch die tiefe Wunde war vernarbt. Andere Menschen waren in mein Leben getreten. Alexander, meine Kinder – und meine Freundin Petra, die ich liebte wie eine Schwester. So vertraut war ich mit ihr. Mit Petra konnte ich über Dinge reden, die ich niemandem sonst anvertraute, nicht einmal Alex. In vielen Abschnitten meines Lebens hätte ich nicht gewusst, was ich ohne sie gemacht hätte.

Die Sonne schien mir ins Gesicht. Ich beschleunigte wieder auf hundertfünfzig, beugte mich seitlich vor und kramte die Sonnenbrille aus dem Handschuhfach. Warum war es mir dann nicht möglich, einfach stolz auf meine beste Freundin zu sein, die so begehrt in ihrem Metier war? Ich stieß schwer die Luft aus. Ich beneidete Petra zu sehr. Es war nicht okay; aber so waren nun mal meine Gedanken. Ich hatte so viele Jahre hart gearbeitet. Ich hätte es verdient, an ihrer Stelle im World Trade Center zu sein.

Die Autobahn zog sich unter mir hin.

Nicht aufrechnen

1 Alexanders Blick irrte an der dunklen Zimmerdecke entlang zu dem Lichtschein, den die Straßenlaterne von der Frontseite des Hauses schräg ins Schlafzimmerfenster hereinwarf. Draußen erklang das Geräusch eines nahenden Autos und für einen kurzen Moment streifte ihn die Hoffnung, es könne Acedias Audi sein.

Warum schlief er nicht endlich? Es ging auf Mitternacht zu, und dies würde wieder so eine Nacht sein, in der Cedi bis zwei, drei Uhr in der Redaktion hockte. Seit sie vorgestern mit Petra telefoniert hatte, war sie angespannter denn je. Sie hatte sich fest vorgenommen, spätestens bis zur Jahrtausendwende als Korrespondentin in Amerika zu arbeiten. Und jetzt war es 2001 und sie saß immer noch in Hamburg.

Das Band der Pyjamahose schnürte an seinem Bauch und er schob den Bund ein Stückchen nach unten. Acedia sollte einsehen, dass es nun mal Menschen wie Petra gab, an deren Erfolgen man sich nicht messen konnte – wie sehr man sich auch anstrengte. Alexander war einmal dabei gewesen, als Acedias Freundin bei einem Ratespiel wie im Schlaf zwei dreistellige Zahlen im Kopf multiplizierte – und es dann mit einem Hinweis auf Rechentricks heruntergespielt hatte.

Er schloss die Augen und versuchte, gleichmäßig zu atmen. Dies war jetzt die vierte, fünfte Nacht, in der er wach lag und grübelte. Er könnte sich leichte Schlaftabletten kaufen, aber das wollte er nicht, seine Mutter hatte ständig so etwas genommen.

Wieder hörte er ein Auto. Dienstag Morgen würde Cedi in aller Frühe zu Recherchen nach Köln fahren und dies mit einem Besuch bei Jörg verbinden. Auch wenn ihr Kollege ihr schon viele Kontakte vermittelt hatte, musste dieser Besuch auch noch sein? Wo sie ohnehin ständig unterwegs war?

»Ich muss diese Verbindung auffrischen«, hatte Acedia gesagt. »Außerdem ist Jörg mein Freund.«

Und er war mal in dich verliebt, dachte Alexander.

Aber solche Gedanken waren Blödsinn, Jörg hatte schließlich Frau und Kinder.

Irgendwo in der Wohnung gab es ein Geräusch. Hatte er sich getäuscht? War Acedia doch schon nach Hause gekommen? Er drehte sich in Richtung der offenen Schlafzimmertür, stützte sich auf den Ellenbogen und starrte erwartungsvoll in das dunkle Rechteck. War er vielleicht kurz eingenickt?

Dann aber erklang auf den Dielen des Flurs das Patschen nackter Fußsohlen, und er wusste, es war Kim. Sie ging wohl zur Toilette. Er lauschte ins Dunkel. Ein Sessel scharrte über den Teppich, gefolgt von einem kurzen Rums, so als wäre sie gegen eine Wand gelaufen. Alexander erhob sich.

Er drückte den Lichtschalter im Flur und kniff die Augen zusammen gegen das flutende Licht. Aus dem Wohnzimmer drangen Geräusche. Als er durch die Tür trat, hätte er beinahe laut aufgelacht. Kim stand an der Anrichte, sie starrte mit ausdruckslosen Augen vor sich hin, hielt eine Orange in der Hand und biss in die Schale. Mit einem Schritt war er bei ihr. Seine Tochter schlafwandelte, das kannte er von seiner Schwester, die als Kind manchmal nachts in der Wohnung umhergeirrt war.

Schlafwandler soll man auf keinen Fall wecken, hörte er in der Erinnerung die Stimme seines Vaters.

Er nahm Kim die Orange ab, griff sanft nach ihrer Schulter und führte sie von der Anrichte weg in Richtung der Wohnzimmertür.

»Komm, Liebling, ich bring dich wieder schön zu Bett.«

Die Orange zeigte eine tiefe Bissspur, aber kein Stück der Schale fehlte. Saft tropfte über Alexanders Hand, er legte die Orange im Vorbeigehen auf dem kleinen Flurtisch ab, vorsichtig, damit hinterher nicht alles klebte.

Kim ging mit steifen Bewegungen neben ihm. Sie seufzte und murmelte: »Kann mamm nicht komm', kammamma nicht komm'.« Dabei schüttelte sie den Kopf.

»Alles in Ordnung«, flüsterte er.

In ihrem Zimmer hing ein Handtuch über der Lehne eines Stuhls, und bevor er seine Tochter ins Bett brachte, wischte er erst ihre und dann die eigenen klebrigen Hände ab. Sacht führte er sie zum Bett, hielt die Decke für sie hoch und setzte sich zu ihr auf die Bettkante.

»Alles in Ordnung.«

Er streichelte ihre Wange. Kim zuckte, setzte sich halb im Bett auf und riss die Augen noch weiter auf. Sie wandte den Kopf im Zimmer umher und sah ihn verwundert an. Er drückte sie sanft ins Bett zurück. Sofort schloss sie die Augen.

Alex summte ein Lied, wartete ein Weilchen und erhob sich dann. In der Küchenspüle feuchtete er einen

Lappen an und wischte den Schrank im Flur und die Anrichte im Wohnzimmer ab. Neben der Obstschale lag die Taschenuhr von Acedias Vater. Kurz nach halb eins.

Er setzte sich mit der Orange in die Küche und schälte sie. Das angebissene Stück sah leicht eklig aus, aber er widerstand der Versuchung es herauszuschneiden. Kim war seine Tochter, sie war nicht giftig. Ihr Bild mit der Orange vor dem Mund kam ihm in den Sinn und er musste grinsen. Und mit diesem Grinsen stieg zugleich plötzliche Wut in ihm auf. So stressig war ihr Leben geworden, dass Kim jetzt anfing, nachts durch die Wohnung zu wandeln.

Er aß die Orange und schluckte die kleinen Kerne herunter. Schwendi kam in die Küche getappt und strich um seine Beine. Er ließ zwei Fingerbreit Wasser in Acedias I-love-NY-Becher laufen, trank und ging ins Bett zurück. Merkte Acedia denn nicht, unter welcher Anspannung die Familie seit Monaten stand?

Er wollte für seine Acedia ja nur das Beste, aber … fast wünschte er, sie würde niemals ein Angebot für die USA bekommen. Wenn sie länger als ein Jahr dort akkreditiert wäre, erwartete sie, dass er und die Kinder mit dorthin umziehen würden. Wie stellte sie sich das vor? Was würde aus den Kindern und deren Freundschaften werden? Was war mit seinem Projekt an der Uni, zählte das alles nichts? Wie sollte die Familie das aushalten?

Wieder lauschte er auf die Geräusche der Straße und starrte an die Wand. Zu dem Greenpeaceposter mit dem einsamen Eisbären auf der Eisscholle; zu ihrem hellen Kostüm, das auf einem Bügel am Kleiderschrank schon für die Fahrt nach Köln bereit hing. Er rückte sein Kopfkissen zurecht und streckte ein Bein unter der Decke hervor. Er fühlte sich müde und wach zugleich. Seine Armbeuge juckte und er kratzte sich.

Immer ging alles nach ihrer hübschen Nase. Seit Jahren war er mehr als sie für die Kinder da. Es machte ihm nichts aus, dass sie mehr verdiente als er; auch dass sie weiterhin unter ihrem Mädchennamen Acedia Lorentz veröffentlichte, war sicherlich sinnvoll. Er war ja sogar stolz auf ihre Erfolge, ihre preisgekrönten Reportagen, das Interesse, das der »Stern« an ihr zeigte. Aber er hätte gern ein Haus gehabt statt dieser Wohnung, doch Acedia wollte sich nicht an einen Ort binden.

Vor einem Jahr war er noch einmal zufällig an dem Haus vorbeigekommen, das er auf dem Weg zu Petras Hochzeit entdeckt hatte. Er war ausgestiegen und hatte es sich angesehen. An einer Stelle schien das Dach kaputt zu sein, ein riesiger, verwilderter Garten grenzte an einen Wald. Dann hatte er sich in dem nahen Gasthof erkundigt. Das Haus war teilweise vermietet. Es gehörte einer Erbengemeinschaft und sollte schon seit Jahren verkauft werden, doch sie konnten sich nicht auf einen angemessenen Preis einigen. Es hatte immer mal wieder Interessenten gegeben.

Erst hatte er Cedi nicht davon erzählt – sie würden sich ohnehin nur streiten –, aber dann hatte er es doch getan. Sie hatte reagiert wie so oft: die Augen verdreht und ihm damit zu verstehen gegeben, dass sie nicht weiter darüber reden wollte.

Warum musste er ständig nachgeben, selbst in Kleinigkeiten? Als Acedia und er zusammengekommen waren, mochte er Frauen am liebsten pur. An Acedias blauen Lidschatten hatte er sich erst gewöhnen müssen. Soweit er sich erinnern konnte, hatte keine Frau in seiner Familie jemals Make-up getragen. Weder seine Mutter, seine Schwestern noch eine seiner Tanten. Schminke galt als unnatürlich. Aber Lidschatten gefiel ihr nun mal, betonte sie. Außerdem sei es in ihrem Job gut, ein Markenzeichen zu haben.

Weit entfernt schlug die Uhr der Stephanuskirche ein Mal. Und er? Ihr zuliebe trug er Jeanswesten und außerdem einfarbige Hemden, weil sie fand, dass die ihm besser standen als Karohemden. Er presste langsam den Atem heraus. *Nicht aufrechnen*, dachte er. Das hatte ihn an seinen Eltern immer genervt.

Acedia wirkte seit Monaten überfordert. Sie schlief zu wenig, hatte wieder einige Kilo abgenommen und war ständig gereizt. Früher hatte sie es nie gestört, wenn er neben ihr schnarchte. In letzter Zeit aber stieß sie ihn dann an und einmal war sie sogar zum Schlafen auf die Couch gegangen. Er legte einen Arm unter den Kopf. Wenn sich ihr Traum von New York erfüllte – würde dies dazu führen, dass sie wieder ausgeglichener wurde?

Er beugte sich zur Seite und stellte den Wecker auf sieben. Auch so hatte er nur noch knapp sechs Stunden. Er musste endlich schlafen.

Er wollte, dass es schön zwischen Acedia und ihm war. Die Streitereien zwischen seinen Eltern hatten ihn so angekotzt. Vielleicht scheute er sich darum, sie direkt darauf anzusprechen. Aber so ging es nicht weiter, er musste mit Acedia reden und ihr das Versprechen abnehmen, am Dienstag früher nach Hause zu kommen. Sie durfte Kim nicht ständig enttäuschen.

Nach einer Weile hatte er das Gefühl langsam wegzudriften. Sein Atem wurde ganz ruhig. Dann begann seine Wade zu jucken. Er versuchte, sie nicht zu beachten. Die Wade juckte stärker. Schließlich kratzte er sich. *Schlaf endlich ein*. Er überlegte, worüber er gerade nachgedacht hatte, konnte sich aber nicht erinnern.

Alexander wandte den Blick und da standen Kim und Felix vor seinem Bett. Sie starrten stumm auf ihn herab und zugleich raunte eine hohldumpfe Stimme in den Tiefen seines Kopfes etwas von irgendeinem *Plan*. Er riss die Augen auf, seine Kinder verschwanden, und nur noch Acedias Kostüm hing am Kleiderschrank. Er wälzte sich auf die Seite. Die Uhr zeigte kurz vor zwei. Eine Stunde war vergangen, so lange hatte er nicht wachgelegen. Er musste wohl weggedöst sein.

»Für Journalisten gibt es kein Wochenende.« Das akzeptierte er. Aber sie hatten schon seit Wochen nicht mehr miteinander geschlafen. Was war mit seinen Bedürfnissen?

Nicht aufrechnen.

Fallende Menschen

1 Als Acedia, Jörg, Susanne und ihre beiden Kinder am frühen Nachmittag aus dem Kino auf die Straße treten, strahlt die Sonne aus einem phantastischen Himmel. Vereinzelte Wölkchen treiben durchs helle Blau.

»Und? Wie hat euch Shrek gefallen?«, fragt Acedia.

»Am besten fand ich den Esel«, sagt Jörgs Tochter Swantje.

»Und wie der Vogel gesungen hat, bis er explodiert ist«, fügt sein Sohn Marten hinzu.

Swantje lacht.

Jörg wendet sich zu Acedia. »Ist schön, dich mal wieder zu sehen.«

»Ja, ich freu mich auch.«

»Du kannst dich ja auch mal bei uns melden.«

Acedia sieht ihn entschuldigend an. »Ich denk da irgendwie nie dran. Tut mir leid.«

»Schade, dass du nicht bleiben kannst. Unser Gästezimmer ist groß und gemütlich.«

»Ein andermal. Ich hab Alex und den Kindern versprochen, möglichst früh nach Hause zu kommen. Alex ist schon ständig genervt. Und ich fürchte, zu Recht.«

»Ich dachte, wir könnten dir den Kölner Dom zeigen.«

»Gibst du mir den Schlüssel, Mama?«, fragt Marten und wühlt ohne abzuwarten in der Umhängetasche seiner Mutter. »Unsere Sendung fängt gleich an.«

Susanne verdreht die Augen, lässt ihn aber gewähren.

»Was guckt ihr denn?«, fragt Acedia, doch Marten hat den Schlüssel schon gefunden und rennt zusammen mit Swantje vor.

»Die Simpsons«, sagt Susanne und ruft hinter den Kindern her: »Die Fernbedienung liegt auf dem Klavier.«

»Die Kinder haben keinen eigenen Fernseher?«

»Oh Gott, nein. Das fehlte mir noch. Eure etwa?«

»Natürlich nicht.«

An einer Bushaltestelle steht ein untersetzter Mann mit Handy und starrt ins Leere. »Was? …«, hört Acedia ihn sagen, als sie vorbeigehen. »… das ist doch verrückt!«

Sie zieht ihr Handy, das sie im Kino ausgestellt hat, aus ihrer ledernen Umhängetasche und schaltet es wieder an. Kurz darauf betreten sie die Wohnung.

»Aber einen Kaffee trinkst du doch noch«, sagt Jörg.

Sie blickt auf ihre Armbanduhr. Viertel nach drei. »Okay.«

Er sieht dennoch enttäuscht aus. »Spaßbremse.«

Acedia boxt ihm scherzhaft gegen den Oberarm. Sie folgt ihm und Susanne in die geräumige Küche und deutet auf eine Mineralwasserflasche auf dem Tisch.

»Kann ich mir schon mal was zu trinken nehmen?«

»Klar.« Jörg reicht ihr ein Glas.

Marten steht plötzlich in der Küchentür und sagt: »Da ist auf allen Programmen dasselbe zu sehen. So ein brennender Turm.«

»Das ist bestimmt irgendeine Vorschau auf einen Film«, wimmelt Susanne ab. »Eure Sendung kommt gleich.«

»Weißt du noch, die legendäre Physikerparty«, fragt

Acedia, während sie sich Wasser einschenkt, »wo auf der Bühne der Verstärker der Band anfing zu brennen?«

»Na, gebrannt hat er ja nicht richtig.«

»Aber ganz schön gequalmt.«

»Immerhin sind einige Leute rausgerannt.« Jörg überlegt. »War das die Party, wo die Leute nachher so besoffen waren, dass sie eine Tür von den Seminarräumen ausgehängt haben und damit im Treppenhaus die Stufen runtergerodelt sind?«

»Was haben die gemacht?«, fragt Susanne und kichert.

Marten lehnt wieder in der Tür und zieht ein missmutiges Gesicht. »Mama, komm doch mal. Bitte.«

»Was ist denn?« Susanne verdreht die Augen. »Wir hatten doch abgemacht, dass wir ins Kino gehen – und dafür lasst ihr uns danach in Ruhe.«

Sie stößt schwer die Luft aus und folgt Marten ins Wohnzimmer. Jörg tritt an den Hängeschrank.

»Ich setz erst mal Kaffee auf.«

Acedia trinkt ihr Wasser. »Und Udo, dieser spindeldürre Idiot vom Asta, ist unten voll gegen die Wand gekracht.«

»Dann ist er aufgestanden, ich weiß noch, er war auf einmal kalkweiß im Gesicht und sein Arm stand so komisch ab und er hat gesagt …«

»Aua.«

»Und dann: Ich glaub, ich hab mich ein bisschen verletzt.«

Susanne tritt in die Tür. »Jörg.«

Acedia grient. »So lustig war das eigentlich nicht.«

»Aber irgendwie schon.«

Beide lachen. Jörg schüttet Kaffee in den Filter und blickt Susanne über die Schulter hinweg an.

»Komm mal«, sagt sie, »bitte!«

Und Acedia wird sich später daran erinnern, dass der eindringliche Ton in Susannes Stimme ein seltsames Ziehen zwischen ihren Schulterblättern hervorruft.

»Okay, ich setz schnell den Kaffee auf«, sagt Jörg.

»Nein, gleich.« Susanne packt seinen Arm. »Da ist was passiert – in Amerika.«

Jörg folgt ihr. Auch Acedia erhebt sich jetzt. Susanne dreht sich im Gehen um. »Ich weiß nicht genau. Ein Terroranschlag – eventuell.«

Acedia überlegt, ob sie ihr Wasserglas in der Küche lassen soll, da ist sie bereits auf dem Weg in den Flur. An Jörgs Rücken, seinem schwarzen T-Shirt vorbei sieht sie durch die Wohnzimmertür die Kinder auf dem Teppich hocken und auf dem Monitor vor ihnen einen Turm, ein Gebäude – zwei Gebäude – schwarzer Rauch dringt aus den Spitzen, sie geht an Jörg vorbei in den Raum hinein.

Das ist das World Trade Center. Beide Türme brennen.

»... strahlend blauer Himmel«, sagt ein Reporter. »Ein reiner Pilotenfehler scheint vollkommen ausgeschlossen. In beiden Türmen zusammen arbeiten 50.000 Angestellte.«

Acedias Atem flattert plötzlich, und sie denkt: *Petra.*

»Da sind Flugzeuge reingeflogen«, sagt Susanne.

»Was? Wie – in jeden Turm ... *ein* Flugzeug?«

Und in diesem Moment sieht Acedia in einer Wiederholung, die sie an diesem Tag noch wenigstens zehn Mal sehen wird, wie nur ein Turm brennt, ein zweites

Flugzeug rast von rechts kommend in den anderen hinein – und aus der Seite gegenüber platzt ein orangeroter Feuerball.

»Ein Terroranschlag«, sagt Jörg.

Acedia sucht einen Platz für ihr Wasserglas, tritt neben das Klavier, zieht die Hand aber zurück. *Lieber nicht, das gibt Flecken.*

»Petra ist da drin.«

»… traumatische Szenen«, erklingt der Reporter, »Menschen rennen, es wird geschrien …«

»Deine Freundin?« Susanne sieht sie großäugig an. »Auf deren Hochzeit wir waren?«

Jörg hockt sich neben seine Kinder. »Petra ist im World Trade Center?«

»Ja, die arbeitet da in der Anwaltskanzlei von … von … keine Ahnung, wie die heißt.«

»Oh, Kacke!«

Acedia starrt auf die rauchenden Türme, ihre Lippen

»… Papierfetzen fliegen herum …«

zittern und sie hört in ihren Gedanken mit einem Mal Petras Stimme, so klar, als stünde sie neben ihr: *Mein Büro ist im World Trade Center. Im Südturm ziemlich weit oben.*

Susanne sagt: »Wer weiß, vielleicht ist sie ja … ist sie ja …«

Jörg nimmt Marten die Fernbedienung weg und zappt von Kanal zu Kanal. Sat 1: die brennenden Türme, RTL: die brennenden Türme, ZDF und n.tv – überall die gleichen Bilder.

»Kommen die Simpsons denn noch?«, fragt Swantje und duckt ihren Blondschopf zwischen die Schultern.

Acedia streckt ihre Hand mit dem Wasserglas in Richtung einer Kommode und hört, wie ihr Glas zweimal über deren Rand

(»… um eine Flugzeugentführung handeln.«)

ratscht, ehe sie sich darauf konzentriert und es in die Mitte schiebt.

»Es sind nicht nur fünf Stockwerke getroffen, sondern mindestens fünfzehn. Das Gebäude ist ja sehr massiv. Man kann nur hoffen, dass die Feuerwehr den Brand in den Griff bekommt.«

Susanne stöhnt auf.

Raus mit dir, Petra, denkt Acedia. *Verschwinde da!*

Sie hastet in die Küche, holt ihre Umhängetasche, wühlt ihr Handy heraus und wählt Petras Nummer. Die Tasche – ein Geburtstagsgeschenk von Petra. So groß, dass ein Laptop hineinpasst, aus blauem Leder, mit seitlichen Extrataschen. Acedia streicht mit der Handfläche über das Leder, hört zugleich das leise Tuten aus ihrem Handy und starrt an Jörgs Kopf vorbei auf die brennenden Türme. Aus den Augenwinkeln sieht sie, wie Susanne sie beobachtet, irgendwo im Südturm klingelt jetzt ein Telefon. Acedia zählt das Tuten mit: acht, neun,

(»Ein normaler Dienstagvormittag, an dem alle Leute bei der Arbeit sind.«)

zehn Mal, bis sie endlich auflegt.

Sie sinkt in einen Sessel und umklammert die Tasche.

Schüttelt wieder und wieder den Kopf.

»Beide Flugzeuge sollen in Boston entführt worden sein«, sagt Jörg.

»Was?«

»Vor meinem Bürofenster trudeln Papierfetzen. Mindestens zwanzig Stockwerke stehen in Flammen. Aber wie löscht man ein 414 Meter hohes Gebäude? Keiner weiß, wie die Menschen dort rauskommen sollen, blutende Menschen rennen über die Straßen.«

In welchem Stock war Petra?

Es will Acedia nicht einfallen. Hatte Petra es überhaupt erwähnt? *Die anderen Wolkenkratzer sehen von oben aus wie Bauklötze.* Nur das weiß Acedia noch. Sie wühlt ihren Laptop aus der Tasche.

»Jörg. Kann ich mit an deinen Router?«

Er nimmt ihr das Kabel ab und steckt es ein. »Geh mal auf SPON.«

Immer die gleichen Bilder: ein brennender Turm, ein zweites Flugzeug von rechts, der aufplatzende Feuerball. Während der Rechner mit schneckenartiger Geschwindigkeit hochfährt, trommelt Acedia mit den Fingern auf der Umrandung.

Marten blickt zu Susanne hoch. »Mama, was ist denn da los?«

Acedia versucht vergeblich »Spiegel Online« aufzurufen.

»Der Server scheint zusammengebrochen.«

Sie lehnt sich in ihrem Sessel nach vorn, sie lehnt sich zurück, ihre Zehenspitzen kribbeln. Sie wählt erneut

»… fallende Aktienkurse …«

Petras Nummer. Lauscht auf das kurze Tuten und hofft. Eine Stimme der Telefongesellschaft: »Der gewünschte Teilnehmer ist vorübergehend nicht zu erreichen. Bitte legen Sie auf.«

Jörg schaltet auf RTL um, dort spricht jetzt Präsident George Bush. Hinter ihm Schulkinder.

Acedia wählt die Handynummer von Petras Mann, das Besetztzeichen ertönt. Vielleicht ist Manuel zu Hause, Acedia erinnert sich, dass er gerade Urlaub hat, doch auch dort hebt niemand ab. Sie lässt es klingeln und wappnet sich mit tiefen Atemzügen dagegen, gleich auf dem Anrufbeantworter Petras Stimme zu hören, aber das Band wurde offenbar neu besprochen. Statt Petra redet deren fünfjährige Tochter Thanita.

»Guten Tag. Hier ist die Familie Frey und Cruz. Meine Mama ist nicht da und Papa auch nicht. Bitte sprechen Sie nach dem – Piiiep!«

Den letzten Satz kräht Thanita so süß und fröhlich, dass Acedia einen Kloß im Hals spürt.

»Ich bins, Acedia …«, beginnt sie. Aber was ist, wenn Thanita mit im Raum ist, während Manuel das Band abhört? »Ruf bitte zurück«, fährt sie nur fort.

»… ein Bekennerschreiben einer palästinensischen Terrororganisation.«

Sie wählt noch einmal Manuels Handy an. »Bitte hinterlassen Sie eine Nachricht.«

»Weißt du, was mit Petra ist?«, ruft sie. »Bitte ruf zurück!«

Nur Sekunden darauf klingelt Jörgs Handy, und Acedias Hand zuckt zu ihrem eigenen. Er führt ein kurzes Gespräch und wendet sich zuerst an Susanne.

»Ich fahr in die Redaktion. Ist das okay für dich?« Sie nickt. Dann an Acedia: »Kommst du mit?«

Acedia stopft Laptop und Handy in ihre Tasche. Sie rennen das Treppenhaus hinab. Während Jörg in die

Tiefgarage hastet, ruft sie: »Ich nehm meinen eigenen Wagen.«

»Okay, warte vor der Einfahrt und fahr mir nach.«

Acedia will über die Wohnstraße zu ihrem Wagen sprinten, findet ihn aber nicht gleich und fühlt sich plötzlich so desorientiert, dass sie mitten auf der Straße stehen bleibt und sich einmal um sich selbst dreht. Zum Glück ist das Blau ihres Audi auffällig und sticht fünfzig Meter entfernt aus der Reihe der parkenden Autos heraus. Sie läuft hin, steigt ein und legt ihre Tasche sacht auf den Beifahrersitz. Als ihr Blick auf die Uhr neben dem Steuer fällt, glaubt sie zuerst, sie sei stehen geblieben. Ist es erst ...? Sie sieht auf die Armbanduhr – es ist erst zwanzig vor vier. Sie war weniger als eine halbe Stunde in der Wohnung. Sie schaltet das Radio an.

»... dass auch das Pentagon mit einem Flugzeug ...« Rauschen. »... angegriffen wurde.« Papierrascheln. Stimmengewirr. »Es gibt außerdem Berichte, wonach es in Washington brennt.«

Sie steuert den Wagen aus der Parklücke und versucht Thanitas Stimme aus der Erinnerung zu verbannen.

Shephard & Austen. Acedia hastet hinter Jörg den breiten Redaktionsflur der »Kölner Zeitung« entlang und auf einmal fällt ihr der Name von Petras Kanzlei wieder ein.

Ein Mann kommt ihnen entgegen und ruft Jörg im Vorbeirennen zu: »Helge ist gerade bei Bettina in New York. Bei den Türmen.«

Sie greift im Laufen nach ihrem Handy. *Warum ruft*

Manuel nicht zurück, verdammt? Aber bevor sie seine Nummer gewählt hat, denkt sie, warum soll sie ihn ein zweites Mal bitten, sie zurückzurufen? Dadurch wird nichts besser. Sie steckt das Handy zurück.

Im Konferenzraum sind mehrere Fernseher aufgebaut. Bis auf einen stummgeschaltet, zeigen sie die verschiedenen Programme. Einige der Kollegen kennt Acedia. Harry sitzt vor einem Laptop, Sabine und Werner starren, Kaffeebecher in der Hand, mit großen Augen auf die Fernsehmonitore. Jacken hängen über Stuhllehnen, Ärmel sind hochgekrempelt. In der Ecke am Fenster redet ein grauhaariger Mann so wild in ein Telefon, dass seine Stimme immer wieder zu einem Schreien wird. *Wie in einem Katastrophenthriller*, denkt Acedia bizarrerweise.

»Kann ich irgendetwas helfen?«, ruft sie in den Raum.

Sie setzt sich auf einen freien Platz, schließt ihren Laptop an und sucht, in welchem Stockwerk Shephard & Austen sitzen. Es über die Eingabe *World Trade Center* zu versuchen, ist aussichtslos. Alle entsprechenden Server sind in die Knie gegangen.

Zwei Plätze weiter hackt ein rotgesichtiger Redakteur mit gewaltigem Schnauzbart etwas in die Tastatur seines Computers.

»Cnn.com ist auch weg«, sagt Jörg.

Ein Bild auf dem Fernsehmonitor saugt Acedias Blick an: Menschen stehen in den qualmenden Fenstern, winken mit riesigen Tüchern.

»Hast du was über deine Freundin in Erfahrung gebracht?«, fragt Jörg.

Sie zuckt zusammen. »Petra«, schreit sie lauter als beabsichtigt. »Petra heißt sie.«

»Immer sachte. Was ist mit dir los?«

»Ich finde nicht raus, in welchem Stock ihre Kanzlei sitzt. Das Internet ist total abgekackt.«

»Ich hab die Flugzeuge da nicht reingeflogen, meine Fresse!«

»Entschuldige.«

Shephard & Austen sitzt im 72. Stock, findet sie dann doch heraus. Dabei schielt sie immer wieder abwechselnd von ihrem Handy zu den Fernsehmonitoren. Und dann sieht sie Menschen aus den Fenstern springen. Sie fallen wie winzige Puppen, ein zweiter, an dem Gebäude entlang, ein dritter …

Der Redaktionsleiter, ein großer Mann im karierten Hemd, tritt in die Mitte des Raumes. Alle Blicke wenden sich ihm zu. Er hebt die Hände. »Ich weiß, wie ihr euch … wie wir alle uns jetzt fühlen. Wir sehen uns diese Scheiße jetzt an. Aber wir sind eine Zeitung. Wir haben auch zu arbeiten. Wir werden eine kostenlose Sonderausgabe auf den Straßen verteilen. Bei den Fakten können wir mit der Geschwindigkeit von Internet und Fernsehen ohnehin nicht mithalten. Was ich brauche, sind: Kommentare und Analysen. Ich brauch ein paar Teams, die runtergehen zu den Leuten auf der Straße …«

»Helge ist am Telefon«, ruft der Grauhaarige aus der Ecke dazwischen.

»Stell mal einer den Scheiß-Fernseher leiser.«

»Kannst du mich hören, Helge?«

Verrauscht, über den Lautsprecher des Konferenzraums: »Ja, ich kann dich hören.«

»Helge«, sagt der Grauhaarige, »ich hab dich hier auf laut gestellt und schneide das Gespräch mit. Ist das okay für dich?«

»Alles klar.«

»Was ist mit Bettina?«

Im Hintergrund Sirenen. »Die steht hier neben mir.«

»Wie geht es euch?«

»Wir sind okay. Bettina hatte mich gerade abgeholt und wir haben ihre Tochter zur Schule gefahren, als die Nachricht von dem ersten Flugzeugeinschlag kam.«

»Und wo seid ihr jetzt?«

»Wir stehen auf dem Broadway Ecke Dey Street, etwa zweihundert Meter vom World Trade Center entfernt.«

»Wie sieht es da aus?«

»Aschebedeckte Menschen kommen uns entgegen. Eine Frau blutet im Gesicht. Feuerwehrautos und Notarztwagen stauen sich wirr …« (Ein platzender Knall.) »Brennende Gebäudeteile fallen auf die Straßen.«

Ein Krachen, Schreie und das Getrappel von Füßen. Jemand stößt Acedia gegen die Schulter und zeigt auf die Monitore. Der eine Turm ist plötzlich in einer riesigen Wolke verhüllt. Auch der Grauhaarige starrt dort hin.

»Wir bekommen hier aktuelle Bilder aus New York, und es sieht so aus, als ob gerade einer der beiden Türme zusammengebrochen ist. Könnt ihr das bestätigen?«

»Wir werden jetzt lieber in Richtung Brooklyn ...«

»Könnt ihr das bestätigen, Helge?«

Nur noch Getrappel, im Hintergrund Rufe. Dann das Freizeichen …

Der Fernseher zeigt auf den Betrachter zurennende Menschen, verfolgt von einer gigantischen braunen Wolke. Und als die Kamera zurückzoomt, glaubt Acedia kurz den Ort zu kennen. Die Bank da – dort hat sie gesessen und einem asiatischen Mädchen zugeschaut, und im gleichen Augenblick wird die Bank von der Rauch- und Aschewolke verschluckt, und Acedia fragt sich, ob sie es sich nur eingebildet hat, viele Bänke und Plätze New Yorks sehen so gleich aus, da haben damals junge Frauen mit Hula-Hoop-Reifen getanzt, und sie fühlt, dass dies alles jetzt egal ist.

3 Alexander sieht in seinem Labor an der Uni Hamburg die braune Wolke im selben Augenblick auch auf sich zurasen. Eine Stunde zuvor hat er noch die Gehirnströme eines zehnjährigen autistischen Jungen gemessen. So lange, bis Unruhe entstanden ist und vom Flur aus die Mutter des Jungen, Ben, an die Scheibe geklopft hat.

Jetzt sitzt er im Nebenraum auf einem Schreibtisch. Jemand hat einen Fernseher aufgestellt. Studenten, Dozenten und Uni-Personal drängeln sich nebeneinander und starren entsetzt auf die braune Wolke. Nur das Gesicht von Ben, der bei Alexander steht, zeigt Neugier ohne jede Anteilnahme. An ein Weiterarbeiten ist nicht zu denken. Alexander wird Ben und seine Mutter nach Hause schicken und die Eltern der für sechzehn und siebzehn Uhr bestellten Kinder anrufen und deren Termine absagen. Er greift nach seinem Handy, in diesem Moment klingelt es. Auf dem Display erscheint Acedias Name, und er geht nach hinten zur Tür, bevor er abhebt.

»Hallo, Alex. Hast du das gesehen?«

»Natürlich. Wir sitzen hier im Labor vorm Fernseher.«

»Ich bin mit Jörg in der Redaktion der ›Kölner Zeitung‹.«

Ein Stöhnen geht durchs Labor. »Moment, Cedi … Was?« Alexander reckt den Kopf am Rücken einer Studentin vorbei, um den Fernseher besser zu sehen.

»… erhalten wir soeben die Meldung, dass offenbar in der Nähe von Pittsburgh eine weitere Passagiermaschine abgestürzt ist …«

»Alex?«, ruft Acedia.

»Ja?«

»Siehst du das gerade auch?«

»Ja.«

Sie schweigen einander an.

»Wenn du jetzt noch in Köln zu tun hast«, sagt Alexander, »musst du dich nicht beeilen, ich versteh das.«

»Doch, Schatz, ich komme so bald wie möglich. Ich hatte es euch versprochen!«

Sie verabschieden sich voneinander. Alexander legt auf. Sie hat ihn seit Jahren nicht mehr *Schatz* genannt.

4

Acedia legt auf. In ihr hat sich plötzlich eine magische Angst erhoben, Alex könne nach Petra fragen. Sie will auf keinen Fall darüber sprechen, in welcher Gefahr Petra ist. Sie starrt auf ihre Tasche, die neben dem Laptop liegt, und hat das Bedürfnis, ihr Portemonnaie herauszuwühlen und sich die Fotos ihrer Kinder darin anzuschauen, ist aber unfähig sich zu rühren.

Der Kerl mit dem Walrossbart zwei Plätze neben ihr

niest. Aus den Gesprächsfetzen um sich herum hört sie das Wort *Apokalypse* heraus. Wieder die Bilder der Menschen, die an den Fenstern im 90. Stock stehen und mit riesigen Tüchern winken, eingehüllt in dicken, braunen Rauch. Sie fallen.

Der Kerl neben ihr niest noch einmal, blickt umher und sagt laut: »Danke!«

Eine Redakteurin stößt genervt die Luft aus. »Schon gut, Gerry, du wirst schon nicht sterben.«

»Ich mein ja bloß.«

Acedia spürt Wut in sich hochschießen. Da klingelt ihr Handy. Petra? Nein, auf dem Display steht Manuels Name. Sie wappnet sich mit einem tiefen Atemzug und schließt die Augen.

»Manuel?«

Sie hört, wie er sich vergebens müht, seine Stimme stabil zu halten. »Ich hab Petra noch nicht erreicht. Man kann nicht dahin telefonieren. Im ZDF haben sie gesagt, das Telefonnetz New Yorks ist vollständig zusammengebrochen.«

Gut – wenigstens spricht er nicht die Worte aus, die sie nicht denken will.

»Ich ruf dich an, sobald ich was weiß. Versprochen.«

Der Nordturm stürzt zusammen. Jörg stößt einen Schrei aus.

»Versucht noch mal Bettina und Helge zu erreichen«, ruft jemand.

Gerry wischt sich den Schnauzbart und schnieft. »Scheiß-Sommergrippe. Wenn man sich so was mal eingefangen hat, geht es wochenlang nicht weg.«

Acedia starrt mit einem Gefühl surrealer Fremdheit

auf die Rauchwolke auf dem Monitor. Der blaue Himmel New Yorks ist leer.

»Ich sollte mich krankschreiben lassen.«

Ihr Kopf ruckt zu Gerry herum und sie stellt sich plötzlich vor, hinüberzugehen und diesem Idioten eine in seine rote Fresse zu donnern. Da klingelt ihr Handy wieder. Acedia reißt es so schnell hoch, dass es ihr kurz aus der Hand rutscht und über den Tisch schlittert.

»Manuel?«

»Hallo, Acedia. Sommerkorn – Arne.«

»Was?«

»Ich gehe davon aus, Sie sitzen irgendwo vor einem Fernseher?«

»Was?«

Es dauert einige Sekunden, bis sie realisiert, dass sie mit ihrem Chefredakteur spricht.

»Sie waren doch immer scharf auf einen Job in New York. Jetzt haben Sie einen.«

Die darauf folgende Pause dehnt sich. Acedia versucht die Begriffe *Sie haben einen – Job* und *New York* in die richtige Reihenfolge zu bringen. Und erst allmählich sickert deren Bedeutung in ihr Bewusstsein. Sie spürt, dass Sommerkorn eine Reaktion von ihr erwartet.

»Gut …«, stößt sie hervor. »Wunderbar.«

»Ich war von Ihren Reportagen und Analysen ja immer sehr angetan. Und jetzt brauche ich kurzfristig einen zusätzlichen Mann drüben, der über die Gefühle der Menschen dort schreibt.«

In die USA? Acedia ist wie versteinert. »Ja, ja.«

»Ich erwarte Ihre Zusage bis heute Abend.«

Wie betäubt legt sie auf. Auf den Monitoren erkennt

sie wieder winzigklein die aus dem Fenster fallenden Menschen. Wie betäubt steht sie auf, verlässt den Konferenzraum und tastet sich an der Flurwand entlang in Richtung der Toiletten.

Dann sitzt sie in einer Toilettenkabine. Um sie herum ist bis auf das leise Plätschern ihres Urins nur noch Stille. Der weiße, leicht spiegelnde Lack der Tür vor ihr füllt ihr Gesichtsfeld vollständig aus.

Petra.

Als sie aus der Kabine tritt, ist an der Wand beim Fenster ein flirrendes Geräusch, und sie wendet den Kopf. Eine Schnake hängt dort in der Luft, sie tanzt unruhig hoch und runter – eine dieser riesigen Mücken, die nicht stechen können. Da schießen Acedia Tränen in die Augen. Sie muss an die Hausbesetzerfete in der Brauerei denken und wie schön es all die Jahre danach war, mit Petra zusammen zu wohnen, in ihrer kleinen WG – Petra mit ihrem süßen Nasenring, die sie immer beschützt hat, die irgendwie immer die Stärkere war.

Acedia öffnet das Fenster. Auf der anderen Seite des Innenhofs blitzen gläserne Fassaden, und sie sieht Frank auf der Treppe vor ihrem Haus sitzen. Und er sagt: *Papa ist tot.* Sie legt die Unterarme auf die Kacheln der Fensterbank. Tränen fließen über ihre Wangen. *Ist doch okay, wenn du einen Job in Amerika hast*, denkt sie und ihre Schultern zucken. *Ich gönn es dir doch.* Ihr Mund verzerrt sich, sie hechelt und greift sich in die Haare.

»Foxi ...«

Acedia zieht die laue Septemberluft tief in die Lungen. Sie lehnt sich nach hinten an die Wand, die harten Fliesen drücken gegen ihren Rücken. Draußen auf dem

Redaktionsflur erklingen Schritte. Hoffentlich kommt niemand herein. Sie lässt kaltes Wasser in ihre zur Schale geformten Hände laufen, wäscht sich das Gesicht ab, und als sie im Spiegel über dem Waschbecken ihre Wimperntusche kontrolliert und dabei denkt, wie unwichtig ihr Make-up jetzt doch ist, denkt sie zugleich: *Petra lebt*, und stampft voller Wucht auf den Fliesenboden. Sie hatte immer einen Instinkt für Gefahren. Petra ist rechtzeitig abgehauen!

Bevor Acedia die Tür zum Flur öffnet, atmet sie noch einmal tief durch. Sie kehrt in den Konferenzraum zurück und versucht, ihre Angst wieder in ein professionelles Korsett zu zwängen. Jörg und fünf, sechs Kollegen haben sich Stühle zu einem Kreis zusammengeschoben und diskutieren erregt. Der Grauhaarige ist auch darunter. Jörg winkt Acedia herbei.

»War das eben Sommerkorn?«, fragt er.

Acedia nickt nur. Sie zieht einen Stuhl heran. An dieser Stelle ist es sehr eng und Jörg will einen Tisch beiseite schieben, aber sie macht eine abwehrende Handbewegung.

»Danke. Geht schon.«

Während sie schräg hinter Jörg Platz nimmt, fährt sich der Kollege gegenüber mit der Hand über die Halbglatze und ruft in die Runde: »Es glaubt doch wohl niemand, dass unsere Atomkraftwerke gegen solche Anschläge geschützt werden können.«

Jörg gestikuliert mit einem Bleistift und antwortet etwas, das mit der Flugabwehr der Bundeswehr zu tun hat, aber schon bei seinen ersten Worten schweifen Acedias Gedanken ab, driften noch einmal zu Sommerkorns Anruf, und sie spürt eine hilflose Art von … Empörung? Auf den Fernsehern hinter Jörgs Kopf kracht wieder das Flugzeug in den Turm, der Feuerball bläht sich auf – orangerot. Menschen fallen aus den Fenstern.

»Scheiße, ich muss jetzt rauchen!«, ruft neben dem Grauhaarigen eine ältere blonde Frau mit Brille.

Sie zündet sich eine Zigarette an und niemand protestiert. Es wird nicht einmal demonstrativ gehustet. Der Grauhaarige hält ihr eine Untertasse hin und merkt etwas zu den Folgen für die Weltwirtschaft an. Der Satz: *Sie haben den Job*! schiebt sich zwischen seine Stimme und Acedias Gedanken wie ein überblendendes Filmbild. Jemand stellt ein Glas Wasser vor sie.

Auf einem der Monitore erscheint der New Yorker Bürgermeister Rudy Giuliani. Kurz darauf Gerhard Schröder. Acedia windet sich auf ihrem Stuhl hin und her und starrt auf ihr stummes Handy, das neben ihrer Hand auf dem Tisch liegt. In den Tiefen ihres Bewusstseins wabert zugleich irgend etwas wie ein dünnes, störendes Sirren.

Weitere Kollegen setzen sich in die Runde. Im Hintergrund klappern die Tastaturen der Computer. Zwischen den sich wiederholenden Fernsehbildern sieht Acedia in den folgenden Stunden Einschätzungen von Korrespondenten, Reaktionen der Politiker aus aller Welt. Immer wieder wird der Name Osama Bin Laden genannt.

Wie im Nachhall eines schweren Traums sitzt Acedia reglos neben den Kollegen und blickt auf ihre Hand, die hin und wieder wie ferngesteuert nach dem Wasserglas greift. Dabei hat sie das Gefühl, es könnte noch etwas folgen, es würde, es *müsste* noch etwas passieren, jeder Nerv scheint geöffnet für die Aufnahme weiterer schrecklicher Nachrichten. Sie schiebt ihr Handy von sich.

Die Tagesschau verschmilzt mit dem Rest der aufeinander folgenden Nachrichten und geht nahtlos über in ein Statement des Chefs des BND. Dämmerung zieht herauf. Acedia hat jedes Zeitgefühl verloren. Irgendwann schafft es der Grauhaarige wieder, Bettina ans Telefon zu bekommen.

»Helge und ich sind okay!«, ertönt ihre Stimme aus dem Lautsprecher an der Wand, und Acedia kann ihr die Erregung immer noch anhören.

Bettina erzählt, wie sie sich vor der Staubwolke in eine Nebenstraße geflüchtet haben, aber nach zwanzig Metern bemerkten, dass sie in eine Sackgasse gerannt waren, und während sich von hinten die schmutzigbraune Wand heranwälzte, hebelten zwei Bauarbeiter mit einer Eisenstange eine Kellertür auf und zerrten Helge und sie mit sich hinein. Unten ging es durch ein Labyrinth von dunklen Gängen, bis sie schließlich im Keller einer Bäckerei landeten. Dort harrten sie gemeinsam mit einer Gruppe asiatischer Studenten aus, mit zwei Börsenmaklern und einer kotzenden Polizistin.

Für die Donnerstagsausgabe werden sie dazu eine Reportage schreiben.

Wenigstens haben es die beiden geschafft, sich in Sicherheit zu bringen, denkt Acedia, und übergangslos kommen ihr wieder Tränen.

Sie steht auf und geht zum Fenster. Der Himmel über Köln ist mittlerweile dunkel. Sie betrachtet sich im Spiegel der Scheibe und wischt mit dem Handballen über die feuchte Wange. Jemand stupst gegen ihren Rücken. Sie dreht sich um und starrt in Gerrys rotes Gesicht. Er hält ihr ein Tablett voller Brötchen hin, Käse und Wurst, garniert mit Tomaten und Gurken.

»Hier, iss mal was.« Und als Acedia ihn fassungslos ansieht: »Du bist ganz blass.«

»Danke, ja.«

Sie greift ein Käsebrötchen und beißt gierig hinein. Erst jetzt spürt sie die Übelkeit in ihrem hungrigleeren Magen. Ihre Zähne zermahlen die Mischung aus Brötchen und Käse, sie schiebt sie mit der Zunge im Mund umher und starrt auf den Rücken von Gerry, der mit dem Tablett zu weiteren Kollegen geht. *Wenigstens haben es die beiden geschafft.* Beim zweiten Bissen klingelt ihr Handy.

Sie rennt hin, beugt sich an Jörgs Rücken vorbei zum Tisch, auf dem es liegt, und streckt die Hand danach aus.

Manuels Stimme: »Hi.«

»Ja?«, sagt sie mit vollem Mund und hält die Luft an.

»Ich hab Petra jetzt erreicht.«

Das bedeutet … am Nebentisch verteilt Gerry weiter Brötchen, Jörg gestikuliert mit dem Kugelschreiber, die Blonde mit der Brille hat sich ans offene Fenster gestellt und raucht, und Acedia fühlt sich plötzlich noch unwirklicher, so als wäre alles um sie herum nur ein Film.

»Hast du gehört?«

»Mein Gott.«

Sie atmet ihre Angst aus. Manuels Worte erschaffen Realität – seine Worte, die auch hätten lauten können:

PETRA IST TOT. Acedias Augen werden feucht, wunderbar feucht.

»Petra war gar nicht in dem Turm«, fährt er fort. »Gar nicht bei der Arbeit. Sie war zu Hause. Sie hat sich gestern beim Tennis eine Sehne gezerrt.«

»Na, so ein Pech!« Sie presst die Luft hinaus, bricht in Gelächter aus und wischt sich die Augen.

»Ja, verdammtes Pech.« Manuel lacht jetzt auch.

Acedia hört sich hysterisch gackern wie ein Schulmädchen, und ihre Schultern ziehen sich in unwillkürlichen Zuckungen zusammen. Jörg wirft ihr einen verwunderten Blick zu.

»Mit Petra ist alles okay!«, ruft sie ihm halblaut zu und er hält einen Daumen hoch.

Manuel erzählt noch alles Mögliche über Petras Verletzung und wie sie ebenfalls versucht hat ihn anzurufen, aber all das hat Acedia gleich wieder vergessen, es versickert in der Bedeutung eines einzigen Satzes: Petra lebt!

Noch lange nachdem Manuel aufgelegt hat, sitzt Acedia einfach da und starrt vor sich hin, und der kahle Konferenzraum sieht so gut und lebendig aus. Dann entfährt ihr mit einem Mal ein langes und tiefes Gähnen, und Müdigkeit schwappt wie eine unerwartete Welle über sie.

Sie sucht Sommerkorns Nummer auf ihrem Handy heraus. *Ich erbitte mir noch einen halben Tag Bedenkzeit. Ich muss erst mit meiner Familie sprechen. – Okay*, antwortet er, während sie ihn anwählt, in ihrer Vorstellung. *Aber überlegen Sie nicht zu lange*. Sie lauscht auf das Tuten und denkt: *Nein, Quatsch!*

Sommerkorn hebt ab.

»Hallo, Arne.«

»Acedia?«

»Ich machs. Wann soll ich fliegen?«

Andre Neumann sieht über seine auf dem Lenkrad liegenden Hände hinweg in die Nacht. Die weißen Fahrbahnmarkierungen der Autobahn ziehen unter ihm entlang. Seine Beifahrerin Ute Stein hat seit einigen Kilometern nichts mehr gesagt. Ob sie eingeschlafen ist? Er wirft einen Blick zur Seite. Sie sieht ihn an und ihre Augen glänzen im Dunklen.

»Ich bin wach. Wie spät haben wirs?«

»Viertel vor eins. Wir sind schon hinter Osnabrück.«

Ute Stein gähnt verhalten. »Wenn Sie möchten, können wir uns mal mit Fahren abwechseln.«

Sie hält ihn also nicht für einen der Kerle, die niemals die Hoheit über das Steuer ihres Wagens abgeben würden. Das gefällt ihm.

»Danke, nein. Ich konnte heute gut ausschlafen. Wir können allerdings demnächst gern eine Rast einlegen. Was essen.«

Im Radio berichten Reporter von Explosionen in Bagdad. *Können die Amis schon so schnell da sein?*, überlegt Andre. Arafat hat Blut gespendet. Nur der Despot Saddam Hussein hat sich zu höhnischen Kommentaren hinreißen lassen. Wer weiß, vielleicht wird ihm das noch leidtun.

Für Mittwochnacht ist die Autobahn ungewöhnlich leer. Weit, weit vor Andre tauchen die Rücklichter eines Wagens auf, der ganz nah an der Mittellinie fährt, dann langsam nach rechts rüberzieht – fast bis an die Außenlinie, dort eine Weile verharrt, dann wieder links, wieder rechts – in einem wiegenden, langgezogenen Takt, so als würde der Wagen auf Eis gleiten.

»Das Treffen hat ja nicht viel gebracht«, sagt Andre.

»Das werden wir wiederholen.«

Andre ist Ingenieur, zuständig für die elektronische Steuerung von Motoren riesiger Containerschiffe. Die blonde Frau neben ihm arbeitet im Management seiner Firma. Heute – oder mittlerweile schon gestern, am Dienstag – hat das quartalsmäßige Treffen stattgefunden, auf der die Firmenleitung über die zukünftigen Arbeiten informiert. Daraus ist nichts geworden.

Irgendwann am frühen Nachmittag, als immer klarer wurde, wie schlimm die Anschläge in Amerika sind, haben sie die Besprechung abgebrochen. Jemand hat ein Fernsehgerät angeschleppt. Und als Andre sich jetzt an sein Gefühl beim Betrachten der Bilder zu erinnern versucht, stellt er fest, dass in ihm dafür kein spezielles Wort existiert. Nur dass ihm nach und nach bewusst geworden ist: Das ist ernst, sehr ernst.

Frau Stein hatte für den Abend einen Rückflug nach Hamburg gebucht, doch wegen der unklaren Lage im Flugverkehr hat sie Andre gebeten, ihn im Wagen mitzunehmen. Sie gilt allgemein als rigoros und etwas schwierig, darum war ihm das nicht sonderlich angenehm, aber bisher hat sie sich ganz gut benommen.

Andre starrt in die Nacht und fragt sich, ob er wegen des Flugverbotes in der kommenden Woche überhaupt zu seinem nächsten Job nach Dubai fliegen können wird.

Als hätte sie seine Gedanken erraten, sagt Ute: »Wenn ich mir die Börsenkurse so ansehe, können wir alle Planungen für die kommenden Wochen ohnehin über den Haufen werfen.« Sie deutet auf den Wagen vor ihnen, der jetzt nur noch hundert Meter entfernt ist. »Der schlingert ganz schön heftig hin und her.«

Das Radio zitiert den Chef des BND, der sich zu den Terroranschlägen äußert, aber Andre hört nur halb zu. Die Flut an Nachrichten beginnt ihn auszulaugen. Er empfindet eine seltsame Taubheit, wie nach zahlreichen Schlägen auf immer dieselbe Stelle.

»Haben Sie was dagegen, wenn ich zwischendurch mal Musik anmache? Das macht mich langsam alles fertig.«

»Gerne.«

»Da sind Kassetten im Handschuhfach.«

Sie wühlt darin herum. Plastik klappert. Sie kommen dem Wagen jetzt näher. Ein Audi. Während sie daran vorbeifahren, behält Andre ihn im Auge.

»Oh. Sisters of Mercy?«, sagt Ute. »Soll ich die reinschieben?«

»Die kennen Sie?«

And I need all the love I can get.

Der monotone Rhythmus lässt Andre wieder glockenwach werden und er trommelt auf dem Lenkrad herum. Zum ersten Mal seit Stunden glücklich. Vor ihnen taucht das Schild einer Raststätte aus der Dunkelheit.

»Oh ja, lassen Sie uns was essen«, sagt Ute.

Andre setzt den Blinker.

Sie hören *More* zu Ende und steigen dann aus, ein

angenehm kühler Wind weht. Als sie nebeneinander die Treppe zum Restaurant hochgehen, rollt langsam ein blauer Audi heran und stellt sich auf den Parkplatz neben Andres Passat. Eine Frau in einem hellen Kostüm steigt aus.

»Das scheint der Wagen zu sein«, sagt er, während sie durch die automatische Tür gehen.

Ute wirft einen Blick über die Schulter. »Der Wagen, der vor uns hin- und hergeeiert ist?«

Andre nickt und tritt an die Auslage mit den Speisen. Die Fahrerin kommt herein, und er betrachtet sie verstohlen, während sie in Richtung der Toiletten marschiert und ihr Pferdeschwanz energisch wippt.

»Betrunken sieht sie nicht aus«, sagt Ute. »Und extrem übermüdet auch nicht.«

»Kann man das immer sehen?«

6

Acedia wirft sich kaltes Wasser auf die Wangen und denkt daran, dass sie das vor einigen Stunden schon einmal gemacht hat – aber jetzt fühlt sie sich ganz leicht dabei.

Gegen elf hat sie sich in ihren Wagen gesetzt und auf die etwa 400 Kilometer weite Heimfahrt gemacht. Der Tag hat ihr gezeigt, was Familie bedeutet; wie wichtig es ist, Versprechen einzuhalten. Jörg hat sie noch auf den Parkplatz der »Kölner Zeitung« begleitet.

»Willst du nicht doch bei uns übernachten?«

»Das geht schon. Wenn ich mich gleich auf die Socken mache, werde ich gegen drei in Hamburg sein.«

Na, es sind wohl eher Reifen als Socken, denkt sie jetzt. Sie reibt sich vorsichtig die Augen, nun muss ihr auch ihr Make-up nicht mehr egal sein. Sie hält ihre Hände in den warmen Luftstrom des Trockners. Nicht zu lange Rast machen. Und nichts essen. Essen macht müde.

Sie verlässt die Toilette. Auf dem Weg zum Tresen fummelt sie ihr Portemonnaie heraus und streichelt glücklich das Leder ihrer Umhängetasche. Sie tritt an den Automaten für heiße Getränke und schiebt eine Tasse unter den Ausschank für Espresso.

Kurz darauf lehnt sie an einem Stehtisch, den Espresso und ihr Portemonnaie vor sich. Draußen hält ein Lastwagen. Zwei Männer in groben Arbeitsjacken kommen herein. Ein Paar in den Dreißigern sitzt an einem Fenstertisch und unterhält sich intensiv. Die blonde junge Frau stützt ihr Kinn auf die Hand und lächelt den jungen Mann an. Acedia muss an Alex denken und eine sanfte Welle durchflutet sie. Ihre Finger tasten nach dem Portemonnaie und sie zieht die Bilder von Kim und Felix heraus. Die achtjährige Kim in einer dunkelblauen Jacke, ihr jüngerer Bruder grinsend und mit Baseballkappe. Acedia streicht sanft mit dem Daumen über die Bilder.

Sie trinkt aus und stellt auf dem Weg zum Ausgang ihre Tasse am Tresen ab. Die Türen gleiten auf. Draußen ist es kühl. Sie unterdrückt ein Gähnen, läuft energisch die Stufen hinunter, klettert in ihren Wagen und fährt los. Nach dem Espresso fühlt sie sich deutlich fitter. Sie kommt gut voran.

Zum letzten Mal hat sie gegen neun mit Alex telefoniert. Gut, dass er nicht weiß, wie spät sie losgefahren ist; er würde sich wieder Sorgen machen. In solchen Dingen ist er ein Weichei. Sie ist es schließlich gewohnt, nachts zu fahren.

Vor ihr taucht ein Lastwagen aus dem Dunkel der Nacht und sie überholt ihn zügig. Doch schon nach zehn Kilometern werden ihre Augen wieder trocken und sie fängt an zu blinzeln.

Um elf loszukommen war recht spät gewesen. Aber sie hätte auf keinen Fall losfahren können, ehe sie wusste, was mit ihrer Freundin ist. Sie denkt an Petra und ihre Erleichterung ist seltsam neblig und

(Reifen als Socken)

durchsichtig.

Acedia schreckt hoch. *Ein bisschen aufpassen*, denkt sie. Sie sieht auf den Tacho und geht runter auf hundertzwanzig.

Andre hat sich ein Käse- und ein Mettbrötchen geholt. Dazu einen kleinen Salat, das belastet den Magen nicht. Sie sitzen an einem kleinen Tisch und essen. Wie selbstverständlich hat Ute bezahlt. Er vermutet, sie wird es mit ihrem Spesenkonto verrechnen.

Hinter der spiegelnden Scheibe erstreckt sich der verlassene Parkplatz. Eine Reihe funzeliger Laternen beleuchtet die weißen Trennlinien auf dem Asphalt. Weit entfernt biegt ein Lastwagen auf die Ausfahrt zur Autobahn ein, dorthin, wo auch der blaue Audi vor einigen Minuten verschwunden ist. Andre wird der Fahrerin noch etwas mehr Vorsprung lassen. Dann wird sie weg sein. Er mag es nicht, hinter übermüdeten Fahrern zu fahren. Auch wenn ihm natürlich klar ist, dass es genug andere Idioten auf der Autobahn gibt – es ist ihm unangenehm.

»Kann es sein, dass ich bei Ihnen auf der Rückbank

eine Angelausrüstung gesehen habe?«, fragt Ute in seine Gedanken hinein.

Er nickt. Sie verspeist den Rest ihres Brötchens, und während sie sich mit der Serviette die Lippen abtupft, wird ihm plötzlich klar, wie sehr ihr roter Lippenstift ihn an seine beste Freundin Gula erinnert – eine Frau, in die er viele Jahre verliebt war. Auch die Kassette der Sisters of Mercy hat er von ihr, wie ihm jetzt einfällt.

»Ich bin viel mit meinem Vater angeln gewesen«, fährt Ute fort. »Oft habe ich ihm nur dabei zugesehen, aber ich mag die Atmosphäre. Die Ruhe. Sich selbst was zu essen besorgen. Und nicht so …«, sie hebt den Kopf zu dem Buffet, »… was am Tresen zu kaufen.«

Sie mag Angeln?, denkt Andre. Das wird ja immer besser.

»Wollen wir weiterfahren?«, fragt er und steht auf.

Ute nickt und greift nach ihrer Jacke.

8

Seit zwanzig Minuten erscheint Acedia diese Brücke. Eine dunkle, hochgebogene Brücke, deren oberer Rand matt leuchtet. Dennoch findet sie immer wieder zu der Erkenntnis zurück, dass sie nur das Lenkrad zwischen ihren Händen ansieht. Sie kurbelt das Seitenfenster ein Stück runter und die kalte Nachtluft streicht an ihr entlang.

Hundertzwanzig ist okay, da kann nichts passieren.

Jörg, sie und zwei Kollegen hatten noch ein paar Minuten lang die Konsequenzen diskutiert. Afghanistan? Samuel Huntingtons »Clash of Civilizations«. Und in einem sind sie sich einig gewesen: Das gibt Futter für Verschwörungstheorien …

Ein Surren, ein Brummen wird in Acedias Kopf lauter und LAUTER und sie

schreckt hoch.

Ihr Herz klopft wie wild. Sie ist auf die Fahrbahnmarkierung gefahren. Als sie den Wagen über die Rubbelstreifen hinweg zurück zur Fahrbahnmitte steuert, surren sie noch einmal. Ihre Hand zuckt zum Radio, aber sie zieht sie zurück. Jetzt keine laute Musik. Darin würde die Realität vollends versickern. *Nimm dich zusammen, Acedia.* Sie schlägt mit der flachen Hand aufs Lenkrad. In anderthalb Stunden ist sie in Hamburg. Sie hat vorhin Rast gemacht, das muss reichen. Die Tachonadel senkt sich. Hundertzehn. Zwei Wagen ziehen an ihr vorbei. Dann ist sie wieder im Dunklen allein.

Aller Erfahrung nach werden aus drei Monaten in Amerika schnell mehrere Jahre. Aber nach anfänglichem Zögern wird Alex von dem Gedanken, nach New York zu gehen, genauso begeistert sein wie sie. Bisher hat er immer alles mitgemacht, ohne sich groß zu beschweren. *Halt an dich, Acedia*, denkt sie und lacht beinahe laut auf, *bestell nicht gleich den Umzugswagen.* Einen Schritt nach dem anderen. Acedia ist glücklich.

Plötzlich muss sie an den Central Park denken, an den Tag, als Juliet ihr New York zeigte. Falls sie im Norden ein Appartement nimmt, wird sie am besten

(die weißen Streifen rasen auf sie zu und unter ihr weg)

mit dem Fahrrad über die 8th Avenue durch den Park zur Redaktion fahren. Ein Saxophonspieler

(gleichmäßig)

steht am Wegrand und der Rasen ist bevölkert mit Studenten.

Sie füttert ein Eichhörnchen und geht an den Springbrunnen
(gleichmäßig)
vorbei zu dem künstlichen Fluss mit dieser

9 Noch zwölf Kilometer bis Hamburg, und Andre wird langsam unruhig. Die Sisters-of-Mercy-Kassette ist lange zu Ende. Aus den Dingen, die Ute von ihrer Wohnung erzählt hat und ihrem letzten Urlaub, hat er gefolgert, dass sie in keiner Partnerschaft lebt. Aber jetzt haben sie seit einer Weile aufgehört zu sprechen. Ute gähnt.

Als sie ihm vorhin ein Bonbon aus dem Handschuhfach gegeben hat, hat er an ihren Fingern noch den Käse von ihrem Brötchen gerochen. Und dazu Utes eigenen Duft, vielleicht Seife, vielleicht sogar Parfum. Er wirft einen kurzen Blick zur Seite. Sie hat ein schönes Gesicht, in dessen blauen Augen gelegentlich Ironie aufblitzt. Vielleicht begründet das ihr Image als strenge Managerin. Doch sie ist eindeutig netter als ihr Ruf. Und ganz schön sexy. In Kürze haben sie ihr Ziel erreicht, dann wird sie aussteigen.

Er hätte sie vorhin fragen können, ob sie ihn mal zum Angeln begleitet, aber den Zeitpunkt hat er verpasst. Ob er einfach noch mal vom Angeln anfangen soll?

Da entfährt ihr ein tiefer Seufzer.

»Ich kriege das Bild der aus den Fenstern fallenden Menschen nicht aus dem Kopf.«

»Tja …«, sagt er lahm und nickt.

Dabei fühlt er einen Anflug von schlechtem Gewissen, dass er jetzt nur daran denkt sie wiederzusehen. Er nickt vor sich hin; ein blaues Schild zeigt noch drei Kilometer bis zur Ausfahrt.

Ute deutet mit einem Finger nach vorn. »Schauen Sie mal da.«

Hundert Meter entfernt vor ihnen. Rote Rücklichter, die sich in gleichmäßigem Schwingen von rechts nach links bewegen.

»Ob das die Fahrerin von vorhin ist?«, fragt sie.

»Weiß nicht … eventuell …«

Der Wagen vor ihnen fährt deutlich langsamer. Sie nähern sich.

»Die schlingert ja noch schlimmer hin und her als vorhin, überholen Sie die lieber.«

»Nein, jetzt kommt gleich die Ausfahrt.«

10 wunderschönen, fast kitschigen Brücke. Juliet hat ein Boot

Ich habe es geschafft!

gemietet und sie und Kim winken Acedia zu sich heran. Sie läuft hin und steigt ein, aber hinten beim Springbrunnen entdeckt sie

(blaues Schild)

auch noch Felix mit seiner Baseball…

(BLAUES SCHILD)

Neben ihr taucht die Ausfahrt auf.

Sie ist fast daran vorbei. Ihr Herz wummert mit plötzlicher Kraft. Die Rasenspitze, die Autobahn und Ausfahrt zerschneidet, rast auf sie zu. Acedia reißt das Steuer nach rechts.

Andre und Ute fahren schon auf der Spur der Ausfahrt, und als sie fast mit dem Audi auf gleicher Höhe sind, wechselt er im letzten Moment auf die Spur vor ihnen. Er schneidet sie. Andre stößt seinen Fuß auf die Bremse. Der Audi streift rechts die Leitplanke und schleudert mit einem Quietschen wie von Kreide auf einer Tafel nach links zurück. Er verschwindet hinter den Büschen der Kurve, und als Andre ihm Sekunden später um die Kurve herum folgt, scheint er weg zu sein.

»Da!«, rufen Andre und Ute wie aus einem Mund.

Andres Scheinwerfer streichen über die Unterseite eines Fahrgestells. Aus einer Senke ragt es in die Luft, zehn Meter von der Fahrbahn entfernt, teilweise von Gestrüpp verdeckt.

Er bremst und holpert, holpert auf das Gras. Ute stößt die Tür auf und springt aus dem Wagen. Andre folgt ihr, stolpert über einen herausgerissenen Leitpfosten und strauchelt, fängt sich wieder und rennt hinter Ute auf den verunglückten Wagen zu.

»Hallo!«, ruft Ute. »Hallo! Geht es Ihnen gut?«

REM-Schlaf 2001 – 2002

»Es war, als hätt' der Himmel
Die Erde still geküsst«
Joseph von Eichendorff – Mondnacht

Schreckliche Folgen

Regina Lorentz ging kerzengerade und mit hoch erhobenem Kopf zu ihrem Mercedes zurück. Die langen Perlenketten über ihrem vorgestreckten Busen rasselten. Auf der Fahrt zu dem Altersheim, in dem ihre Mutter seit Anfang März untergebracht war, hatte Regina eine halbe Stunde lang in Trege, ihrem Heimatdorf, Station gemacht. Sie hatte dem jungen Künstlerpärchen aus Hamburg die restlichen Schlüssel übergeben und letzte Dinge mit ihnen geregelt. Damit war der Verkauf des Hofes ihrer Eltern endlich abgeschlossen. Nun stieg sie in ihren Wagen und fuhr davon, ohne einen Blick in den Rückspiegel zu werfen.

Vor ihr, kurz bevor die lehmige Auffahrt des Hofes in die Landstraße mündete, lag wie nach jedem Regenguss eine riesige Pfütze. Dort hatte sie sich eine Woche nach ihrer Einschulung die Sonntagsschuhe ruiniert, und ihr Vater hatte ihr dafür den Hintern versohlt. Regina lenkte ihren Mercedes um die Pfütze herum und querte die Straße, fuhr aber auf dem seitlichen Grasstreifen dicht an den Knick heran und hielt noch einmal an.

Sie kurbelte die Seitenscheibe herunter und suchte ein Bonbon aus dem Handschuhfach. Wind raschelte in den Haselnusssträuchern des Knicks. Während sie das Bonbon auswickelte, blickte sie ohne jede Gefühlsregung zu dem aus Rotstein erbauten Gebäude hinüber, das einmal ihr Elternhaus gewesen war. Zwei mächtige Linden bewachten es, die grüne zweiflügelige Eingangstür wirkte abweisend. Als sie sich eben verabschiedet hatte, war der junge Mann mit den Fingern über die abblätternde Farbe gefahren. »Das müssen wir schleunigst streichen.« Seine Frau hatte die Arme vor der Brust verschränkt. »Aber nicht wieder in diesem altbackenen Grün.«

Regina schob das saure Bonbon mit der Zunge im Mund herum. Im vorderen Stall des Nebengebäudes, wo das Künstlerpärchen jetzt seine Autos und Motorräder unterstellte, hatte der Hofhund gehaust und dazu die Unmenge von Katzen, mit denen sie sich nie besonders hatte anfreunden können.

Ein Trecker fuhr zwischen ihr und dem Hof vorbei und versperrte kurz die Sicht. Dieselgeruch hing schwer in der Luft. Die schmale Landstraße, die die Dörfer Trege und Neuwünschen verband, verlief so abgelegen, dass es für Ortsfremde keinen Grund gab, hier entlang zu fahren. Die riesige Pfütze spiegelte den Himmel. Wahrscheinlich sah Regina den Hof jetzt zum letzten Mal in ihrem Leben.

Hier war sie nie glücklich gewesen.

Sie hätte damals gern auch all das getan, was ihre jüngeren Brüder mit ihrem Vater taten, aber er hatte sie nie gelassen. Sie hatte nicht einmal mit ihm auf dem Trecker fahren dürfen. Manchmal hatte sie neben dem riesigen Rad gestanden und gebettelt, während ihr Vater hager und ernst hoch über ihr hockte – auf dem Treckersitz, in seiner Jacke aus dunkelgrauem, festem Stoff – und wortlos abwinkte. Sie war nur gut genug gewesen, um auf ihre Brüder aufzupassen. Dem Kleinsten hatte sie immer das Fläschchen gegeben und ihn oft sogar gewindelt.

Später hatte Regina die Mittelschule nur darum besuchen dürfen, weil ihr Lehrer, Herr Gerber, sich so sehr für sie einsetzte. Zweimal kam er zu ihren Eltern auf den Hof. Sie hatte im dunklen Hausflur gestanden und durch den Türspalt beobachtet, wie Vater und Mutter in der kargen Küche saßen und Herr Gerber auf sie einredete. Ihre Tochter könne so gut lernen, vor allem sei sie so gut im Rechnen. Es wäre eine Schande, diese Begabung zu vergeuden. Ihre Eltern hörten schweigend zu und ihr Vater wiegte den Kopf.

»Du heiratest ja doch«, hatte es damals geheißen, und obwohl ihre Eltern damit ja recht hatten, hatte sich in Regina alles gesträubt.

Sie warf einen letzten Blick auf den Hof und startete den Mercedes, ließ den Motor ungewollt aufheulen und fuhr los. Hätte nicht auch einer ihrer Brüder zur Schlüsselübergabe kommen können? Sie runzelte die Stirn. Es war schließlich nicht so, dass sie nichts zu tun hatte. Mit ihren fünfzig, sechzig Stunden pro Woche arbeitete sie sicher mehr als sie.

Die Sonne schien durch das offene Verdeck auf ihre Schulter. Sie kniff die Augen zusammen und klappte die Sonnenblende herunter. Am Rande einer kleinen Baumgruppe standen zwei Rehe und blickten zu ihr herüber. Weit hinten auf dem Feld, wo sich jetzt ein Windrad drehte, hatten in den letzten Kriegstagen zwei Ställe vom Hof ihrer besten Freundin Rosa gebrannt, einer der Brüder Rosas war dabei ums Leben gekommen. Hundert Meter weiter fuhr sie an einer Abzweigung vorbei, dieser Weg hatte früher zu dem kleinen

Dorfbahnhof geführt, den es schon lange nicht mehr gab.

Ostern 1953, acht Wochen nach ihrem sechzehntem Geburtstag, hatte Regina die Mittelschule mit einem sehr guten Abschlusszeugnis beendet, und in den darauf folgenden Osterferien war sie von diesem Bahnhof aus zu einer Untersuchung ihrer Gesundheit nach Hamburg gefahren, zu Tante Gertrud, einer der unzähligen Cousinen aus der weitverzweigten Familie ihrer Mutter.

Diese Tante war Ärztin, eine unverheiratete Frau, wie es nach dem Krieg viele gegeben hatte. Als einzige studierte Frau wurde sie in der Familie respektiert, wegen ihrer städtischen Lebensweise aber zugleich mit Argwohn betrachtet. Es war damals mehr als vier Jahre her gewesen, dass Regina Tante Gertrud gesehen hatte, doch sie hatte sich noch deutlich an sie erinnern können.

An einem regnerischen Sonntagmorgen hatte ihre Mutter sie zum Bahnhof gebracht, ihr die Fahrkarte gekauft und sie in den Zug gesetzt. Dann fuhr Regina zum ersten Mal allein mit der Eisenbahn. Zwei Stationen weiter in der Kleinstadt Deisen musste sie sogar umsteigen. Von da an saß sie neben einem verschwitzt riechenden Mann auf einer Holzbank und hielt den riesigen Koffer zwischen die Beine geklemmt. Rauchschwaden der Dampflok wehten am Fenster vorbei. Von Zeit zu Zeit kämpfte sich die Sonne durch die Wolkendecke und warf Lichtflecken auf die vorbeiziehenden Felder und Dörfer.

Am frühen Nachmittag kurz vor Hamburg war es noch immer bedeckt, aber wenigstens regnete es nicht mehr. Sie fuhren in die Stadt hinein und Regina presste die Stirn gegen die Scheibe. Ein Haus folgte dem anderen, vier, sechs, sogar zehn Stockwerke hoch, alles wirkte modern und groß. Nicht einmal die vereinzelten Ruinen konnten diesen Eindruck trüben. Und die Reihe der Häuser wollte kein Ende nehmen.

Als der Zug in den Bahnhof einfuhr, schob sie das Zugfenster nach unten und stützte sich mit bloßen Unterarmen darauf. Der Fahrtwind ließ ihr die Haare aus der Stirn flattern. Tante Gertrud stand schon am Bahnsteig, eine elegante Frau in einem blauen Kleid mit großen weißen Punkten. Sie winkte mit ihrem ausladenden Hut, und ihre lange Perlenkette schwang ausgelassen hin und her. Sie sah tatsächlich aus wie die Frauen aus den Zeitschriften, die ihre Freundin Rosa manchmal mitbrachte.

Regina wuchtete den Koffer aus dem Zug. Tante Gertrud öffnete ihre Arme weit und zog Regina an sich, küsste sie auf die Wange und drückte sie noch einmal. Ihre Haut war ganz weich und sie roch so gut. Dann hielt sie Regina an den ausgestreckten Armen von sich.

»Lass dich anschauen, Liebling. Wie groß und hübsch du geworden bist, schon eine richtige junge Dame.«

Tante Gertrud lachte, und Regina fühlte sich plötzlich verwirrt und wurde ganz steif; einen Moment lang war ihr seltsam zum Weinen zumute. Ihre Tante bot an, Regina den Koffer abzunehmen, doch obwohl Regina den Griff mit beiden Händen packen musste, bestand sie darauf, ihn selbst zu schleppen. Während sie die Treppe zum Ausgang hinunterstiegen, hallte das Klappern der hohen Absätze ihrer Tante durch die Gänge.

Sie gingen über den Bahnhofsparkplatz zu Tante Gertruds VW-Käfer. Gertrud öffnete die Frontklappe und Regina warf einen verstohlenen Blick auf ihren beeindruckenden Schmuck. Sie trug sogar roten Nagellack. Sie hob den Koffer hinein, und Regina dachte flüchtig an ihre Mutter, die nie irgendeine Art von Schminke benutzte, selbst ihre wertvolle Bernsteinkette trug sie nur manchmal beim Kirchgang oder zu einer Taufe, zu Hochzeiten oder Beerdigungen.

Tante Gertrud hatte eine gepflegte Wohnung in der Neuen Straße, nur fünf Minuten von ihrer Praxis entfernt, wie sie erklärte. Sie führte Regina durch alle Räume. Leichte Sessel standen in ihrem hellen Wohnzimmer, dabei ein Tisch mit einer nierenförmigen Tischplatte. Vor dem Bücherregal entdeckte Regina ein Telefon. Und auch einen Plattenspieler. Im Schlafzimmer gab es einen Schminktisch mit aufklappbarem Spiegel und in dem gekachelten Bad eine richtige Toilette und sogar eine Badewanne.

Noch am gleichen Abend machte Gertrud mit ihr einen Schaufensterbummel. Der Himmel war wolkenlos, und letzte Sonnenstrahlen beleuchteten die Fassaden der Geschäfte in den breiten Einkaufsstraßen. Große Läden wie Karstadt und Meislahn hatten sich mit kleineren abgewechselt. Die Schaufensterpuppen hatten Petticoats gezeigt und weite Röcke und Kleider, die Hüften und Busen besonders betonten. Ihre Hüte waren farblich abgestimmt auf die Handtasche und die Pumps, und Reginas Lächeln war breiter und breiter geworden.

Der Dieselgeruch des vor ihr herfahrenden Treckers wehte ins offene Seitenfenster. Riesige Heuballen lagen auf den abgeernteten Feldern. Ein Raubvogel kreiste darüber, ein Mäusebussard. Sie war erstaunt, dass sie nach all den Jahrzehnten diese Vögel immer noch erkannte. Das einmal in der Kindheit Erlernte blieb wohl für immer haften.

Am Dienstag hatte Tante Gertrud die medizinischen Untersuchungen an ihr vorgenommen, ihre Lunge abgehorcht und den Blutdruck gemessen, und danach gingen sie ins Kino und sahen den Film »Blondinen bevorzugt«, mit Jane Russell und Marilyn Monroe. Und am Donnerstag führte Tante Gertrud sie in eine Ausstellung zeitgenössischer Malerei. Wenn sie abends nicht ausgingen, in einem Restaurant aßen oder an der Alster die Schwäne fütterten, saßen Regina und ihre schöne Tante im Wohnzimmer nebeneinander auf dem bunten Fransenteppich und hörten Schallplattenmusik, Swing und Bebop.

Und während Miles Davis oder Benny Goodman in seine Trompete schmetterte – sie konnte sich all die Namen beim besten Willen nicht merken –, brachte Tante Gertrud ihr bei, sich wie eine Dame die Nägel zu lackieren. Danach schleppte sie all ihre Parfumfläschchen vom Schminktisch aus dem Schlafzimmer herbei. Sie reihte sie nebeneinander auf den Teppich wie kleine folgsame Soldaten und erklärte Regina den verführerischen Zauber von Düften.

»Man spricht es auf französisch *Parfum* aus.«

»Parfum.« Regina versuchte vergeblich es nachzusprechen.

»Parfum«, sagte Tante Gertrud noch einmal.

Auf ihren Rat hielt Regina sich zur Übung die Nase

zu. »Parfum.« Obwohl sie es erst nach mehreren Versuchen hinbekam, musste sie doch lachen.

Die Woche verging viel zu schnell.

Am Tag vor ihrer Abreise wollte Tante Gertrud ihr unbedingt noch ein hübsches Kleid kaufen, doch Regina fühlte sich unbehaglich bei der Vorstellung, was ihre Eltern dazu sagen könnten. Aber Tante Gertrud schleppte sie so begeistert von Geschäft zu Geschäft, dass Regina sich schließlich mit einem kleinen Parfumflakon beschenken ließ. Rosen und Jasmin. Ihre Tante zerstreute ihre Bedenken.

»Deine Mutter ist doch auch eine Frau, sie wird es verstehen.« Tante Gertrud schüttelte lachend den Kopf. »Welche Frau kann denn einem tollen Parfum widerstehen?«

Auf dem Weg zum Bahnhof hatte ihre Tante auf ein großes altes Gebäude gedeutet, ein Theater.

»Wenn du das nächste Mal in Hamburg bist, besuchen wir gemeinsam eine Vorstellung.«

Das nächste Mal? Es könnte ein nächstes Mal geben? Regina hatte still aus dem Fenster gesehen und ihre Wangen waren warm geworden.

Eine Weile folgte die Straße jetzt dem Verlauf eines Baches, dann kam die Stelle, an der wohl auch heute noch die Kühe von einer Weide zur anderen über die Straße getrieben wurden. Regina fuhr in den Schatten eines Eichenwäldchens und wieder hinaus, und wirklich, hier war der Asphalt übersät mit Kuhfladen. Die Räder ihres Wagens rumpelten darüber hinweg. Sie blies die Wangen auf und stieß mit einem platzenden Laut die Luft aus.

Statt ihrer Eltern hatte damals am Bahnhof von Neuwünschen der Nachbarbauer auf sie gewartet und sie hinten auf dem Pferdewagen mitgenommen. Seine Söhne saßen auch darauf und flüsterten miteinander. Dann zeigten sie ungeniert mit dem Finger auf Regina und riefen im Singsang der Bauernjungen: »Die riecht ja wie ein Blumenladen.«

Der Bauer hob ihren Koffer vom Wagen, und sie schleppte ihn die Auffahrt entlang, an der großen Pfütze vorbei und auf die grüne Eingangstür zu, die im Schatten der Linde wartete. Und mit einem Mal hatte Regina das Gefühl, dass ihr Parfum stärker roch als alles andere um sie her.

Sie ging zur offenen Küchentür und sah drinnen ihre Mutter, angetan mit Kopftuch und Kittelschürze, die gerade einen Braten mit einem hölzernen Fleischklopfer weichklopfte. Blutsaft lief über das große Schneidebrett. Regina rief einen Gruß durch die offene Tür und wollte sich die Treppe nach oben verdrücken, als ihre Mutter stutzend den Kopf hob. Sie war um den Tisch herumgekommen, hatte an Reginas Hals geschnuppert, dann die Augen verdreht und geseufzt.

»Was hat Gertrud dir denn da für einen Floh ins Ohr gesetzt? Paffông? So was kennen wir hier nicht.« Sie hatte sich die Hände an der Kittelschürze abgewischt. »Geh dich mal waschen.«

Die Straße machte einen Buckel, und nachdem Regina ihn passiert hatte, mischte sich der Dieselgeruch zunehmend mit dem Gestank von Gülle. Sie schloss das Verdeck und kurbelte das Fenster hoch.

3

Durch ihr gutes Abschlusszeugnis hatte Regina gegen den anfänglichen Widerstand ihrer Eltern durchsetzen können, dass sie in der nahen Kleinstadt Deisen eine Lehre als Buchhalterin in einem Geschäft für Farben und Tapeten beginnen durfte. Das Eintippen der Beträge auf Kontenblätter war eine selbstständige Tätigkeit, die Konzentration erforderte und genau zu ihr passte.

Jahre später war sie dort fest angestellt und brachte Anfang Oktober 1958 nach Feierabend die Kontozettel für die Überweisungen zur Bank. Ihre Mutter hatte ihr aufgetragen, sie solle danach in das Bettengeschäft nebenan gehen und sich nach neuen Matratzen für ihren jüngeren Bruder erkundigen, der gerade mitten im Abitur steckte.

Im Bettenladen fiel ihr ein gut aussehender junger Mann mit Hut und Anzug auf, der ziellos zwischen den Matratzen herumstromerte, offenbar ohne die Absicht etwas zu kaufen. Als der Verkäufer, der Regina beriet, nach hinten ins Lager ging, kam der junge Mann plötzlich näher. Er befühlte eine Matratze neben ihr und sagte ohne aufzublicken: »Der Verkäufer hat keine Ahnung. Kaufen Sie diese Matratzen nicht.«

Er hatte geschmeidige Hände mit sauberen, sorgfältig geschnittenen Fingernägeln. Sie hob die Augenbrauen.

»Heutzutage hat man nur einteilige Matratzen. Das ist moderner.« Der Verkäufer kehrte aus dem Lager zurück und der junge Mann raunte noch schnell: »Glauben Sie mir. Ich beschäftige mich beruflich mit Matratzen.«

Das kam ihr anzüglich vor. Sie spürte sich erröten. Als sie fünf Minuten später aus dem Halbdunkel des Geschäftes auf die sonnenhelle Straße trat, lehnte der junge Mann mit in die Taschen geschobenen Händen an einem roten Mercedes. Die Scheiben blitzten, und Regina hielt die Hand über die Augen.

»Und?«, fragte er mit jungenhaftem Grinsen und schob seinen hellgrauen Hut in den Nacken. Eine Strähne seines dunklen Haars fiel darunter hervor.

»Ich bin Ihrem Rat gefolgt«, sagte sie und lächelte abwartend. »Auch wenn ich nicht weiß, warum.«

Er schob sich eine Zigarette zwischen die Lippen, ohne sie anzuzünden. »Offenbar mache ich einen vertrauenerweckenden Eindruck auf Sie.«

Sie verschränkte die Arme. »Nun stehe ich allerdings vor dem Problem, dass meine Mutter mir ausdrücklich aufgetragen hat, mich nach einer dreiteiligen Matratze zu erkundigen.«

»Vielleicht kann ich Ihnen ja bei dem Problem mit Ihrer Frau Mutter helfen.«

»Sie, mir helfen?«

»Oh, ich helfe gerne hübschen jungen Damen. Ich bin Philanthrop, müssen Sie wissen.«

Regina lachte. Seine offene und selbstsichere Art beeindruckte sie. Aus dem Schulunterricht erinnerte sie sich daran, dass ein Philanthrop etwas Gutes war.

Er zog eine lederne Brieftasche aus der Innentasche seiner Anzugjacke und entnahm ihr eine Visitenkarte. *Somnina-Matratzen*, den Namen hatten sie schon einmal gehört. Sie las, dass er die Finanzabteilung dieser Firma leitete.

»Wenn Sie gestatten, Hans Lorentz.« Er deutete zu einem Café auf der anderen Straßenseite. »Vielleicht darf ich Sie ja zu einem Glas Coca-Cola einladen.«

Sie hatte über seine forsche Art den Kopf geschüttelt und war mit einem Mal froh gewesen, dass sie, obwohl schon der Herbst nahte, am Morgen noch ihr hübsches Sommerkleid mit dem Blumenmuster angezogen hatte.

Bereits sechs Wochen später war sie in ein eigenes Zimmer in der Stadt gezogen und hatte sich heimlich mit Hans verlobt. Regina konnte sich nicht erinnern, jemals einen so schnellen Entschluss gefasst zu haben, aber Hans war all das gewesen, von dem sie je geträumt hatte: ein kultivierter, gebildeter Mann und auf Grund eines Erbes sogar Teilhaber der Fabrik, deren Finanzen er betreute.

Das möblierte Dachzimmer zur Untermiete bei einer freundlichen alten Dame aus Ostpreußen hatte ihr Tante Gertrud besorgt. Darin stand sogar ein ausgedienter Plattenspieler. Wenn sie von dort mit der Straßenbahn zu Hans in seine stattliche Wohnung fuhr, blickte sie aus dem Fenster auf die Stadt, in der die Ruinen jetzt nach und nach verschwanden. Nach fünf Jahren endlich ein Wiedersehen – wie sehr sie die Theater und eleganten Restaurants vermisst hatte. In der Wohnung ihres Verlobten angekommen, machte sie zuerst seinen Abwasch und saugte Staub. Sie bestand darauf; dies war eine Arbeit für Frauen. Anschließend half sie aber auch bei den Konten seiner Firma. Sie zog sich einen Stuhl neben Hans an den Schreibtisch und ließ sich die Steuerunterlagen erklären und die Ein- und Ausgänge von Zahlungen. Sollte die Firma bei der Entlohnung ihrer

Arbeiter nicht von Lohntüten auf die moderneren Girokonten umstellen?, schlug sie vor.

Zwei Monate nach ihrer Verlobung schenkte er ihr zum zweiundzwanzigsten Geburtstag eine wunderschöne Halskette. Sie war breit und aus Gold, nicht so auffällig, dass Regina sie nicht alltags hätte tragen können, wohl gerade noch schlicht genug, um nicht *überkandidelt* zu wirken, wie ihre Mutter es genannt hätte.

Oft schüttelte Hans lächelnd den Kopf darüber, wie groß ihre Schwäche für Schuhe, Schmuck und Schminke war, und bediente diese Schwäche zugleich mit liebevoller Fürsorge. Das Frühjahr kam, und Regina saß in ihrem Zimmer am offenen Fenster, blickte von da über ihr Bett zu ihrem Schminkspiegel – auch den hatte Tante Gertrud besorgt – und freute sich an dem dort drapierten blitzenden Schmuck. *Sie hatte es geschafft.* Regina wandte den Kopf zum Fenster, ein riesiger Himmel erstreckte sich über den Dächern, und während auf dem Plattenspieler »Ganz Paris träumt von der Liebe« spielte, war in ihrer Vorstellung Hamburg zu Paris geworden.

4

Regina bog jetzt in die Bundesstraße ein, endlich konnte sie schneller fahren. Im darauf folgenden April hatte sie ihren Eltern einen Brief geschrieben und angekündigt, sie wolle sich verloben und den jungen Mann bei ihnen vorstellen. Sie hatte von Hans und seiner großen Firma geschwärmt. Als sie in dem roten Mercedes auf dem Hof ihrer Eltern vorfuhren, trug ihre Mutter die Bernsteinkette. Sie hatte Apfelkuchen gebacken, und ihr Vater gab Hans Doppelkorn zu trinken und erzählte, wie die Amerikaner ihm nach dem Krieg geholfen hatten, landwirtschaftliche Geräte zu besorgen.

Nach dem Kuchenessen half Regina die Teller hinauszutragen. Jetzt wollte sie ihre Mutter doch endlich fragen, wie ihr Hans gefiel. Sie fühlte sich leicht und entspannt, brachte die Teller zur Spüle und ihre zahlreichen Armreifen klimperten fröhlich. Ihre Mutter taxierte sie von oben bis unten. Ihre Ohrringe, ihre Halskette.

»Du bist ja behängt wie ein Pfingstochse«, sagte sie.

Reginas Hände, die die Teller hielten, wurden ganz schwach und von einem Augenblick zum anderen wurde sie wieder zu dem Mädchen, das sich das *Paffŏng* abwaschen sollte. Sie versuchte das Zittern ihrer Finger zu unterdrücken, und während sie aus dem Unterschrank das Spülmittel heraussuchen wollte, verwechselte sie die Türen.

Ihre Mutter wandte sich ab. »Du scheinst dich hier wohl gar nicht mehr auszukennen.«

Von diesem Tag an hatte Regina betont viel Schmuck getragen, wenn sie mit ihrem Hans die Eltern besuchte. Sie *behängte* sich damit, wie ihre Mutter es zu nennen pflegte, und ertrug deren abschätzige Blicke mit herausfordernd erhobenem Kopf. Noch im selben Jahr hatte sie Hans geheiratet.

Regina überholte einen VW-Käfer. Sie sah über die Felder und dachte daran, wie gern sie mal wieder Parfum tragen würde. Aber das vertrug sie seit Jahren nicht mehr. Sie schüttelte den Gedanken von sich. All das war Schnee von gestern, nicht wert, weiter darüber nachzugrübeln. Acedia würde in die USA gehen, das war die Gegenwart – und gleich würde sie es ihrer Mutter erzählen.

Das würde ihre Mutter noch verstehen. Regina überlegte, wie sie ihr erklären sollte, was die Aufgabe einer Auslandskorrespondentin war.

Zwanzig Minuten später tauchte vor Regina der Ort Hellbarden auf. Das Altersheim lag, umgeben von Bäumen und Büschen, am Ortsrand. Sie bog auf den Parkplatz ein, stieg aus und schritt auf das freundliche, helle Gebäude zu. Der Schatten einer uralten Eiche fiel über den Rasen.

Die spiegelnde Tür fuhr auf, und Regina warf einen flüchtigen Blick auf ihren offenen Herbstmantel und ihr Kostüm darunter. Im Vorraum stand eine Gruppe moderner Sessel, darüber hing der muffige Geruch von Desinfektionsmitteln. Sie fuhr in die zweite Etage hinauf, begutachtete sich im Spiegel des Fahrstuhls und rückte die dreireihige Perlenkette zurecht. Vor der Tür zum Appartement ihrer Mutter richtete sie sich hoch auf und zupfte hier und da an ihren Haaren.

Als sie aufschloss, hörte sie den Fernseher, und sie sah schon vom Flur aus, dass die Blumen auf dem Wohnzimmertisch frisches Wasser brauchten. Ihre Mutter saß regungslos auf dem Sofa. Regina beugte sich zu ihr hinunter und küsste sie auf die glänzend straff gespannte Wange. In der Sofaritze klemmte ein zusammengeknülltes Papiertaschentuch.

»Hallo, Mutter.«

»Wie geht es dir, mein Kind.«

Regina schritt zum Fenster und riss es auf. »Dass du es in dieser Luft aushalten kannst, Mutter.«

Sie sah im Raum umher, bis auf die Blumen schien

alles in Ordnung zu sein. Konnte man auch erwarten bei den Kosten. Sie streifte ihren Mantel ab und warf ihn über die Lehne des einen Sessels, setzte sich auf den anderen bei ihrer Mutter und ergriff ihre faltigen Hände. Wie Regina es mit den Betreuern besprochen hatte, wurden ihrer Mutter regelmäßig die Fingernägel manikürt. Sie waren ordentlich gefeilt, klarer Lack glänzte darauf und verlieh den Händen ein frisches Aussehen. Ihre Mutter machte eine Hand los und legte sie auf Reginas Unterarm.

»Schön, dass du mich mal besuchst. Das ist lieb, Kind.«

»Ich war doch gerade vor zwei Wochen da, Mutter.«

Ihre Mutter beugte sich zur Seite, um den Fernseher besser sehen zu können.

»Da ist ja was los in Amerika«, sagte sie mit großen, wässrigen Augen. »Jetzt wird der Bush nach Afghanistan gehen. Was das wohl wieder wird.«

Bei diesen Worten wirkte der Geist ihrer Mutter ganz klar und für den Bruchteil eines Momentes stellte Regina sich vor, wie überrascht ihre Mutter wohl wäre, wenn Acedia jetzt plötzlich mit einem Bericht aus Amerika auf dem Bildschirm erscheinen würde.

»Acedia wird wegen des Anschlags als Korrespondentin in die USA gehen«, platzte es aus Regina hinaus. »Sobald der Flugverkehr wieder in Gange ist, natürlich.«

»Acedia könnte mich ja auch mal besuchen.«

»Jetzt wird sie, wie gesagt, erst einmal nach Amerika fliegen.«

Ihre Mutter nickte. Regina griff nach der Fernbedienung und stellte den Fernseher aus. Ihre Mutter beugte sich vor und ihre Augen flackerten.

»Bin ich hier im Urlaub? Wann kann ich wieder nach Hause?«

»Der Hof ist doch verkauft, Mutter«, sagte Regina knapp.

»Der Hof ist verkauft? Wo soll ich denn dann wohnen?«

»Du wohnst doch jetzt hier.« Regina strich die Tischdecke zurecht.

»Hier gefällt es mir nicht. Die Bedienungen sind alles Ausländer.« Sie lehnte sich zurück und verschränkte die Arme. »Außerdem will ich zu Hause schlafen, in meinem eigenen Bett.«

»Sei nicht kindisch, Mutter. Das schaffst du schon.«

Regina erhob sich und holte eine Bürste aus dem Bad, stellte sich hinter ihre Mutter, löste ihren Dutt und begann die immer noch dunkelbraunen Haare auszubürsten. Es hatte auch eine Zeit gegeben, in der Acedia nirgends anders schlafen wollte. Aber auf so etwas durfte man niemals eingehen. Sie hatte Acedias Weinerlichkeit einfach ignoriert, und so hatte sie sich bald gelegt. Und wenn ein Kind das konnte, so konnte man es von einer alten Frau wohl erst recht verlangen.

»Hast du verstanden, was ich dir vorhin erzählt habe?«, fragte sie.

»Ja.«

»Dass Acedia als Korrespondentin nach Amerika gehen wird? Ein halbes Jahr mindestens. Alex und die Kinder bleiben aber erst einmal in Deutschland.« Sie starrte auf den Hinterkopf ihrer stummen Mutter. »Das hätte Papa gefallen, der hat ja immer von Amerika geschwärmt.«

»Warst du mal am Grab deines Vaters? Dein Bruder Walter war letzte Woche auch hier. Gut, dass er jetzt die Leitung der Pantke-Klinik übernommen hat, da wird man seine Fähigkeiten als Arzt wohl besser schätzen.« Sie seufzte. »Das ist schon ein Glück für eine Mutter. Der Walter war ja immer unser Sorgenkind.«

Die Bürste verfing sich in den Haaren. Regina zog daran. Ihre Mutter zuckte zusammen und ihre Hand schoss hoch zur Bürste. *Warum ist Sorgenkind-Walter nicht heute auf dem Hof gewesen?*, dachte Regina. Für die Übergabe der restlichen Schlüssel und diese verdammte Geschichte mit der Ölheizung. Um die Heizung hatten sich ohnehin immer ihr Vater und Walter gekümmert. Was wusste sie, Regina, von den Einstellungen dieser uralten Anlage, für die es natürlich schon lange keine Anleitung mehr gab. Sie hatte sich vor dem Künstlerpaar bis auf die Knochen blamiert.

»Ist gut, Mutter, ich bin fertig mit deinen Haaren.«

Regina sammelte die Haare aus der Bürste und trug sie zum Mülleimer in der kleinen Kochnische.

»Die Amerikaner haben deinem Vater nach dem Krieg viel geholfen«, hörte sie ihre Mutter sagen. »Ja, Kennedy, den mochte dein Vater. Das war ein feiner Herr, so sagte er immer, ein feiner Herr.«

»Hör mir doch mal zu, Mutter. Hörst du mir überhaupt zu?«

»Aber natürlich hör ich dir zu, Kind.«

Regina setzte sich ihr gegenüber und sah ihr in die wässrigen Augen. »Also: Deine Enkeltochter Acedia –

du wirst dich doch wohl noch erinnern, dass die Journalistin ist, oder?«

Und dann erzählte sie von Acedias früheren Aufenthalten in Amerika, von ihren hartnäckigen Bestrebungen dort einen Job zu ergattern und davon, dass sich Acedias Traum nun endlich erfüllt habe.

6

Am frühen Nachmittag des folgenden Tages trat Regina auf den großen Platz vor der Hamburger Handelsbank hinaus. Hinter ihr schlossen sich mit leisem Surren die Schiebetüren. Die Verhandlung über den neuen Kredit, mit dem sie das Online-Geschäft von Somnina auszubauen plante, war exzellent verlaufen. Wie immer war sie ausgezeichnet vorbereitet gewesen. Hatte sämtliche Zahlen im Kopf gehabt. Die Diamantohrringe gepaart mit dezenter Arroganz hatten ihr Übriges getan. Sie straffte den Körper und schritt die Einkaufsstraße hoch in Richtung ihres Wagens, blieb dann aber abrupt zwischen vorbeieilenden Leuten in der Mitte der Passage stehen. Vielleicht sollte sie zunächst einen Kaffee trinken. Sie schloss für einen Moment die Augen und die Septembersonne wärmte ihr Stirn und Wangen. Die burgunderfarbene Bluse in Kombination mit dem hellen Rock, das hatte ebenfalls Eindruck gemacht.

Jemand drückte gegen ihren Rücken und drängelte sich an ihr vorbei, sie öffnete die Augen, und vor ihr wackelte eine grauhaarige, leicht gebeugte Frau davon, eine dieser alten Damen, die glaubten, sich überall durchsetzen zu dürfen.

Gerade wollte Regina aufbrausen, da entdeckte sie

zwanzig Meter entfernt inmitten der Menge einen ihr bekannten dunkelbraunen Pferdeschwanz. Acedia stand auf der anderen Seite der Fahrbahn, die die Einkaufspassage querte, an der Ampel, in ihrer leichten Damenjacke und Jeans, eine starke schöne Frau. Wieder tauchte vor Regina das Fernsehbild mit ihrer Tochter auf, die aus Amerika berichtete. Regina winkte.

Acedia erkannte sie jetzt auch und winkte zurück, kam über die Straße und löste sich aus einem Pulk von Leuten.

»Wie schön, dich hier zu treffen.« Regina umarmte Acedia stärker als gewöhnlich, küsste sie auf die Wange und drückte sie ein zweites Mal. »Hast du Lust, einen Kaffee mit deiner Mutter zu trinken?«

»Ich muss eigentlich noch allerhand vorbereiten.«

»Sag nicht nein, dein Terminkalender wird doch nicht so voll sein, dass du nicht einmal für deine Mutter eine halbe Stunde erübrigen kannst.«

Sie fasste ihre Tochter einfach an der Hand und zog sie mit sich in ein nahes, gerammelt volles Straßencafé.

»Na schön. Aber nicht lange.«

Sie fanden noch einen freien Tisch am Rand und setzten sich einander gegenüber.

»New York«, sagte Regina. »Ich freu mich so für dich, Schatz. Noch mal herzlichen Glückwunsch.«

»Obwohl die Umstände – mit dem Anschlag und so – nicht gerade …«

»Ach, Acedia. Lass das doch. Das hat doch nichts mit dir zu tun.«

Eine Kellnerin kam. Regina bestellte Kaffee, Acedia einen Espresso.

»Gestern war ich bei deiner Oma und habe es ihr erzählt, sie ist auch ganz stolz.«

»Und wie geht es ihr?«

»Na ja …« Regina hob vieldeutig die Hände. »Und was machst du gerade hier, Acedia?«

Die Getränke wurden gebracht. Regina goss sich Milch in den Kaffee und rührte um.

»Oliver war gestern bei mir«, sagte Acedia. »Der scheint sein Studium endlich auf die Reihe zu kriegen.«

»Das freut mich.« Regina legte ihren Löffel beiseite. »So was ist schön für eine Mutter zu hören. – Und was machst du hier? Einkaufen für Amerika?« Sie lächelte mit offenem Stolz.

»Ich komm von einer Untersuchung beim Arzt«, sagte Acedia leichthin.

»Beim Arzt? Du gehst doch immer zu Dr. Schmidt in der Steinstraße. Hast du den Arzt gewechselt?«

»Die Untersuchung war im Krankenhaus.«

Regina pustete über den Kaffee. »Wieso das?«

»Ich … hatte einen Autounfall.«

»Einen Unfall? Wann, heute? Wir haben doch gestern noch gesprochen.« Sie hielt die Tasse in der Luft, ohne zu trinken.

»Schon vor drei Tagen.«

»Vor drei Tagen? Wieso …«

»Ich habs dir verschwiegen. Ich wollte nicht, dass du dich aufregst. Ich habe mich mit dem Wagen überschlagen. Ist aber nichts passiert. Ich bin gleich …«

»Mit dem Wagen überschlagen? Wo das denn?«

»Auf der Abfahrt von der Autobahn.«

Regina stellte die Tasse scheppernd auf der Untertasse ab. »Bist du noch zu retten? Du überschlägst dich mit dem Auto auf der Autobahn und erzählst mir das erst jetzt?«

»Siehst du, das meine ich mit ›sich aufregen‹.«

»Na, hör mal, ich bin deine Mutter, du überschlägst dich auf der Autobahn und ich soll mich nicht aufregen?«

»Auf der *Ausfahrt*, Mama. Jetzt mach da nicht so ein Drama draus. War auch nicht richtig überschlagen, sondern eher so … umgekippt.«

»Und warum musst du jetzt ins Krankenhaus? Dann ist ja doch was passiert.«

»Nur zur Vorsorge. Ich hab hier so ein Druckgefühl.« Acedia fuhr mit der Hand vage über ihre Oberschenkel. »Aber auf dem Röntgenbild war nichts zu sehen.«

»Du überschlägst dich mit dem Auto und die lassen dich einfach so mir nichts dir nichts wieder nach Hause spazieren? Wenn das Gesundheitssystem in unserem Land so aussieht, na, dann gute Nacht.«

»Das mit dem Auto hab ich ja nicht erzählt. Ich hab gesagt, ich bin auf der Treppe ausgerutscht.«

»Also da bleibt mir doch die Spucke weg. Was ist los mit dir?« Regina lehnte sich vor und betrachtete ihre Tochter eingehend. »Du siehst auch gar nicht gut aus.«

»Du weißt doch, wie das läuft im Krankenhaus. Wenn die können, behalten die einen da. Aber das kann ich mir im Moment absolut nicht leisten. Vielleicht muss ich dich daran erinnern, dass ich nächste Woche in die USA fliegen werde.«

»So hab ich dich aber nicht erzogen. Dass du so leichtfertig mit deiner Gesundheit umgehst.«

Sie richtete sich hoch auf und sah Acedia an. Ihre Tochter blickte ihr wortlos in die Augen. Schließlich ergriff Regina ihre Hand. Die Haut war weich, doch die Finger voller Spannung.

»Ich sehe da immer noch die schrecklichen Bilder vor mir«, sagte Acedia und schlug die Augen nieder, »wie von den brennenden Türmen die Menschen aus den Fenstern … da wird mir ganz …« Sie atmete tief ein. »Ich will nicht pathetisch klingen, aber das hat historische Dimensionen. Da sind so viele gestorben. Ich kann da jetzt nicht wegen eines verrenkten Knies oder wegen irgendwelcher Zipperlein am Oberschenkel rumjammern. Da muss man sich auch mal zusammennehmen.«

Regina hielt weiter die Hand ihrer Tochter. Nach einer Weile deutete sie auf Acedias Tasse.

»Trinkst du deinen Espresso nicht weiter?«

Acedia schüttelte den Kopf und schob ihn von sich. »Der schmeckt irgendwie komisch.«

Das helle Viereck

1 Ruth, die Patientin im Bett links neben Acedia, hatte aufgehört, im Schlaf zu röcheln, und atmete jetzt gleichmäßig. Der Ständer mit ihrer Infusionsflasche hob sich schwarz gegen die Wand ab. Über Acedia baumelte ein Haltegriff, und ihr Blick wanderte daran vorbei zur Zimmerdecke.

Das helle Viereck, das die Scheinwerfer eines unten vor dem Haupteingang des Krankenhauses stehenden Wagens dorthin warfen, verharrte reglos. Helle Bereiche eines zweiten Fensters, das ein ausladender Ahorn gegen das Licht abschirmte, bildeten sich daneben ab. Acedia hörte einen Motor laufen, eine Tür schlug zu. Vermutlich ein Taxi.

Sie schnaubte in die Dunkelheit hinein und ballte die Fäuste.

Ihr Zeitplan wurde enger und enger. Sie konnte es sich einfach nicht leisten, krank zu sein. Eigentlich hätte sie heute, spätestens morgen, anfangen sollen, die Koffer zu packen. Ihr hellblaues Kostüm musste aus der Reinigung geholt werden. Gut, das konnte Alex erledigen. Zwei Lieblingskleider wollte sie mitnehmen. Bei den anderen hatte sie sich noch nicht entschieden. Sicher konnte sie auch Klamotten in New York kaufen. Aber ob sie bei der Flut der zu erwartenden Arbeit dazu kommen würde? Und dann musste sie sich nach den Flugverbindungen in die USA erkundigen. Falls es überhaupt schon wieder regulären Flugverkehr gab. Selbst wenn die Redaktion einen Teil dieser Aufgaben übernahm, es gab noch viel zu tun – und sie vergeudete hier ihre Zeit mit Schlafen.

Am späten Nachmittag gegen fünf Uhr hatte sie es aufgegeben, auf die Röntgenbilder zu warten. Dr. Braun, der zuständige Neurologe, sei bereits aus dem Haus, hatte Schwester Elisabeth erklärt, eine streng dreinblickende ältere Frau, die ein Malteserabzeichen an ihrem hochgeschlossenen Kragen trug.

Ein Muskelzittern fuhr plötzlich durch Acedia hindurch und strich in einer gleichmäßigen Welle von ihren Oberschenkeln zu ihrem Nacken. Sie schloss die Augen und presste mit solcher Kraft die Zähne aufeinander, dass sie erwartete, gleich ihren Kiefer knacken zu hören.

Es ist alles okay, wies sie sich zurecht.

Sie bettete die Handflächen auf die Decke über ihrer Brust. Spätestens Ende der Woche würde sie hier raus sein. Arne Sommerkorn gegenüber hatte sie ihren Krankenhausaufenthalt heruntergespielt, auch wenn ihn dies in Schwierigkeiten bringen konnte. Aber es durfte auf keinen Fall dazu kommen, dass er begann, sich Gedanken über einen Ersatz für sie zu machen.

Was bei all den Untersuchungen heute und gestern herauskommen würde, war nicht abzusehen. Trotzdem – in anderthalb, *spätestens* zwei Wochen würde sie das Krankenhaus verlassen. Egal, was die Ärzte dann sagten. Sie atmete langsam aus.

»Unkraut vergeht nicht«, flüsterte sie und schickte die Andeutung eines Grinsens in die Dunkelheit.

Den Rest konnte sie im Flieger auskurieren. Oder in New York ein paar Tage die Füße hochlegen. Sofern die Arbeit dies zuließ.

So etwas hatte sie auch früher schon getan.

Sie griff nach dem Bedienteil ihres Bettes, ließ das Kopfende hochfahren und richtete sich so vorsichtig in eine sitzende Stellung auf, dass das kalte Stechen in ihren Beinen kaum zu spüren war. Draußen klappten Türen, das Taxi fuhr los. Das helle Viereck glitt von der Decke über die Wand und verschwand. Aber im Zimmer blieb es hell genug; schemenhaft erkannte Acedia den Einbauschrank und die Nachttischchen. Im Bett links neben ihr die schlafende Frau mittleren Alters, die an Meningitis erkrankt war. Den Tisch mit Stühlen. An der Wand gegenüber den Fernseher und das Foto eines Strandes im strahlenden Sonnenschein. Ein Leuchtturm und ein Vogelschwarm.

Die Zeit schien hier kaum zu vergehen. Dabei war es erst wenige Tage her, dass Acedia mit ihrer Mutter in dem Straßencafé gesessen hatte. Da war ihr die ganze Zeit leicht übel gewesen. Außerdem fühlte sie sich schwindelig. Bei ihrem Arztbesuch Stunden zuvor hatte sie lieber nichts davon erwähnt – es würde vorbeigehen –, doch als sie ihren Espresso halb getrunken hatte, fing er an so komisch zu schmecken, dass sie den Rest stehen ließ.

Im Auto auf Höhe der Kreuzung Sternstraße und Bebelallee piekten plötzlich ihre Füße und Waden – kein richtiger Schmerz, sondern ein Stechen, so als steckten zentimeterlange Eisnadeln darin. Fast mit einem Schlag hatte sie kein Gefühl mehr in den Beinen, aber irgendwie schaffte sie es trotzdem, den Wagen über Nebenstraßen nach Hause zu steuern. Acedia schleppte sich in die Wohnung. Ihr Gesicht fühlte sich vor Anstrengung heiß und schwitzig an. Sie ließ sich aufs Sofa fallen und massierte wütend die Beine. Die Gefühllosigkeit blieb.

Eine halbe Stunde später war Alex nach Hause gekommen. Sie war durchs Wohnzimmer gehumpelt und hatte es nicht verbergen können.

»Ich fahr dich zum Arzt«, hatte er sofort gesagt.

Sie hatte abgewiegelt. »Das wird schon vorbeigehen. Bestimmt habe ich mir nur irgendwie einen Nerv eingeklemmt.«

»Hör auf, Unsinn zu reden. Das kommt von deinem Unfall.«

Acedia wickelte die Bänder ihres Nachthemdes zwischen den Fingern hindurch. Ein Nachthemd aus Satin, das sie sich während ihrer Zeit in Paris gekauft hatte, es war eigentlich zu schade fürs Krankenhaus. »Damit du dich wohlfühlst«, hatte Alex gesagt, als er es aus der Reisetasche hob und auf ihre Bettdecke legte. Sie hätten sich beinahe gestritten. Wozu sollte das gut sein? Sie wollte sich hier ganz sicher nicht *wohlfühlen*.

Sie schloss die Augen und lauschte auf das Schnorcheln ihrer Nachbarin. Positiv denken. In zwei Wochen würde sie endlich in New York sein. Auch wenn die Ärzte bisher nicht einmal wussten, was sie überhaupt hatte. Aus einem medizinischen Artikel, in dem sie vor einigen Monaten recherchiert hatte, erinnerte sie sich, dass es bei abgeklemmten Nerven drei, vier Tage dauern konnte, bis das Gefühl zurückkehrte. Im Extremfall sogar eine Woche. Also Geduld.

Im Wegdämmern fiel ihr plötzlich auf, dass Ruth, die Frau im Nachbarbett, aufgehört hatte zu atmen. Unwillkürlich hielt sie auch selbst die Luft an.

Atme, dachte Acedia.

Der Wecker tickte leise.

Atme.

Sie starrte an die Decke und ein vorbeifahrendes Auto wischte ein helles Viereck darüber. Vor lauter Spannung fühlte sie ihren Körper hart werden.

Kann diese Frau nicht …

Ein rasselnder Schnarchlaut explodierte aus dem Mund der Frau, und obwohl Acedia darauf gewartet hatte, zuckte sie zusammen, als hätte man ihr auf die Brust geschlagen.

»Hallo«, rief sie flüsternd. »Dreh dich auf die Seite.«

Ruth hatte Apnoe, wie sie gestern erzählt hatte.

»Hallo«, rief Acedia drängender.

Ruth murmelte schlaftrunken und wälzte sich herum. Da konnte Acedia mit dem halblauten Schnarchen Alexanders ja noch zufrieden sein.

Die nächsten Tage verbrachte sie damit, im Fernsehen und in der Zeitung die Berichte über die Hintergründe des Terroranschlags zu verfolgen. Acedia war klargeworden, dass sie mit ihrer Krankheit professionell umgehen musste. Auf dem Laufenden bleiben.

Wenigstens zwei der Todespiloten, Mohammed Atta und ein weiterer Mann, stammten offenbar hier aus Hamburg. Sie hatten an der TU studiert und in einer WG in der Marienstraße gewohnt. Nur einen Block weiter hatten Alex und sie im vergangenen Jahr Silvester gefeiert.

Als Alex sie am Freitag zusammen mit den Kindern besuchte – sie war jetzt den fünften Tag hier –, brachte er endlich ihren Laptop mit. Erst hatte er es ihr ausreden wollen. »Du brauchst Ruhe«, hatte er gesagt. Wofür brauchte sie Ruhe? Ruhe hatte sie hier viel zu viel. Er klappte den Laptop auf, aber sie nahm ihm gleich das Kabel aus der Hand. Das schaffte sie schon selbst. Sie war nur krank, nicht schwerbehindert.

Acedia brachte das Kopfteil ihres Bettes in eine Sitzposition, griff nach der Mechanik ihres Nachtschranks und verstellte mit einigem Rütteln die Höhe der Tischplatte. Dann hob sie den Laptop darauf, und während sie ihn hochfahren ließ, drängte Kim sich um den Nachtschrank herum und fasste ihre Schulter.

»Hast du was Schlimmes, Mama?«

Acedia klappte den Laptop zu und versuchte zu lächeln. »Ich bin bald wieder gesund. Ich muss ja nach Amerika fliegen.«

»Kannst du nicht hierbleiben, Mama?«

Sie strich ihrer Tochter über den Kopf. »Ach, Kim, das ist doch mein Beruf. Das weißt du doch.«

Felix sagte: »Papa hat gesagt, du musst da gar nicht hin. Du willst das unbedingt.«

Erst nachdem Alex, Kim und Felix gegangen waren, holte sie ihre Mails ab.

»Du hast ja nette Kinder«, sagte Ruth.

Die Tischhöhe war nicht gut eingestellt, nach einer halben Stunde wurden Acedias Unterarme lahm. Dass es hier im Krankenhaus keine bessere Möglichkeit gab, vernünftig zu arbeiten.

Sie sah auf den Monitor und überlegte. Es war zu erwarten, dass in Folge der Anschläge der Überwachungswahn mit Kameras massiv zunehmen würde. Sie könnte dies vom Bett aus recherchieren und einen Artikel darüber schreiben.

Acedia hob den Laptop auf die Bettdecke, doch auch das wurde nach einiger Zeit unangenehm. Es war überhaupt kein Gefühl in ihren Beinen und Füßen. Ihr Herz klopfte plötzlich wie wild und sie versuchte, sich zu beruhigen, aber Erinnerungen aus ihrer Kindheit wühlten sich unerbittlich herauf, die Strenge der Schwestern im Krankenhaus, die Sehnsucht nach ihrem Vater.

Ich kann nicht hierbleiben, dachte sie und hämmerte mit dem Hinterkopf gegen die Matratze. *Das halte ich nicht aus.* Sie atmete so heftig, dass Ruth ihre »Brigitte« sinken ließ und herübersah. Acedia lächelte kurz zurück und rief sich die Meditationstechniken ins Gedächtnis, die sie Anfang des Jahres auf der Managerschulung gelernt hatte.

3 Am nächsten Morgen, kurz nach dem Frühstück aus Marmelade, Käse, Orangensaft und Joghurt, kam Dr. Braun, der Neurologe, der bisher die meisten Untersuchungen an ihr durchgeführt hatte. Er war ein freundlicher Mann in den Vierzigern, dessen Kittel immer leicht verknittert wirkte.

»Wir wissen leider immer noch nicht den Grund für Ihre neurologischen Ausfälle«, sagte er und setzte sich am Fußende auf ihr Bett. »Für übermorgen habe ich einen CT-Termin angesetzt und für Mitte nächster Woche eine Kernspin. Sie wissen, was das ist?«

Acedia nickte stumm. *Mitte nächster Woche?*

Dr. Braun zog ein Röntgenbild aus einem Umschlag, hielt es in Richtung des Fensters und starrte nachdenklich darauf. Mit der anderen Hand fuhr er sich über den Kopf und hinterließ ein Büschel wild zur Seite stehender Haare.

»Haben Sie früher mal einen Unfall gehabt?«

»Ich bin als Achtjährige von einem Baum gefallen; da lag ich mehrere Wochen im Krankenhaus.«

»Wegen?«

»Einer Nierenprellung.«

Dr. Braun kratzte sich das Kinn. »Auf diesem Röntgenbild sind alte Frakturen zu erkennen. Im Beckenbereich.«

»Knochenbrüche? Davon weiß ich nichts«, sagte Acedia kopfschüttelnd. »Und die sind alt?«

Ein altväterlicher Ausdruck legte sich auf sein Gesicht, und er lachte in sich hinein. »Nun ja, mit gebrochenem Becken kann man schwerlich gehen.« Er zog eine silbern glänzende Stange aus der Tasche, an deren Ende ein mit Stacheln besetztes Rädchen war. »Das ist ein Nervenrad. Damit werde ich Ihre Druck- und Schmerzempfindungen prüfen.« Er fuhr mit dem Rädchen an ihrer Sohle entlang. »Was empfinden Sie?«

Acedia konnte sich nur mühsam beherrschen, ihren Fuß nicht wegzuziehen. »Ein fieses Stechen – fast unerträglich.«

Er schob die Unterlippe vor. »Sehen Sie? Ein gesunder Mensch verspürt bei dieser Berührung nur ein leichtes Pieksen.«

Dr. Braun fuhr mit dem Rädchen auch an ihrer anderen Fußsohle entlang, dann an den Waden und ließ sich von Acedia weiter ihr Gefühl beschreiben. Als er sich nach beendeter Untersuchung schließlich erhob, nutzte sie die Gelegenheit und erzählte von ihrem bevorstehenden Job in New York. Sie sah Dr. Braun eindringlich an und hoffte, er würde begreifen, wie wichtig es für ihre Redaktion und natürlich auch für sie selbst war, dass sie so schnell wie möglich wieder auf die Beine kam.

»Da habe ich viele Jahre drauf hingearbeitet. Verstehen Sie?«

Dr. Braun nickte mit reglosem Gesicht. »Wir werden morgen einige Messungen der Reizleitung Ihrer Nervenbahnen durchführen müssen. Das wird schon wieder.«

Nachdem er gegangen war, drehte Acedia sich auf die Seite zum Fenster. Der riesige Ahorn wiegte sich in einem leichten Wind. Dann konnte sie also frühestens in acht Tagen in den Flieger nach Amerika steigen. Oder war auch das schon keine Option mehr? Die Ärzte wollten sich nicht auf einen Entlassungstermin festlegen lassen, und aus deren Sicht war das verständlich. Wenn sie es täten, wäre das sicherlich unprofessionell. Heilungsprozesse waren nun mal nicht hundertprozentig vorhersagbar.

Sie hörte, wie Ruth sich im Bett aufrichtete. »Du bist Journalistin?«

Acedia drehte sich vorsichtig auf den Rücken und blickte zu ihr.

»Mein Neffe ist auch Journalist«, fuhr Ruth fort und strich ihre zerzausten Locken glatt, »der schreibt für den Coburger Anzeiger. Ganz tolle Reportagen. Die lasse ich mir mal mitbringen und zeige sie dir.«

Ich bin eine ernsthafte Journalistin, dachte Acedia und hatte das Gefühl, ihr würde gleich der Kopf platzen. *Ich will nicht arrogant sein, aber ich habe absolut kein Interesse an Reportagen eines Hobbyschreibers in einem Regionalblatt.* Offenbar schnitt sie dabei eine solche Grimasse, dass ein irritierter Ausdruck in Ruths Gesicht trat. Acedia gelang es, ein einigermaßen freundliches Lächeln aufzusetzen.

»Ja, gern«, sagte sie.

4

Dienstagmorgen Anfang Oktober klingelte neben Acedias Krankenbett das Telefon. Sie zog den Nachtschrank zu sich heran. Das war wahrscheinlich Petra, mit ihr hatte sie die Tage zuvor mehrfach telefoniert. Drei von Petras Kollegen bei Shephard & Austen wurden vermisst, hatte sie dabei erfahren. Austen selbst war bei der Flucht im Treppenhaus des World Trade Centers gestürzt und hatte sich schwer verletzt. Acedia hob den Hörer ab und war überrascht, die Stimme ihres Chefredakteurs zu hören.

»Wie geht es Ihnen, Acedia?«

»Ich hätte mich spätestens morgen gemeldet, Chef. Aber die Ärzte hier können sich nicht zu einer klaren Diagnose durchringen.«

»Sie sind in der Neuro?«

Acedia gab eine Zusammenfassung dessen, was sie über ihren Zustand wusste. In knappen, klaren Sätzen, so wie Sommerkorn es schätzte.

»Ob der Flugverkehr in die USA in den nächsten Tagen weiterhin eingeschränkt sein wird«, sagte er, »ist ja ohnehin noch unklar. Ich kenne da einen freien Journalisten in LA. Der wird erst mal ein paar Reportagen für uns schreiben, bis Sie einsatzbereit sind.«

Acedia hörte sich schwer atmen.

»Keine Angst, Acedia, ich halte mich an meine Zusage.«

»Vielen Dank, Chef.«

»Ich weiß, wie viel Ihnen diese Sache bedeutet. Und ehrlich gesagt sind Sie auch dran. Ich hätte Ihnen schon im Frühjahr die vakante Stelle in Kairo angeboten, aber das wäre für wenigstens drei Jahre gewesen. Und Sie wollen ja unbedingt unter die Cowboys, oder? Na ja, Locke geht Mitte 2002 wieder nach Moskau. Da hab ich für seine Nachfolge dann an Sie gedacht. Insofern ist das jetzt nur vorgezogen.«

»Das haben Sie nie gesagt.«

»Ich halte mir gern die Optionen offen.«

Es klopfte und ein Pfleger schob einen Rollstuhl herein.

»Da kommt gerade jemand, um mich zu einer … Untersuchung abzuholen.« Sie verschluckte das Wort »Kernspin«, es hörte sich zu dramatisch an.

»Gut, Acedia, halten Sie mich von jetzt an bitte auf dem Laufenden.«

»Versprochen.« Sie überlegte kurz, ob sie Sommerkorn von ihrem geplanten Artikel zu den Überwachungskameras erzählen sollte, aber auch das hätte ihn auf falsche Gedanken bringen können.

»Und sehen Sie zu, dass Sie – sagen wir – spätestens in drei Wochen wieder auf den Beinen sind.«

Sie legte auf, und während sie sich den Bademantel überzog, wandte sie sich von dem Pfleger ab und wischte sich verstohlen die feuchten Augen. Dass Arne sich so sehr um sie bemühte, hätte sie nicht von ihm erwartet. In solchen Situationen erkannte man manchmal, auf wen man wirklich zählen konnte.

Sie nahm vorsichtig im Rollstuhl Platz. Nach der CT-Untersuchung der vergangenen Woche war endlich die Kernspin dran. Den älteren Pfleger, einen redseligen Mann mit tiefen Furchen im Gesicht, kannte Acedia bereits. Er schob sie in den Gang hinaus, und als er im Fahrstuhl von den Verbindungen von Mohammed Attas Terrorzelle zu einer Hamburger Moschee anfing, leitete sie das Thema auf ihren bevorstehenden Korrespondentenjob in Amerika. Aber kaum hatte sie die ersten Sätze gesprochen, da merkte sie, wie leid sie es wurde, sich selbst zuzuhören. Außer Dr. Braun hatte sie auch Schwester Camilla und einer Nachtschwester davon erzählt und sie erkannte plötzlich, wie sich ihre Sätze bei jeder Wiederholung mehr und mehr abschliffen und in routinierten Formulierungen erstarrten.

Es ging durch verschiedene Gänge und immer wieder um Ecken, und Acedia gab bald den Versuch auf, sich zu orientieren. Vor einer grauen Tür mit der Aufschrift »MRT« hielten sie an. Der Pfleger ließ Acedia draußen stehen und brachte ihre mitgeführten Krankenblätter in den Raum für die Kernspin-Untersuchung.

Jetzt bin ich schon seit über zwei Wochen in diesem Krankenhaus, dachte sie und sah den kahlen Gang hinunter. Warum dauerte es nur so lange herauszufinden, was sie eigentlich hatte? Waren ihre Ärzte vollkommen unfähig? Arne Sommerkorn würde sich nicht ewig gedulden. Wenigstens hatte sie am Abend zuvor das Gefühl gehabt, dass die Sensibilität in ihren Beinen zurückkehrte. Sie hatte sich in den Zeh gekniffen und war sicher gewesen, ihn wieder deutlich spüren zu können.

Eine Krankenschwester holte Acedia ins Untersuchungszimmer. Eine Ärztin mit dicken schwarzen Locken, die sich als Dr. Fischer vorstellte, setzte sich mit den Krankenakten zu ihr und stellte ein paar der immer gleichen Fragen zu Acedias Krankheitsgeschichte.

»Das ist ein gut verträgliches Kontrastmittel«, sagte sie und setzte Acedia eine Spritze. »Sie werden es in wenigen Stunden über die Nieren wieder ausscheiden. Waren Sie schon einmal in einem Kernspintomographen?«

Dr. Fischer strich sich eine Locke aus der Stirn und deutete auf die weiße, ringförmige Öffnung mit der Patientenliege davor. Acedia verneinte. Die Schwester half ihr auf die Liege und schob ihr jeweils ein Kissen unter den Kopf und die Kniekehlen.

»Das kann etwas laut werden«, sagte die Ärztin und setzte sich auf der anderen Seite des Raumes hinter einer durchsichtigen Trennwand an einen Computer. »Aber das muss Sie nicht beunruhigen.«

Die Liege fuhr in die Röhre hinein. Wie in einer Weltraumkapsel, dachte Acedia und starrte auf den weißen Kunststoff über sich. Wie eingeklemmt im Auto. Sie kämpfte gegen die aufkommende Unruhe an. Andre und Ute, die beiden, die sie aus ihrem Wagen befreit hatten, hatten überraschenderweise am Wochenende angerufen und sich nach ihrem Befinden erkundigt.

»Bitte nicht mehr bewegen«, rief Dr. Fischer von draußen.

RRRRRRR – RRR

Um sie herum ertönte ein Rattern. Acedia zuckte

zusammen. Eine ungleichmäßige Mischung aus Presslufthammer und Sirenen. Sie versuchte, gleichmäßig zu atmen und sich daran zu gewöhnen.

»Bitte nicht bewegen«, wiederholte die Ärztin.

Sie war auf der Autobahn eingeschlafen. Vor Alex hatte sie es verheimlicht – aber sich selbst konnte sie darüber nicht belügen. So fahrlässig ihr Leben zu riskieren, das durfte sie NIE WIEDER machen. Als der Wagen sich auf die Seite gelegt hatte, hatte sie nur Verwunderung gespürt.

RRR – RRRRR

Ihr Brustkasten wurde ihr zu eng. Die aufkommende Panik, die ihr Reptilienhirn durchströmte, färbte ihre Erinnerung: Ihre Knie waren nach vorne geknallt. Der Airbag blies sich auf. Und während sie sich noch verblüfft darüber klargeworden war, dass sie sich gerade überschlagen hatte, hörte sie draußen Stimmen. Schritte näherten sich im Gras.

»Hallo!«, rief eine junge Frau. »Hallo! Geht es Ihnen gut?«

Wahrscheinlich hätte sie sich tatsächlich gleich am Mittwoch nach dem Unfall von oben bis unten durchchecken lassen sollen. Alex hatte recht gehabt – und ihre Mutter ebenfalls. Aber sie hatte überhaupt keine Schmerzen verspürt, auch Tage danach nicht. Oder hatte sie das wahre Ausmaß ihrer Verletzung nur nicht richtig wahrnehmen können? War sie angesichts des Horrors, den die Bilder der fallenden Menschen in ihr ausgelöst hatten, nicht mehr in der Lage gewesen, eigenen Schmerz zu erkennen?

So wie jeden Nachmittag besuchte Alex sie auch

heute wieder. Er legte die mitgebrachten Zeitschriften und einen Roman von Henning Mankell auf ihren Nachttisch und küsste sie auf den Mund. Acedias Oberschenkel fing an wehzutun. Ruth zog sich einen Bademantel über und ging raus zum Rauchen. Alex schob einen Stuhl heran und setzte sich neben Acedia.

»Im Kernspin ist es unfassbar laut«, sagte sie. »Man spürt echt, wie das Adrenalin in einem hochschwappt.«

Er legte seine Hand auf ihre.

»Was Untersuchungen in Krankenhäusern angeht, entwickele ich mich langsam zur Expertin.«

»Vielleicht solltest du auf Medizinjournalismus umsatteln«, versuchte er zu scherzen.

Falls es mit New York doch nichts mehr wird?, dachte sie.

Sie versuchte, ihre Schmerzen zu unterdrücken und sich auf die Unterhaltung zu konzentrieren. Aber im Stillen wünschte sie sich, Alex würde bald wieder gehen; dabei wusste sie zugleich, sie würde ihn vermissen, noch ehe die Tür hinter ihm ganz geschlossen war.

Und so war es. Als seine Schritte sich zwanzig Minuten später auf dem Gang entfernten – lieber, lieber Alex! –, verlor sie die Fassung. Ihr Oberschenkel tat jetzt mehr und mehr weh, abwärts der Knie dagegen war alles so gut wie tot. Das minutenlange verzweifelte Kneifen in ihren Zeh am Abend zuvor und der Glaube, dort wieder mehr spüren zu können, war alles Blödsinn – sie machte sich etwas vor. Das Gefühl kam nicht zurück! Sie hämmerte mit der flachen Hand auf ihre Waden. Es war einfach kein Gefühl in diesem Scheißbein!

Während Ruth wieder ins Zimmer kam, schob Acedia die Decke beiseite. Sie stand auf, stützte sich am Fußende des Bettkastens ab und schleppte sich auf die Zimmertoilette. Beim Pinkeln bemerkte sie, dass große Bereiche zwischen ihren Beinen taub waren und sie ihren Urinstrahl nicht kontrollieren konnte. Sie drehte sich um und stierte in die Schüssel. Wenigstens war dort nichts rot.

Sie schlurfte zum Bett zurück, verstaute die neuen Zeitschriften, »Spiegel«, »Focus« und »Süddeutsche« in ihrem Nachtschrank und griff nach dem Krimi, den Alex mitgebracht hatte. Sie legte sich hin und schaffte zwanzig Seiten, aber Mankells Gesellschaftskritik, die sie sonst so schätzte, kam ihr gewollt und aufgesetzt vor. Sie rieb sich den Oberschenkel. Es fiel ihr schwer, sich aufs Lesen zu konzentrieren.

Als sie spätabends das Licht löschte, stand schräg über ihr das monotone helle Viereck an der Decke. Regungslos, bewegungslos. Acedias Finger tasteten zwischen ihre Beine. Große Bereiche um ihre Scheide herum waren taub. Vielleicht würde sie Alex nie wieder richtig in sich spüren können. Für Augenblicke geriet sie in Panik.

Ich kann das nicht aushalten.

Egal, wie sehr sie sich bemühte, sie konnte es nicht. Sie starrte auf das Strandbild, das ihr gegenüber im Dunkel an der Wand hing und von dem sie wusste, dass Vögel darauf zu sehen waren. Sie flogen über einen Strand an einem Leuchtturm vorbei. Acedia hatte versucht, sie von hier aus zu zählen, und war auf dreiundvierzig gekommen. Im Bett neben ihr hielt Ruth wieder den Atem an.

Acedia rief einen Kontaktmann im Innenministerium an und erfuhr von ihm Einzelheiten zu den geplanten Verschärfungen im Gesetz zur Videoüberwachung. Dennoch kam sie mit ihrem Artikel kaum voran.

Am Ende der ersten Oktoberwoche erklärten die Ärzte die Meningitis ihrer Zimmernachbarin für ausgeheilt, und Ruth wurde unter der strengen Auflage, sich noch wenigstens eine Woche zu schonen, entlassen. Sie klapperte wild mit den Bügeln, während sie Blusen, Hosen und Röcke aus dem Schrank zerrte und in einer abgewetzten Sporttasche verstaute.

»Soll ich dir meinen Saft dalassen? Noch nicht angebrochen. Und die Blumen, die sind erst drei Tage alt, das wär doch zu schade.« Sie zwinkerte Acedia zum Abschied zu. »In null Komma nichts bist du auch hier raus. Du wirst sehen.« Die Tür schloss sich hinter Ruth, und Acedia lauschte ihren Schritten auf dem Flur, bis sie nicht mehr zu hören waren.

Sowohl das CT als auch die Kernspintomographie hatten ein Hämatom im Bereich ihrer unteren Lendenwirbel gezeigt, das offenbar auf die Nerven drückte. Dessen Entstehung gab allerdings Rätsel auf.

Dr. Beckstein wurde hinzugezogen, ein erfahrener Neurologe mit hoher Stirn und altmodischer Brille. Mit kaum verständlichem Nuscheln schlug er weitere Untersuchungen vor: eine Lumbalpunktion, Entnahme von Nervenwasser im unteren Bereich des Rückens. Sie mussten außerdem auf AIDS untersuchen und Lungenkrebs, die ganze Palette.

In den folgenden Tagen verbrachte Acedia einen großen Teil ihrer Zeit damit, im Rollstuhl in Gängen zu stehen und auf Untersuchungen zu warten. Anfangs nahm sie sich noch Zeitschriften mit. Innenminister Schily forderte, wie erwartet, die Schleierfahndung nach Terroristen, und die Opposition versuchte ihn mit noch radikaleren Maßnahmen zu überbieten. In New York waren unterdessen sämtliche Feuerwehrmützen ausverkauft. Sie wandte den Kopf von links nach rechts. Die Gänge dieses Krankenhauses sahen überall gleich aus. Weiß. Viereckig.

Acedia dachte über die Begriffe AIDS und Krebs nach, als sei damit eine fremde Person gemeint. Tage und Nächte begannen ineinander zu verschwimmen. Das Band von dem frischen Nachthemd, das Alex ihr mitgebracht hatte, konnte sie siebenmal um den Finger wickeln. Bei dem davor war es elfmal gewesen. Doro, eine übergewichtige, kurzatmige Frau, die auf MS untersucht werden sollte, folgte Ruth als neue Zimmernachbarin. Die Blätter des Ahorns wurden gelb. Auch wenn Acedia versuchte, tagsüber wach zu bleiben, döste sie oft ein. Dafür lag sie nachts stundenlang wach und starrte auf das helle Viereck. Je nachdem, wo genau draußen die Taxen hielten, stand es etwas weiter links oder rechts. Manchmal hörte sie die Taxifahrer einander zurufen. *Auf Wiedersehen* oder *Bis morgen*!

Der zunehmende Dreiviertelmond beleuchtete ihr Bett und ließ den farblosen, mittlerweile reichlich ruinierten Nagellack auf ihren Fingern matt glänzen. Etwas, das Petra vor vielen Jahren einmal gesagt hatte, fiel ihr ein: »Ich lackiere sie doch für mich selbst.« In diesem Augenblick glaubte sie, den Sinn davon zu begreifen. Sie wünschte, sie hätte genug innere Antriebskraft, um sich von Alex ihren Nagellack mitbringen zu lassen, dieses tolle Rot, das so schön zu ihrem Sommerkleid passte. Obwohl ihre Füße meist unter der Decke verborgen waren, würde es etwas Tröstendes haben, den Lack auf ihren Fußnägeln zu wissen. Etwas Tröstendes und irgendwie sehr Zivilisiertes.

Ein Schmerz durchschnitt ihren Oberschenkel, trennte alle vorigen Gedanken von ihr ab und trieb ihr Tränen in die Augen. Mehr und mehr hatte sie das Gefühl, zu einem archaisch hilflosen Bündel zu verfallen.

6 Mitte Oktober wurde bei Acedia eine dreifache Beckenfissur festgestellt, und von nun an durfte sie das Bett nicht mehr verlassen. Nach einer durchwachten Nacht mit nur zweistündigem flachem Schlaf wurde sie morgens um sechs mit grausamer Geschäftigkeit geweckt. Schwester Camilla wuchtete eine Waschschüssel aufs Bett. Ein paar Spritzer schwappten auf Acedias Handtuch. Während sie in den Morgennachrichten vom Krieg der Alliierten in Afghanistan hörte und vom Kampf um Kabul, fuhr sie sich mit einem Waschlappen über die Arme, die Oberschenkel und die immer dünner werdenden Waden.

Schwester Camilla kam, maß Fieber und Blutdruck, das immer gleiche Frühstück wurde gebracht, und dann gab es die Tabletten und ihre Thrombosespitze. Nach der Visite wurde Doro, ihre korpulente Zimmergenossin, schon wieder entlassen. Ihre Untersuchungen hatten nur wenige Tage gedauert. Ein weiteres Mal klapperten Bügel. Nachdem Doro gegangen war, ließ Acedia sich einen Toilettenstuhl neben das Bett stellen, entleerte den Darm und starrte auf den wolkenverhangenen Himmel.

Erst als sie gegen elf eine Mail von Petra vorfand, besserte sich ihre Laune. Petra würde in anderthalb Wochen nach Deutschland kommen und Acedia besuchen. »Das ist schön«, flüsterte sie.

Amerika. Acedia sank im Bett zurück. Sie hatte es doch fast geschafft, war endlich kurz vor ihrem Traum angekommen. Warum hatte ein solcher Unfall ausgerechnet ihr passieren müssen? Warum gerade jetzt?

Sie fiel in einen unruhigen Halbschlaf und träumte, sie würde ihre Mutter verprügeln. Sie erwachte und starrte auf das leere Bett neben sich. Erst da nahm sie das metallische Knallen und das Rucken an ihrem Bett wahr. Sie sah hoch und erkannte die südeuropäisch aussehende Putzfrau, die mit ihrem Wischmop gegen das Gestänge von Acedias Bett stieß. *Wie kann ich nur träumen, meine Mutter zu schlagen?*, dachte Acedia. Sie liebte sie doch.

Die Putzfrau deutete auf das leere Bett.

»Frau nach Hause?«

»Ja, ich hoffe, ich komme auch bald nach Hause.«

Die Frau wischte weiter, kam zu Acedias Nachtschrank und nahm die darauf stehenden Bilder von Kim und Felix in die Hand. »Nach Hause. Schön Haus und Kinder.«

»Ich muss auch wieder arbeiten. Ich bin Journalistin«, sagte Acedia automatisch, erkannte an dem leeren Blick der Frau aber, dass diese sie nicht verstand, und da sie aus irgendeinem Grund annahm, die Frau sei aus Spanien, fügte sie hinzu: »Quisiera trabajar pronto de nuevo. Soy periodista.« Und als die Frau sie weiter verständnislos anschaute: »Sei italiana?«

Jetzt lachte die Frau auf und wischte sich mit dem Handrücken die Haare aus der Stirn. »Portugal. Ich kommen aus Amadora.«

Acedia kam sich plötzlich völlig lächerlich vor.

Die Frau zog ihren Wischeimer in Richtung der Tür und deutete von da aus noch einmal zu Acedias Nachtschrank. »Schön Kinder.«

Petra hatte sich von Schwester Camilla eine Vase geben lassen. Jetzt stand sie in der Toilette und Acedia hörte durch die offene Tür, wie Wasser in die Vase hineinlief.

»Wie ist das Fliegen zur Zeit?«, rief sie.

»Bis zu vier Stunden Wartezeit an den Schaltern wegen der extremen Sicherheitschecks. Die haben sogar meine Zahnpastatube aufgeschraubt. Nagelschere, Nagellack, Parfum und so weiter lässt man besser alles zu Hause.«

Petra trat mit der Vase vor Acedias Bett. Sie steckte einen riesigen Strauß hinein, Rosen, Gerbera und Chrysanthemen, und stellte ihn auf Acedias Nachtschrank. »Die müssten nachher noch mal angeschnitten werden.«

Sie zog sich einen Stuhl heran, legte eine Hand auf Acedias Knie, das sich unter der Decke abzeichnete, und betrachte Acedia ernst. »Du hast ja tierisch abgenommen, Schatz. Du siehst schrecklich aus.«

»Vielen Dank für die Aufmunterung.«

»Soll ich dich lieber anlügen?«

»Nee, schon gut.« Acedias Augen wurden feucht.

»Oh Gott, was ist denn?«

Ein Strudel von Gefühlen erfüllte Acedia, als die Erinnerung in sie hineinfloss. Alles schien plötzlich zu taumeln. »Ich hab solche Angst um dich gehabt«, flüsterte sie.

»Um mich?«

»Als diese Scheißtürme da gebrannt haben, ich dachte … Wenn du umgekommen wärst, ich weiß nicht, was …« Sie spürte eine Träne ihre Wange hinunterlaufen.

»Schon gut, Süße, schon gut.« Petra streckte einen Finger aus und wischte die Träne von Acedias Gesicht. »Komm her.« Sie öffnete die Arme.

Sie drückten einander, Stoff raschelte.

»Und du siehst auch gar nicht scheiße aus.« Petra lehnte sich zurück und streichelte Acedias unter der Decke verborgenes Knie. »Alex hat mir erzählt, dass du einen Beckenbruch hast?«

»Tja …« Acedia stieß ein freudloses Lachen aus. »Nachdem meine Ärzte sich zum x-ten Mal die Röntgenbilder angesehen haben, haben sie letzte Woche einen Kollegen aus der Chirurgie hinzugezogen und der erkannte – oh Wunder! –, dass die Bruchlinien in meinem Beckenbereich nicht auf einen alten, längst verheilten Bruch hindeuten, sondern auf einen frischen. ›Da hat doch noch überhaupt keine Kallusbildung eingesetzt. Seid ihr verrückt geworden, die Patientin mit einem frischen Bruch rumlaufen zu lassen?‹«

»Aber du hattest dich doch schon röntgen lassen, bevor du ins Krankenhaus kamst.«

Acedia lachte wieder. »Da meine Druckbeschwerden im Oberschenkel waren, wurde nur *der* Bereich geröntgt. Und das Becken mit einer Bleischürze abgedeckt.«

»Und wie konntest du mit gebrochenem Becken überhaupt laufen? Ich meine, das stützt doch den ganzen Körper.«

»Es war nur eine Fissur, ein Anbruch. Aber der hat das Hämatom verursacht, das wiederum die Lähmungserscheinungen nach sich gezogen hat. Bis der Bruch und alles völlig verheilt ist, dauert es also mindestens noch sechs Wochen.«

»Und New York?«

»Das wird dieses Jahr mit Sicherheit nichts mehr. Sommerkorn ist dabei, erst einmal eine *Übergangslösung* einzurichten. Ich merke, wie unangenehm ihm das ist – aber irgendwie wird mir das langsam völlig egal.« Sie griff nach Petras auf ihrem Knie ruhender Hand und drehte an ihrem breiten Armreifen. »Ich hab ständig Schmerzen, Foxi.«

»In den Beinen?«

»Da hab ich so gut wie gar kein Gefühl. Die Schmerzen sind an der Unterseite des rechten Oberschenkels.« Sie schlug die Bettdecke beiseite und deutete darauf. »Manchmal sind die so stark, dass ich mich auf nichts mehr konzentrieren kann. Und meine Scheide ist vollkommen taub.«

»Ach du Kacke.«

»Ich kann nicht mehr schlafen, kann nicht essen, muss ständig heulen. Und ich kann meinen Darm nicht mehr kontrollieren … Ich hab ins Bett geschissen.« Sie wunderte sich über ihre derbe Ausdrucksweise und zog ihre Hand weg. »Tut mir leid, du besuchst mich hier aus New York und ich jammer dich voll.«

»Nimm dich mal nicht so wichtig, Schatz.« Petra lachte hart. »Ich bin auch noch wegen anderer Angelegenheiten in Deutschland.« Dann streichelte sie sanft Acedias Wange. »He, ich bin deine beste Freundin. Von mir aus kannst du jammern, bis mir ein Ohr abfällt. – Aber sag mal, wenn die hier in der Neurologie wochenlang nicht in der Lage waren, auf dem Röntgenbild deine Brüche zu erkennen, ist das nicht ein Kunstfehler? Könntest du die nicht auf Schmerzensgeld verklagen?«

Acedia zuckte die Schultern. »Dazu fehlt mir die Kraft, Foxi. Außerdem, was hilft mir das ganze Scheiß-Geld ...«

»Und Alex?«

»Der hat genug mit Kim und Felix zu tun. Und er besucht mich jeden Tag. Seit sechs Wochen. Der ist selbst völlig hinüber.«

»Du hast 'nen tollen Mann, Schatz.«

So war es. Spätabends, lange nachdem Petra gegangen war, starrte Acedia auf das helle Viereck und dachte an Ruth, die nur alle paar Tage Besuch bekommen hatte. Zu ihr dagegen waren nicht nur Alex und die Kinder gekommen, sondern auch Petra, ihre Mutter, Oliver und zwei, drei Journalistenkollegen. Sie war aufgehoben in einer Familie, hatte eine gute Freundin …

Alex hatte sie nichts davon erzählt, dass sie ins Bett gemacht hatte. Warum nicht? Vertraute sie ihm nicht? Befürchtete sie, ihr Ehemann könnte sich vor ihr ekeln? Sie spürte, wie ihre lebenslange Vorstellung, immer perfekt sein zu müssen, alles im Griff haben zu müssen, sie erschöpfte.

Und wieder kam der Schlaf nicht.

Acedia erhob sich und stieg aus dem Bett, leise, um ihre Nachbarin nicht zu wecken. Sie *musste* das Krankenhaus verlassen – noch in dieser Nacht, hier war sie verloren. Sie ließ das Licht ausgeschaltet; das Licht, das vom Vorplatz des Krankenhauses heraufdrang, war hell genug. Sie schleppte sich zum Schrank und machte sich nicht mal die Mühe, ihr Nachthemd auszuziehen, sondern streifte einfach einen Pullover darüber und stieg in einen Rock. Sie fand keine Schuhe. Gut, dann musste es eben mit den Pantoffeln gehen. Das würde sicherlich nicht auffallen. In der Nacht war kaum Personal in den Gängen. Sie raffte den Rest ihrer Klamotten zusammen und warf ihn achtlos in ihre Reisetasche.

Als sie die Tür öffnete und in den Gang hinausspähte, wurde ihr klar, dass sie träumte.

Im Schwesternzimmer murmelte ein Fernseher. Ihre Beine wollten nicht wie sie, und sie musste beim Gehen darauf achten, dass ihr die Pantoffeln nicht von den Füßen fielen. Während sie durch den Gang huschte, griff sie nach den langen, fingerdicken Kabeln, die unter der Decke entlangliefen. Einige hingen so tief, dass Acedia sie gut mit den Händen erreichen konnte, sie hangelte daran wie an den Halteschlaufen in einem Bus. So ging es leichter, sie rannte jetzt. Schneller und noch schneller, sie sprang mit weiten Schritten. Und plötzlich berührten ihre Füße nicht mehr den Boden. Sie flog unter der Decke des Krankenhauses entlang und erwachte.

Ihr Atem raste. Über ihr stand das helle Viereck an der Decke, irgendetwas raschelte, sie wandte den Kopf zur Seite und erschrak, als sie den Umriss eines Mannes neben ihrem Bett sitzen sah. Alex.

»Was machst du hier? Warum schaltest du kein Licht an?«

Die von der Seite einfallende Straßenbeleuchtung erhellte sein Gesicht zu einer bizarren Theatermaske, die eine Hälfte hell, die andere dunkel. »Ich muss dir was Schlimmes sagen.«

»Wieso, was ist denn?« Sie fuhr sich mit der Hand in den Ausschnitt. Es würgte sie dort, als hätte sie eine zu enge Kette um. »Was ist denn?«

Er presste die Lippen aufeinander. »Felix ist tot.«

»Was?«

»Unser Sohn ist aus dem Fenster gefallen.«

Acedias Herzschlag wummerte. Tränen schossen ihr in die Augen, strömten ihr über die Wangen und sie fühlte, wie sie nass wurden, fühlte, wie auch das Laken nass wurde, dort, wo sie es mit dem Gesicht berührte. Sie wälzte sich im Bett herum und versuchte ihr Wimmern zu unterdrücken, um ihre Nachbarin nicht zu stören, schaffte es aber nicht.

Erwachend riss sie mit aller Gewalt die Augen auf. Sie hörte sich lautstark wimmern, ein hoher, gepresster Singsang, der sich aus den Tiefen ihrer Kehle heraufquälte. Verwirrt drehte sie den Kopf und schnappte nach Luft. Kein Alex da. Keine Tränen. Ihre Augen brannten.

Das Bett neben ihr war leer. Sie griff nach dem Bedienteil für ihr eigenes, stellte das Kopfende schräg und zog sich an dem über ihr baumelnden Haltegriff hoch, aber der Schmerz folgte ihr aus dem Traum und verdunkelte ihre Seele. Ihr Blick huschte Hilfe suchend im nachtschwarzen Zimmer umher, und als er auf die Fotos von Kim und Felix fiel, traf eine plötzliche Erkenntnis sie wie ein Schock: Sie war nie so sehr für ihre Kinder da gewesen, wie sie immer geglaubt hatte, es zu sein – wie sie es eigentlich sein wollte.

Dabei hatte sie doch alles, was sie zum Leben brauchte. Sie reckte den Arm, nahm die Fotos ihrer Kinder vom Nachtschrank und hielt sie vor sich auf der Bettdecke. Die achtjährige Kim, in einem gelben T-Shirt, die dichten braunen Haare zusammengebunden, blickte schon ernsthaft, als beginne sie die Welt zu verstehen. Der jüngere Felix dagegen, in einem gestreiften Pullover, grinste kindlich breit unter einer Baseballkappe hervor. Sie führte die Bilder an die Lippen und hauchte einen Kuss darauf. »Meine Kinder …« Sie schloss die Augen und legte den Kopf in den Nacken. Und Alex? Jahrelang hatte er sie mit seiner Liebe überhäuft – aber in diesem Moment kam es ihr vor, als hätte sie dies nie richtig wahrgenommen.

10

Petras Blumen verwelkten. Der November kam und ging. Eine neue Zimmernachbarin kam zu ihr und wurde nach zwei Wochen wieder entlassen. Auch wenn die Tage kühler wurden, rissen die Krankenschwestern weiterhin ständig die Fenster auf. Der Ahorn verlor nach und nach alle Blätter, so dass zu dem einen Viereck nun ein zweites dazukam.

Obwohl Acedia ein mildes Schlafmittel bekam und

mit geradezu verzweifelter Anstrengung versuchte zu schlafen, döste sie in keiner Nacht länger als zwei, drei Stunden. Dann lag sie reglos da, stierte zur Decke und versank in der Stille. Ab und zu huschten geisterhafte Schritte auf dem Gang. Schlüssel rasselten. In der Ferne klapperte eine Bettpfanne.

Die Jagd auf Osama Bin Laden nahm sie ungerührt zur Kenntnis. Acedia wog jetzt noch knapp über vierzig Kilo, und ihr Gang war zu einem mühevollen, ungelenken Schlurfen verkümmert. Die Knochen ihres abgemagerten Hinterns drückten beim Sitzen ungepolstert auf den Untergrund; schon nach wenigen Minuten tat es so weh, dass sie sich wieder hinlegen musste.

Den Schmerzen in ihrem Oberschenkel dagegen konnte sie nicht entfliehen. Sie schienen in beständigen Wellen von allen Seiten in Acedias Geist zu dringen wie ein immerwährendes Kreischen und machten sie manchmal so rasend, dass sie mit der Faust auf diese Stelle hämmerte und die Finger in ihren Haaren verkrallte. Die Ärzte konnten nicht dagegen helfen – vielleicht wollten sie auch nicht. Es war gleichgültig. »Zu viele Medikamente sind ungesund«, sagte Elisabeth, die Nachtschwester mit dem hochgeschlossenen Kragen, streng.

Nach dem »Tatort« sah Acedia Wolfgang Schäuble in seinem Rollstuhl bei Sabine Christiansen, wie er und weitere Experten über Afghanistan diskutierten. Schäuble konnte wenigstens sitzen. Dezemberregen rann die Scheiben herunter. Im Radio erklang *Losing my Religion*, auch Musik brachte keinen Schlaf.

Sie ergab sich.

KOMA

1 Der offene Warteraum der Ambulanz des neurologischen Krankenhauses grenzte direkt an den Flur. Ein älteres Paar saß mit verschränkten Armen da und starrte vor sich hin. Zwei kleine Kinder drückten sich an den Schoß ihrer Mutter. In der Ecke blätterte eine schwarzhaarige Frau fahrig in einer Zeitschrift. Während Acedia ihre Krücken an die Wand lehnte und ihr dickes Sitzkissen umständlich auf einen der Plastikstühle ablegte, wurde die Mutter aufgerufen und sie und ihre Kinder gingen davon.

Acedia versteifte ihren Rücken, ließ sich vorsichtig auf ihr Kissen sinken und fuhr sich gegen die Schmerzen mit den Zähnen über die Unterlippe. Alex hatte das teure Sitzkissen Mitte Januar in einem Fachgeschäft für Orthopädiebedarf gekauft. Es bestand angeblich aus mehreren Lagen von Materialien mit verschiedenen Knautscheigenschaften, und es hielt tatsächlich, was es versprach. Seit Weihnachten hatte Acedia drei Kilo zugenommen, und mit diesem zusätzlichen Polster und dem neuen Kissen konnte sie die Schmerzen beim Sitzen mittlerweile eine halbe Stunde einigermaßen ertragen.

Sie war zu einem Untersuchungstermin um 14:00 Uhr bestellt, aber aus Erfahrung rechnete sie damit, frühestens um halb vier dranzukommen. Sie sah zum Fenster, hinter dem dicke Schneeflocken niedergingen. Alex war jetzt in seinem Labor, und ihr wurde mulmig bei dem Gedanken, dass sie für die Heimfahrt ein Taxi nehmen musste, auch wenn Alex sie auf der Fahrt hierher beruhigt hatte. Der Platz vor dem Krankenhaus sei überdacht, dort würde es nicht glatt sein. Und vor dem Eingang zu Hause würde Kim warten und sie vom Taxi bis zur Haustür stützen.

Ein junger Mann mit Sneakers und modisch zerfetzter Jeans setzte sich auf einen Stuhl mit Blick auf die Rezeption. Die schwarzhaarige Frau legte ihre Zeitschrift in den Schoß, fuhr mit der Hand über den Rock ihres schwarzen Business-Kostüms und starrte auf die Uhr auf der anderen Seite des Ganges. Sie war groß und sportlich und trug hohe Schuhe.

Acedia griff nach ihrer blauen Tasche und holte einen Roman heraus. Beim Losfahren hatte Kim noch von draußen ans Wagenfenster geklopft und ihr das Buch hereingereicht, »Harry Potter und die Kammer des Schreckens«. Am Anfang hatte sie Kims Lieblingsbücher nur ihr zuliebe gelesen. Aber nachdem Acedia den ersten Band durchhatte, musste sie einräumen, dass ihr die Harry-Potter-Romane besser gefielen als befürchtet.

Sie hatte etwa ein Kapitel gelesen, als sie einen zufälligen Blick in den Gang warf und den älteren, redseligen Pfleger erkannte, der sie oft zu Untersuchungen gebracht hatte. Er schob einen im Rollstuhl zusammengesunkenen Patienten den Gang entlang und blieb vor dem Fahrstuhl stehen. Die Frau im schwarzen Kostüm erhob sich, ging vor Acedia vorbei zu dem Halter an der Wand und steckte ihre Zeitschrift hinein. Auf dem Rückweg verhielt sie im Schritt und deutete auf Acedias Krücken.

»Schlimm?«

»Lähmungserscheinungen in beiden Beinen.« Acedia sah zu dem Pfleger am Fahrstuhl. »Aber das ist einige Zeit her, das Gefühl ist schon deutlich zurückgekehrt.«

»Freut mich zu hören.«

Die Frau warf ihre langen schwarzen Haare über die Schultern, goldene Ohrringe blitzten auf. Um ihre Augen zogen sich Sorgenfalten, die in auffälligem Gegensatz zu ihrer sonstigen Erscheinung standen. Sie drehte sich unschlüssig in Richtung ihres Sitzes. Acedia deutete auf den Plastikstuhl neben sich.

»Vielleicht mögen Sie sich zu mir setzen?«

»Gern. Vielen Dank.«

Acedia klappte ihr Buch zu. »Und was haben Sie, wenn ich fragen darf?«

»Ich selbst bin gesund, toi, toi, toi. Ich bin wegen eines Gesprächstermins mit dem Arzt meines Vaters hier, der seit einigen Wochen … seit Anfang Oktober im Koma liegt.« Sie starrte vor sich hin und drehte gedankenverloren an einem goldenen Armreifen. Dann deutete sie mit dem Kopf zu Acedias Krücken. »Ein Unfall?«

Acedia gab eine kurze Zusammenfassung ihrer Krankengeschichte, die sie so ähnlich in den letzten Wochen immer wieder erzählt hatte. Einmal mehr wunderte sie sich, wie leicht es im Krankenhaus fiel, fremden Menschen die persönlichsten Dinge anzuvertrauen.

Und der schönste Moment der Entlassung war, dachte sie, *als ich endlich mit den Bügeln klappern konnte.* »Zwei Wochen vor Weihnachten kam ich nach Hause.«

»Unfassbar.« Die Frau schüttelte den Kopf.

Eine Krankenschwester mit einem Klemmbrett kam

und rief einen Namen in den Wartebereich. Der Junge mit der zerfetzten Jeans folgte ihr.

»Hoffentlich hatten Sie wenigstens ein schönes Weihnachten«, sagte die Frau.

»Das habe ich im Liegen verbracht. Ich wollte meinen Kindern nicht das Fest verderben, darum habe ich mich zusammengerissen.« Acedia hob die Schultern. »Aber innerlich war mir dauernd zum Heulen.«

»Wen sollte das wundern, nachdem Sie solche starken Schmerzen gehabt haben.«

Acedia fiel für Sekunden in Gedanken und atmete tief aus. »Die sind glücklicherweise inzwischen deutlich geringer.«

Die Frau hob die Augenbrauen.

»Mein Beckenanbruch hat ja Blutungen verursacht. Und der junge Krankengymnast, der seit Anfang Januar zu uns nach Hause kommt, hat sofort vermutet, dass sich im Oberschenkel zwischen zwei Muskelsträngen geronnenes Blut gestaut hat. Das dort ständig die Nerven reizt. Schon verblüffend, dass Ärzte nicht auf so was kommen. Er machte dann eine Technik, dabei bohrte er mir genau an dieser Stelle mit dem Daumen in den Oberschenkel. Das tut zwar auf Deutsch gesagt saumäßig weh, aber offenbar löst sich so das geronnene Blut mehr und mehr auf.«

»Und das ist alles?«

»Das ist alles.«

Sie schwiegen eine Weile. Ein Mann mit Pudelmütze und Mantel, der zwei Krücken unter dem Arm trug, trat aus dem Fahrstuhl und ging mit schnellen Schritten den Gang entlang.

»Ja … wenn man alle einfachen Lösungen immer vorher kennen würde.« Die Frau neben Acedia wandte das Gesicht ab. »Wissen Sie …«, sagte sie mehr zu sich selbst, »eigentlich ist mir klar, dass mein Vater nie wieder aufwachen wird.« Sie nickte mehrfach, als würde sie mit einem Mal ganz tief in sich hineinsehen. »Ich kann ihn nur einfach nicht sterben lassen.«

Sie drehte sich wieder zu Acedia um und streckte die Arme so weit vor, dass Acedia für einen Augenblick dachte, sie wolle nach ihren Händen greifen.

»Mein Vater war so ein wunderbarer – ein wirklich herzensguter Mensch. Er kommt aus einem kleinen Ort in Italien und hat sich hier meine Ausbildung vom Mund abgespart. Und jetzt liegt er seit Wochen – was sag ich, seit Monaten an all diesen Geräten und Schläuchen. Und ich … soll jetzt irgendwas … entscheiden …«

Die Krankenschwester kam wieder, sah auf ihr Klemmbrett und rief: »Frau Eco? Avaritia Eco?«

Acedias Gesprächspartnerin unterbrach sich augenblicklich, sprang auf und lief zur Garderobe. Ihren Mantel über den Arm gehängt, kam sie aber noch einmal zu Acedia.

»Hat mich gefreut, Sie kennenzulernen.«

»Mich auch. Alles Gute.« *Ich wünsche Ihnen Kraft*, dachte sie.

Die Frau folgte der Krankenschwester. Ihr Business-Kostüm und die klackernden Absätze wollten so gar nicht zu den hängenden Schultern passen.

Sei zufrieden, Acedia! Sei zufrieden!

2 Anfang Februar machten die Temperaturen einen Satz nach oben. Tauwetter setzte ein. Bei der Untersuchung im Krankenhaus hatte man Acedia ein neues Schmerzmittel verschrieben.

An einem Montagnachmittag lag sie, um sich von ihrer Erschöpfung auszuruhen, bäuchlings im Schlafzimmer auf dem großen Bett, die Arme zur Seite gestreckt. Das Fenster war geöffnet. Vereinzeltes Vogelgezwitscher und ein leichter Wind kündigten schon den Frühling an. Acedia blickte unter halb zugefallenen Lidern auf das gelbe Laken, das ihre Wange berührte. Und mit Erstaunen merkte sie plötzlich, dass sie kaum Schmerzen hatte. Nur bei ganz genauem Hinfühlen war da noch ein leicht flirrendes Ziehen in ihrem Oberschenkel – weitaus stärker aber war die dicke, schwere Wärme, die Rücken, Po und Beine umhüllte. Der leichte Wind wehte. Das Gelb erfüllte sie. Zum ersten Mal seit Monaten war Acedia vollkommen ruhig. Sie ließ langsam die Augen zufallen

3 und schlief ein.

Warum man den Traum nach dem Erwachen vergißt?

aus: Sigmund Freud, »Die Traumdeutung«, 1899

Daß der Traum am Morgen »zerrinnt«, ist sprichwörtlich. Freilich ist er der Erinnerung fähig. Denn wir kennen den Traum ja nur aus der Erinnerung an ihn nach dem Erwachen; aber wir glauben sehr oft, daß wir ihn nur unvollständig erinnern, während in der Nacht mehr von ihm da war; wir können beobachten, wie eine des Morgens noch lebhafte Traumerinnerung im Laufe des Tages bis auf kleine Brocken dahinschwindet; wir wissen oft, daß wir geträumt haben, aber nicht, was wir geträumt haben, und wir sind an die Erfahrung, daß der Traum dem Vergessen unterworfen ist, so gewöhnt, daß wir die Möglichkeit nicht als absurd verwerfen, daß auch der bei Nacht geträumt haben könnte, der am Morgen weder vom Inhalt noch von der Tatsache des Träumens etwas weiß. Anderseits kommt es vor, daß Träume eine außerordentliche Haltbarkeit im Gedächtnisse zeigen. Ich habe bei meinen Patienten Träume analysiert, die sich ihnen vor fünfundzwanzig und mehr Jahren ereignet hatten, und kann mich an einen eigenen Traum erinnern, der durch mindestens siebenunddreißig Jahre vom heutigen Tag getrennt ist und doch an seiner Gedächtnisfrische nichts eingebüßt hat. Dies alles ist sehr merkwürdig und zunächst nicht verständlich.

Erwachen
2003 – ...

»Wenn das Kind weint
Nimmt der Mond ab
Um ihm eine Wiege zu sein«

Hijo de la luna – Mecano

Ohne Krücken

»Noch einmal … und halten …«, ruft meine Krankengymnastin mit einer Art fröhlichem Sadismus.

»Ooooarrhh«, antworte ich.

Ich liege auf dem Rücken. Nur meine Lenden und mein Po berühren bei dieser Übung die Gymnastikmatte. Es ist Freitagnachmittag, und wir sind mittlerweile allein in der Praxis; so erlaube ich mir ein animalisches Grunzen. Oberhalb meiner Brüste glänzt Schweiß. Jetzt tut auch noch die Schulter weh.

»Die Arme höher. Und nach vorn …«

Meine Finger krallen sich um einen Ball, ich recke die Arme über die erhobenen, in den Knien angewinkelten Beine vor und schwanke wie eine auf den Rücken gefallene Schildkröte.

Mein Nacken spannt, während ich die Krankengymnastin um Mitleid heischend ansehe. Lina Berger ist eine muskulöse, untersetzte Frau in den Vierzigern mit rundem Gesicht und dunklen, wuscheligen Haaren. Bei dem Termin in der vergangenen Woche hat sie augenzwinkernd erzählt, sie habe jahrelang in einem Bundeswehrkrankenhaus behandelt. »Junge Soldaten – das waren ganz andere Kaliber als Sie. Richtig harte Knochen.« Sie hatte kurz aufgelacht. »Das waren sie jedenfalls – zu Anfang der Behandlung.«

Ich bin nicht sicher, ob das nur scherzhaft gemeint war.

»Und halten … schön«, sagt sie jetzt.

»Ooh … ooarrr!«

»Sie schreien wie ein Baby. Na, kommen Sie. Das schaffen Sie schon.«

Selbst meine vorgestreckten Oberarme glänzen schweißnass. Einige Sekunden später erlöst sie mich endlich. Ich lasse mich zurück auf die Matte fallen, strecke alle Viere von mir und atme durch den weit offenen Mund. Bevor ich nachher Mama besuche, muss ich auf jeden Fall nach Hause und duschen.

Kurz darauf stehe ich in der Umkleide hinter einem Vorhang. Während ich T-Shirt und Jeans anziehe, ruft mir Frau Berger aus dem Büro zu: »Frau Müller hat heute abgesagt, wir brauchen uns nicht zu beeilen.«

Ich werfe die Gymnastiksachen und das Handtuch in meine Sporttasche, greife meine Krücken und gehe ins Büro. Frau Berger hat jetzt eine Brille auf. Sie sieht mir über den Rand entgegen und lächelt.

»Sie haben sich im letzten halben Jahr doch wirklich gut gemacht. Ein paar Wochen weiter, und Sie haben eine Figur wie Lara Croft.«

Ich ziehe einen Mundwinkel hoch und grinse matt, lehne die Krücken gegen den Schreibtisch und lasse mich auf den Stuhl davor sinken. Immer noch fühle ich mich außer Atem. Frau Berger reicht mir das Rezept mit den Verordnungen über den Tisch, dazu einen Kugelschreiber. Eine Krücke fällt scheppernd zu Boden und ich bücke mich danach.

»Ich erinnere mich noch«, sagt Frau Berger, »wie Sie das erste Mal hierher in die Praxis kamen. Wie Sie sich Stufe für Stufe die Treppen raufquälten. Frau Müller hat mich damals auf Sie angesprochen. Ganz besorgt geguckt und gesagt: ›Die arme Frau, was hat *die* denn?

Die ist ja total abgemagert.‹ Wenn ich das so sagen darf: Sie haben fast ausgesehen wie eine Heroinsüchtige …«

Ich unterschreibe das Rezept und schiebe es zurück. Und obwohl ich diese Zeit seit Monaten verdränge, sage ich: »Dabei ging es mir da bereits verhältnismäßig gut. Im Frühjahr vergangenen Jahres hätten Sie mich mal sehen sollen. Da wog ich nur noch knapp vierzig Kilo.«

Das damalige Gefühl ergreift mich plötzlich mit bestürzender Stärke. Ich fummle am Griff der Krücke herum und blicke an Frau Berger vorbei durch das Fenster hinter ihr, auf die Zweige des Ahorns im Hinterhof. Er trägt schon helle, große Blätter.

»Können Sie sich vorstellen, dass man sich danach sehnen kann, den Müll runterzutragen? Zwei Stockwerke nach unten, wenigstens ein einziges Mal am Tag – auf den eigenen Beinen? Müll runtertragen. Das ist ja normalerweise nicht so der Bringer. Aber für mich wäre es das Größte gewesen. Und wenn ich Schäuble im Fernsehen sah, in seinem Rollstuhl, dann habe ich ihn beneidet und gedacht: Der kann wenigstens sitzen.

Jede Nacht vor lauter Schmerzen nur zwei Stunden schlafen. Maximal. Ich fing an, mir vor Schmerz die Haare auszureißen, und habe mir in den Arm gebissen. Wach war ich natürlich auch nie mehr richtig, ich dämmerte wochenlang in einem nebelartigen Schlaf-Wach-Zustand.

Und als ich mich dann viel später wenigstens hundert Meter auf meinen Krücken die Straße langquälen konnte … wir haben da so eine Bank in der Nähe unserer Wohnung ... wenn ich da in der Sonne saß und die jungen Leute beobachtete und genau wusste, was sie alles für kleine Sorgen über dies und jenes mit sich rumschleppen, dann dachte ich: Hey, ihr könnt auf euren eigenen Beinen von A nach B gehen. Einfach so. Und euch ist gar nicht klar, wie großartig das ist.

Und was noch dazukommt: Wissen Sie, seit ich zwanzig war, hatte ich einen Traum. Den wollte ich mir nicht einfach nur unbedingt erfüllen, sondern … rückblickend muss ich sagen, dass ich ihm wirklich alles untergeordnet habe. Ja, und jetzt ist der Traum irgendwie … ich weiß gar nicht, was damit ist.«

Ich spüre meine Augen feucht werden. Gar nicht so sehr vor Trauer, eher vor einer Art ungewollter, unerklärlicher Wut. Ich räuspere mich.

»Tja, so ist das …«

Mein Blick irrt von dem Ahorn vorm Fenster über den Schreibtisch, auf die Karteikarte, in die Frau Berger die Behandlungstermine einträgt, und schließlich zu ihrem runden Gesicht. Die gnadenlose Fröhlichkeit ist daraus verschwunden.

Stattdessen sagt sie ungewohnt sanft: »Aber jetzt wird ja alles wieder gut.«

Abrupt steht sie auf und schließt die auf Kipp gestellten Fenster. Dabei fragt sie über die Schulter: »Kommen Sie nächsten Freitag?«

»Natürlich.«

»Gut. Warten Sie bitte. Ich komme mit Ihnen.«

Wir gehen ins Treppenhaus, und während sie die Praxistür abschließt, taste ich mich, rechts von der Krücke gestützt, mit der linken Hand am Geländer die Stufen hinunter. Spüre ihren prüfenden Blick im Rücken und versuche möglichst gleichmäßig zu gehen. Auf der

Straße verabschieden wir uns voneinander. Frau Berger sieht an mir herunter und deutet auf die Krücken.

»Ihre Fortschritte sind schon sehr weit. Sie fahren auch wieder Auto?«

»Seit einer Woche.«

»Ich denke, Sie sollten ab der kommenden Woche beginnen, mehr und mehr auf die Stützen zu verzichten.«

»Ja, mal sehen.«

Ich steige in meinen Audi und lehne die Krücken an den Beifahrersitz. Auf der Fahrt nach Hause brodelt die aufgebrochene Erinnerung noch immer in mir. Beim Abbiegen streife ich fast einen Radfahrer.

Was ist aus meinem Traum geworden?, frage ich mich, während ich später unter der Dusche stehe. Ich schließe die Augen und hebe das Gesicht. Das Wasser läuft mir über Wangen und Schultern, rinnt mir über Brüste, Bauch und Beine hinab. *War es genau das, was ich vom Leben erwartete? Eine bedeutende Auslandskorrespondentin zu sein? In Amerika?* Ich schwanke und die Armatur streift kalt meinen Rücken.

Ich steige aus der Dusche und greife nach dem Handtuch. Seit einigen Tagen hat Mama ständig angerufen, dass ich sie mal besuchen soll, aber mir war nie danach. Schließlich fing sie an zu drängeln – in dieser penetranten Art, die mich früher so oft genervt hat. »Jetzt blüht der Flieder gerade so schön. Da kannst du dir was von abschneiden, das magst du doch so gern.« *Mag ich das?* Was für eine dumme Frage, natürlich mag ich das. Was ist los mit mir?

Ich ziehe zur Jeans meine schicke blaue Oxford-Bluse an, trage schnell blauen Lidschatten auf, und während ich mir die Wimpern tusche, wird mir bewusst, wie sehr mir daran liegt, vor meiner Mutter eine perfekte Erscheinung abzugeben. Was soll das? Es ist doch nicht der Chefredakteur, es ist nur meine Mutter. Andererseits – warum soll eine Mutter sich nicht an ihrer hübschen Tochter erfreuen dürfen? Ja, warum nicht? Ich schiebe die Kappe auf das Mascarabürstchen und werfe den Stift mit solcher Wucht in das Schminktäschchen, dass es vom Rand des Waschbeckens fällt und sich der Inhalt über den Boden verteilt. Ist doch alles Mist.

Ich knie unbeholfen auf den Fliesen, räume meine Schminksachen in das Täschchen zurück und überlege, ob ich Mama anrufen soll, dass ich gleich komme. Nein, nicht nötig. Ich besuche sie lieber unangekündigt. Als ich an der Küche vorbeigehe, steht Kim an der Spüle und schüttet gerade Trockenfutter in den Katzennapf. Schwendi streicht ihr um die Beine und miaut kläglich.

»Fährst du weg, Mama?«

»Ja, ich fahr kurz zu Oma. Ich muss mir da Flieder holen.«

Ich bin froh, dass sie nicht fragt, ob sie mitkommen darf. Ich gehe so forsch zum Wagen, dass meine Krücken kaum den Plattenweg berühren.

2 Zwanzig Minuten später fahre ich die schmale Steinstraße entlang, biege in die Auffahrt meines Elternhauses ein und halte. Die Garage ist offen, Mamas Mercedes steht darin. Ich nehme meine Krücken vom Beifahrersitz, lege sie mir auf die Knie und kurbele das Fenster hinunter. Fliederduft dringt zu mir, wahr-

scheinlich von dem blauen Flieder hinter der Garage, und für einen Moment werde ich ganz ruhig.

Ich wende den Blick über die Schulter zu den Rosen vorn am Jägerzaun und lasse ihn über den akkurat gemähten Rasen schweifen. Jasmin blüht neben der Treppe, die im Schatten des Hauses liegt. Offenbar hat meine Mutter endlich mal die Fugen ausbessern lassen.

Ein Bild von Frank flackert in mir auf, wie er heulend auf der Treppe sitzt. Nach dem Herzinfarkt meines Vaters. Der für seinen Ehrgeiz bezahlen musste. *Woher kommt nur all dieser Müll in meinen Erinnerungen?*

Und dann denke ich an Rainer.

Ich schließe die Hand fest um den Griff der Krücke. Das fehlt gerade noch. Warum muss ich jetzt auch noch an diesen Idioten denken? Ich starre auf die Treppe. Weil auch ich dort auf den Stufen gesessen habe – damals mit fünfzehn, in einem der hoffnungslosesten Augenblicke meiner Jugend.

Rainer war der Traum jedes Mädchens: sportlich, mit süßen Grübchen und halblangen blonden Haaren. Der erste Junge, mit dem ich richtig lange zusammen war. Zweieinhalb, fast drei Jahre älter als ich, hatte er schon ein eigenes Zimmer in einer WG. Ich war hingerissen von seinem Aussehen und seinem erwachsenen Auftreten – eigentlich gab es nichts, was ich nicht an ihm liebte. Zu allem hatte Rainer einen scharfen, ironischen Spruch auf den vollen Lippen. Die meisten seiner Mitmenschen waren Idioten; mir dagegen sagte er andauernd, wie toll ich sei. Und sämtliche Mädchen der Schule waren hinter ihm her.

Monatelang machte ich kaum noch Hausaufgaben.

Dass ich in der Schule total absackte, war mir egal, und auch die darauf folgenden Streitereien mit meiner Mutter. Und als es dann nach einem Jahr zwischen uns beiden plötzlich immer schlechter lief und er unberechenbar launisch wurde, suchte ich tatsächlich die Schuld bei mir.

Gernot, einer seiner WG-Mitbewohner, feierte am letzten Wochenende im Mai seinen zwanzigsten Geburtstag. Damit Rainer auf der Party vor seinen Freunden mit mir angeben konnte, hatte ich am Tag zuvor mein letztes Geld für eine neue Jeans zusammengekratzt, ich hatte sogar Oliver angebettelt, mir zehn Mark aus seiner Batman-Sparbüchse zu leihen.

Mit dieser eben gekauften Jeans, einer echten Levi's, die ganz eng in der Taille saß, klingelte ich an der Tür von

Rainers WG. Er öffnete, und ich stellte mich vor ihm auf die Fußmatte und drehte mich strahlend im Kreis.

»Na?«

Rainer lehnte an der offenen Wohnungstür und hatte die kräftigen Unterarme verschränkt. »Ich weiß nicht.« Er wiegte den Kopf. »Die steht dir irgendwie nicht so. Darin hast du einen ganz schön dicken Hintern.«

Ich hörte auf mich zu drehen. »Willst du mich nicht erst mal reinlassen?«, fragte ich und versuchte, nicht nervig zu klingen.

Er pustete sich lässig eine Strähne aus der Stirn. »Hör mal, ich …«

»Rainer, du Schnarchlappen, lässt du wieder die Tür offen stehen?«, rief Gernot von drinnen.

Rainer zog die Tür zu, packte meine Hand und führte mich die Treppe runter.

»Lass uns mal ein Stück gehen.«

»Wieso, was ist denn?«

Vor dem Haus spielten Kinder, überholten uns mit ihren Fahrrädern und klingelten laut. Rainer und ich gingen die Straße entlang, seine Finger fühlten sich hart an, und er sagte eindringlich, dass es schon seit Wochen zwischen uns nicht mehr so gut liefe, das müsse ich doch wohl auch gemerkt haben. Mir wurde kalt und kälter. Ich breitete hilflos die Hände aus und fand keine Worte, und Rainer verdrehte die Augen und sah mit einem Mal noch erwachsener aus.

»Tu mir einen Gefallen und mach jetzt bloß kein Theater.«

Dann ließ er mich einfach stehen. Ich lief in entgegengesetzter Richtung durch die Straßen, und alle Häuser um mich herum schienen seltsam unscharf zu werden. Mir war, als würde ich schlafwandeln. Was hatte ich denn falsch gemacht? Von einer Telefonzelle aus versuchte ich zwei Freundinnen anzurufen, aber keine war zu Hause. Ich wählte sogar die Nummer einer Klassenkameradin, mit der ich mich nicht so gut verstand.

Irgendwann stand ich hier am Jägerzaun vor unserem Haus. Oliver war beim Fußball und meine Mutter nach der Arbeit beim Aerobic. Frank war sechs Monate zuvor zum Studieren nach Berlin gezogen. Ich ging den Plattenweg auf die Treppe zu. Jetzt konnte ich auf keinen Fall allein im Haus sein. Ich setzte mich auf die Stufen und schlang die Arme um die Beine.

»Warum mache ich denn immer alles falsch?« Ich

schlug mit dem Kopf auf die Knie, bis es wehtat. »Warum? Warum? Ich muss es doch irgendwie schaffen, etwas Richtiges zu tun.«

Hinter mir wartete das leere Haus. Ein Pärchen ging Händchen haltend die Straße entlang. Die junge Frau sah zu mir herüber, und für einen Augenblick hatte ich den Eindruck, sie wollte fragen, was mit mir los sei. Eine Katze stromerte über die Straße. Mein Gesicht wurde heiß. Nicht einmal Tränen wollten mir kommen.

Wie gern hätte ich eine Freundin gehabt. Nicht nur ein Mädchen zum Rumquatschen, sondern eine richtige, gute Freundin, der ich alles anvertrauen könnte. Ich blickte auf ein vereinzeltes dürres Unkraut, das sich zwischen den Platten des Aufgangs emporkämpfte, und legte das Kinn auf die Knie. Oder wenigstens eine Mutter, mit der ich über meine Trauer reden könnte. Eine Mutter, die über meine Freunde nicht urteilte wie eine – Buchhalterin.

Aber eines ist klar, dachte ich und schlug mit der flachen Hand gegen die blöde neue Levi's. *Ich werde mir nie wieder etwas von einem Jungen sagen lassen. Nie, nie mehr!*

Motorengeräusch erklang und ich hob den Kopf. Aus den Augenwinkeln sah ich, wie Mamas Mercedes in die Auffahrt bog. Ich stand auf, um ins Haus zu gehen, setzte mich aber wieder. Sollte meine Mutter mich ruhig hier als Häufchen Elend sitzen sehen. Ihre Absätze klapperten auf dem Gehweg und ihre langen Halsketten baumelten. Sie hielt die Tasche mit dem Sportzeug hoch.

»Aerobic ist ausgefallen.« Mama setzte sich neben

mich auf die Stufen und legte in einer überraschenden Geste einen Arm um meine Schultern. »Ist das nicht ein traumhaftes Wetter?«

Ich brach in Schluchzen aus.

»He!« Ihr Griff lockerte sich. »Was ist denn, Schatz?«

Das Weinen schüttelte mich so sehr, ich konnte kaum verständlich sprechen. »Rainer …«

»Oh! Ist es jetzt … passiert?«

Ich hob die verweinten Augen zu ihr. »Du hast es dir gedacht?«

Mama strich mir die Haare aus dem Gesicht und fuhr mit den Fingern über meine tränenfeuchte Wange. »Mütter sind weniger blind, als du meinst.«

Ich drückte mich in ihre Umarmung, wie ich es seit Jahren nicht gemacht hatte. Ihr Kleid verströmte den vertrauten Geruch ihres Weichspülers. *Sag jetzt nicht: Ich habs dir ja gleich gesagt,* dachte ich.

»Wie lange wart ihr denn zusammen?«, fragte sie.

»Über ein Jahr.«

»Männer, die so toll aussehen, taugen nichts. Das hört sich vielleicht nach Muttergerede an, aber es ist so.«

Sie reichte mir ein Papiertaschentuch und ich wischte mir die Tränen ab. »Aber Papa sah doch auch gut aus.«

»Oh ja, dein Vater sah gut aus. Aber er war kein Schönling.«

»Und Frank auch.«

»Frank. Ja, mein Frank. Der ist jetzt in Berlin. – Du kümmerst dich erst mal wieder um die Schule, Cedia. Und dann sehen wir weiter. Du wirst schon einen anderen finden. Ein tolles Mädchen wie du.«

»Bin ich das?«

»Na, hör mal. Meine Tochter, hübsch, begabt, gut in der Schule. Um dich werden sich die Jungs reißen.« Sie fasste mein Kinn und hob sanft meinen Kopf an. »Du wirst mal was Besonderes.«

»Ja, Mama.«

»So ist es gut, Cedia. Du bringst jetzt deine Schminke wieder in Ordnung und dann gehen wir zusammen Eis essen.«

Ich erhob mich. Zusammen Eis essen. Das hatten wir seit Jahren nicht gemacht. Ich fühlte mich schon viel leichter.

»Weißt du«, sagte Mama, als wir zu dem Eisladen am anderen Ende des Forstwegs schlenderten, »bevor ich deinen Vater kennenlernte, war ich auch oft unglücklich. Manchmal fühlte ich mich damals sehr, sehr allein.«

Und dann erzählte sie, wie sie Papa kennengelernt hatte. In einem Bettenladen. Ausgerechnet. Ich musste grinsen.

4 Aus den Augenwinkeln nehme ich eine Bewegung wahr. Meine Mutter ist aus dem Haus gekommen und steht oben auf der Treppe. Sie winkt und kommt dann runter auf den Wagen zu. Ich öffne die Tür.

»Hab ich deinen Wagen doch richtig gehört. Das muss mindestens zehn Minuten her sein, dass du gekommen bist. Warum sitzt du denn hier?«

»Ich sinniere nur vor mich hin.«

»Du bist mir vielleicht eine.« Sie lächelt und legt eine Hand auf den Türrahmen. »Gehen wir auf die Terrasse? Da ist es nicht zu heiß.«

»Ja, gut.«

Ich folge meiner Mutter ins Haus, gehe ins Wohnzimmer und lasse meine Tasche auf einen Sessel fallen.

»Ich komm gleich, Schatz«, ruft sie aus der Küche. »Kann ich dir was zu trinken anbieten?«

»Nur ein Wasser.«

Ich trete an die Tür zur Terrasse, blicke hinaus auf den Flieder hinter der Garage und spiele gedankenverloren mit dem großen, runden Anhänger an meinem Hals. Rainer, dieses phantastisch aussehende Arschloch. Er war nicht mal gut im Bett. Oh, als ich mit ihm zusammen war, dachte ich natürlich, dass er gut sei, da fand ich ihn fabelhaft. Der Typ nach ihm – Eule – war zwar haltlos und ein Trinker, aber trotzdem in allem so viel besser. Liebevoll – immer bestrebt, es mir beim Sex gut zu machen. Aber Eule habe ich leiden lassen. Wenige Wochen nachdem meine Mutter damals mit mir Eis essen gegangen war, zogen meine schulischen Leistungen wieder an. Ich wurde nicht nur so gut wie früher, sondern sogar deutlich besser. Herausragend.

Alles hat zwei Seiten, denke ich mit einem Anflug von Sarkasmus und presse die Lippen aufeinander.

Meine Mutter kommt mit einem Tablett, und als ich vor ihr auf die Terrasse hinaustrete, rieche ich, dass sie Parfum trägt – das hat sie seit Jahren nicht getan. Ich setze mich auf einen der alten Gartenstühle. Sie stellt zwei Gläser und eine Flasche Mineralwasser auf den Tisch. Eine Gartenschere liegt schon bereit.

Meine Mutter deutet auf das Wasser. »Wenn du möchtest, kann ich auch welches ohne Kohlensäure holen.«

»Danke, das geht schon.«

Sie beugt sich vor und streicht mir eine Strähne aus der Stirn. »Gut siehst du aus.«

Ich lache ironisch. »Ja, ganz super, wie Lara Croft.«

»Wie wer?«

»Egal. Kennst du nicht.« Ich lehne mich zurück.

»Wie war deine Krankengymnastik? Machst du Fortschritte?«

»Ach ja, geht so.«

»Und deine Arbeit?«

Ich blicke über den Garten. Rhododendron blüht. Unter einem Rhododendron hinten bei dem Walnussbaum hatte oft die rote Katze gelegen. Ich seufze.

Meine Mutter streckt eine Hand aus und tätschelt mir den Unterarm. »Das wird schon. Sommerfeld hat doch gesagt, wenn in Amerika was frei wird, wird er an dich denken.«

»Sommerkorn.«

»Was?«

»Mein Chef heißt ›Sommerkorn‹.«

Sie nickt. »Du kannst es ja doch noch irgendwie schaffen, deinen Traum zu erfüllen – nach New York zu gehen. Wie du es immer so gerne wolltest.«

»Das war nicht mein Traum«, sage ich scharf.

»Ja? – Na, dann eben woanders in Amerika.«

»Das war nicht mein Traum. Ich wollte es nicht, *du* wolltest es.«

Meine Mutter zieht ihre Hand weg. Ich schiebe eines der Gläser mit lautem Scharren über die Tischplatte, öffne die Flasche und verschütte beim Eingießen einen großen Spritzer. Ich wische die Lache mit der Handfläche vom Tisch.

»Ich hole einen Lappen«, sagt meine Mutter.

»Nein. Das kann ich alleine.« Gegen meinen Willen werde ich laut. »Ich weiß selbst, wo die sind. Ich hab hier auch mal gewohnt.«

»Was habe ich denn auf einmal getan?«

»Was hast du vielleicht *nicht* getan?«

»Wie bitte?« Sie sieht mich mit großen Augen an.

»Vielleicht wollte ich gar nicht nach Amerika. Vielleicht wollte ich gar nicht erfolgreich sein. Vielleicht wollte ich nur dir gefallen – dass du mich mal in den Arm nimmst. Immer hieß es: erst mal die Schule, erst mal das Studium. Du wirst mal was Besonderes.«

»Das hab ich doch nur gut gemeint.«

»Vielleicht wollte ich nur wie Frank sein, der Kriegsdienstverweigerer mit seinem Charme und seinem Erfolg …«

»Was hat denn dein Bruder damit zu tun?«

»Du hast Frank immer vorgezogen.«

»Das stimmt doch gar nicht.«

»Klar stimmt das. Immer nur Frank hier und Frank da. Der war doch der kleine König bei uns.«

»Dann denkst du vielleicht auch mal daran, dass Frank erst vierzehn oder fünfzehn war, als Papa starb. Da musste er auf einmal der Mann im Haus sein. Für mich war das auch nicht leicht, plötzlich allein mit drei Kindern.«

»Ja, ja«

»Das kannst du dir ruhig anhören. Mit meinem Anteil an der Firma saß ich von einem Tag auf den anderen in der Finanzabteilung und musste mehr oder weniger Papas Aufgaben übernehmen.«

Meine Mutter wendet sich ab, sie sieht ganz klein aus und schaut in den Garten. »Dann frag mal Oliver.« Sie schnauft. »Der behauptet, ich hätte *dich* immer vorgezogen. Die kleine *Prinzessin* …«

Ihre Worte fühlen sich an wie ein Schlag.

»So ein Schwachsinn.«

»Aber euch kann man wohl gar nichts recht machen.« Meine Mutter richtet sich hoch auf und sieht mir gerade ins Gesicht.

»Von mir aus hättest du nicht nach Amerika gemusst. Von mir aus nicht. Als wir uns damals, vor anderthalb Jahren, in der Stadt getroffen haben, hab ich darauf bestanden, dass du dich vernünftig beim Arzt untersuchen lassen sollst. Das weiß ich noch genau.«

Doch ich spüre ganz klar, dass ich recht habe. Ich trete reflexartig gegen den Tisch und Mamas Glas schwappt über, und sie sieht so erschrocken und verwirrt aus, dass mich Schuldgefühle packen. Aber auch das fühlt sich nicht richtig an.

»Am besten hole ich mir jetzt den Flieder und …«

Ich greife nach meinen Krücken, doch meine Mutter ist schon aufgestanden. Sie nimmt die Gartenschere und murmelt: »Frank, Frank … als hätte ich meine Kinder nicht alle gleich lieb gehabt …«

Sie geht über den Rasen und beginnt mit eckigen Bewegungen Flieder abzuknipsen. Im Gegensatz zum Vorgarten gibt es hier hinten Stellen, die nicht so akkurat gepflegt sind. Ich sehe auf Mamas Rücken; sie ist jetzt sechsundsechzig. Ohne dass ab und zu ein Gärtner kommt, würde sie wahrscheinlich gar nicht mehr alles schaffen.

Ich erhebe mich und folge ihr langsam. Erst als ich hinter ihr stehe, nehme ich ihren neuen Duft bewusst wahr. Rosen und Jasmin. Ein leichtes Parfum, das ihre Erscheinung irgendwie vollständig macht und sie, obwohl sie schon wieder hoch aufgerichtet dasteht, viel weicher wirken lässt.

Ich lege von hinten die Arme um meine Mutter. Ihre Muskeln verhärten sich bei meiner Umarmung nur kurz, dann fühlt sich auch ihr Körper ganz weich an.

»Mama.«

Sie dreht sich um, hält mit einer Hand den Flieder und mit der anderen die Gartenschere und erwidert meine Umarmung.

»Wie kannst du nur so etwas sagen, Kind.«

Ich halte sie. Rücke dann von ihr ab und lege meine Finger an ihre Wange, sehe über ihre Schulter zu dem Rhododendron und wieder zu ihr. Ich fächele mir mit der Hand ein wenig von Mamas Duft zu.

»Du riechst gut. Du solltest öfter Parfum tragen.«

»Das ist nur der Flieder.« Sie zwinkert mir zu und hat plötzlich ein Gesicht wie ein junges Mädchen.

»Flieder, der nach Rosen riecht?« Ich lache. »Nein, wirklich – das steht dir.«

»Danke schön. Das geht erst seit ein paar Wochen wieder, dass ich *Pafföng* benutzen kann.« Ihre Lippen kräuseln sich und in dieser Sekunde ist ihr Gesicht ganz hart. »Als ihr Kinder klein wart und euer Vater noch lebte, habe ich immer *Parfum* getragen.« Jetzt spricht sie es wieder französisch aus. »Aber irgendwann bekam ich Kopfschmerzen davon, erst nur manchmal, dann ständig. Schließlich bekam ich von Parfum sogar Schmerzen in Armen und Rücken. Schade. Es muss wohl eine Art *Parfumallergie* gewesen sein. Dabei kannte man in meiner Familie so etwas gar nicht, Allergien.« Den Flieder in der Hand, führt sie mich zur Terrasse zurück. »Und letztes Weihnachten schickte Tante Gertrud mir dann ein Päckchen mit einem Parfum. Genau das gleiche hatte sie mir in meiner Jugend bei meinem ersten Hamburgbesuch geschenkt. Jetzt hatte sie es im Internet wiederentdeckt. Das war vielleicht eine Überraschung. Ich roch daran und all die kleinen Erinnerungen kehrten zurück, an die Theater und Restaurants und das Füttern der Schwäne an der Alster.« Mama lächelt. »Und siehe da: Ich bekam keine Schmerzen mehr davon.«

Sie legt den Flieder auf den Tisch und baut sich mir gegenüber auf. Die schon faltigen Finger nesteln an ihren Halsketten.

»War ich denn wirklich *so* schlimm?«

5 Als ich zu Hause die Wohnung betrete, halte ich in der einen Hand den Flieder, in der anderen die Krücken. Ich rufe Tante Gertrud an und frage sie nach Mamas Jugend. Sie erinnert sich noch gut, wie sie meine Mutter damals vom Bahnhof abholte, und erzählt mit einem Lächeln in der Stimme von dem schüchternen sechzehnjährigen Mädchen, das zum ersten Mal eine Großstadt sah.

Ich habe nicht so früh wie Mama meinen Mann verloren, denke ich nach dem Gespräch. Ich hatte nicht so harte Eltern, die meine Träume zerstörten, sondern eine Mutter, die sich um mich kümmerte. Ich bin völlig verwirrt. Weiß nicht einmal, ob mein verdammter Ehrgeiz nur von ihr herrührt oder von irgendetwas anderem. Aber trotz allem – ich habe das Recht, auf sie sauer zu sein. Ich darf auch mal ungerecht sein. *Ich bin ich.*

Als ich im Flur am Spiegel vorbeigehe, bleibe ich abrupt stehen. Wie ist es überhaupt bei *mir* mit meinem Parfum? Mag ich, was ich mag? Oder sind *meine* Vorlieben so wie bei meiner Mutter auch nur Folge eines Traumas? Wie ist es mit meiner Kleidung, meinem Schmuck? Wie mit Essen, Musik, Möbeln, Urlaub und der Tatsache, dass ich lieber in einer Wohnung leben möchte als in einem Haus? Mag ich Espresso wirklich oder trinke ich ihn nur, um vor mir selbst das Klischee der arbeitswütigen, immer leicht überforderten Karrierefrau zu erfüllen? Während meine Mutter sich mit Schmuck behängt, trage ich nur wenige schlichte Stücke. Versuche ich bewusst, ihr Gegenteil zu sein? Wer bin ich überhaupt?

Ich betrachte meine blaue Oxfordbluse, die lässig über der Jeans hängt und mit der ich auch in der Freizeit immer mein Business mit mir herumschleppe. Der Pferdeschwanz, der Lidschatten. Um den Hals an einem Lederband ein großer runder Ethnoanhänger, der mir etwas Verspieltes verleihen soll.

»Egal, was ich anziehe, wie ich mich tätowiere oder schminke – ich bin und bleibe immer nur ich«, hat Petra auf ihrer Hochzeit gesagt. Genau so ist es.

»Ich bin Acedia«, sage ich.

Alles gehört an seinen Platz

Der sturzbachartige Regen des frühen Nachmittags hatte nachgelassen und die Gäste kehrten in die Straßencafés in der Schanze zurück. Die Sonne war durch die Wolken gebrochen und spiegelte sich in den Pfützen. Acedia reckte sich zu ihrem einen halben Kopf größeren Bruder hinauf und umarmte ihn.

»Oliver – geht's gut?«

Er setzte sein distanziert ironisches Grinsen auf und nickte. »Und selbst?«

»Ich bin hier mit Petra verabredet, und später kommt auch noch Alex dazu.«

»Petra ist in Hamburg? Nicht mehr in Spanien?«

»Nur für vier Tage. Setz dich doch.«

Oliver hakte die Daumen in den Gürtel und trommelte mit den Fingern auf dem Bund seiner Jeans.

Acedia fasste ihn am Ärmel seiner Lederjacke und zog ihn zum Tisch. »Los, kleiner Bruder, ich bin 'ne Viertelstunde zu früh, setz dich schon, wenn du Zeit hast. Dann können wir ein bisschen quatschen.«

Während er sich bei der vorbeieilenden Kellnerin ein Bier bestellte, betrachtete sie ihn lächelnd: immer noch die gleiche unordentliche Matte, immer noch der gleiche Dreitagebart. Oliver schnappte sich einen Stuhl und ließ sich breitbeinig darauf nieder.

»Seit wann bist du aus Berlin zurück?«, fragte Acedia.

»Vorgestern. Ich hab mir da 'ne Gitarre gekauft.«

»Und Frank?«

»Von dem hab ich mich natürlich wieder breitschlagen lassen und ihm fast die ganze neue Wohnung renoviert. Wenigstens hat er jeden Abend einen von seinen teuren biodynamischen Weinen rausgerückt.«

»Du und Wein?«

Oliver lachte laut und tief. Er streckte die Beine von sich und lehnte sich zurück. »Ich bin in euren Augen ein Barbar, was, Schwesterherz? Seine Weine schmecken nicht schlecht, das muss man ihm lassen.«

Die Kellnerin näherte sich. Oliver griff nach dem Stapel Bierdeckel, der vor Acedia lag, so dass sie Acedias Tee dort abstellen konnte.

»Wenn wir dann langsam breit wurden«, sagte er, »fing Frank von seiner Scheidung an. Jeden Abend. Du glaubst nicht, wie melancholisch unser großer Bruder werden kann.«

»Oh, doch. Er hat mich mal angerufen.«

»Und?«

Acedia hob das Tee-Ei aus ihrem Glas. »Ich war, gelinde gesagt, reichlich geschockt.« Sie erinnerte sich an seine brüchige Stimme und sein mehrfach wiederholtes: *So ist das dann wohl.* – »Er wirkte so ungewohnt … hilflos«, fuhr sie fort. »Dabei war Frank für mich immer der Superheld.«

»Er war für dich ein Superheld? Echt?«

»Für dich nicht?« Es hatte doch Zeiten gegeben, in denen Oliver Frank anzuhimmeln schien.

»Superfrank! Rette uns!« Oliver lachte. »Nee. Definitiv nicht.« Sein Bier wurde gebracht. Er trank und wischte sich Schaum vom Mund.

»Ein großer Bruder sollte eigentlich für einen da sein, oder? Du weißt doch noch die Sache mit meinem tollen Drachen, den ich zum zehnten Geburtstag bekommen habe.«

Acedia hob die Schultern und sah ihn erwartungsvoll an.

»Weißt du nicht? Echt? Der Drachen ist mir auf dem Spielplatz in 'nen Baum geflogen und ich hab gebettelt und gebettelt, aber mein großer, toller Bruder hatte nicht den Mumm da raufzuklettern und ihn mir wiederzuholen.«

»Auf Bäume klettern ist nun mal so 'ne Sache.«

»Ach was! Das war ein ganz normaler Baum. Nicht so ein brüchiges Ding wie der Birnbaum bei dir. Und solche Sachen sind dauernd passiert.« Er zupfte an den Fäden seiner über den Knien zerrissenen Jeans herum.

»Frank ist übrigens der Meinung«, wechselte er das Thema, »dass du in letzter Zeit zu viel auf Mama rumhackst. Du sollst nicht so streng mit unserer Mutter sein. Sie hätte uns immerhin sehr gefördert. Wir würden ihr viel verdanken.«

»Ja, Frank hat sie wohl gefördert.«

»Dich doch auch.«

»Nicht so, wie ich es brauchte.« Acedia pustete über ihren Tee und lehnte sich zurück.

»Jetzt red mal keinen Quatsch, Cedi. Du warst doch immer Mamas Prinzessin. Cedi hier und Cedi da. Oh Mannomann, das ist mir manchmal ganz schön auf den Sender gegangen.«

Acedia nahm den Keks von ihrer Untertasse und knusperte schweigend darauf herum. Auf so etwas hatte sie jetzt wirklich keine Lust. Sie freute sich auf einen Nachmittag mit Petra. Während Oliver die Beine übereinanderschlug, blickte sie zur Seite. Drei junge Mädchen, vollbeladen mit Einkaufstüten, näherten sich. Dahinter ging, hoch aufgerichtet, eine rothaarige Frau in Jeans und T-Shirt und mit riesiger Sonnenbrille. Erst als sie an den Tisch trat und grüßte, erkannte sie Petra.

Bis auf seine langen Haare, fand Petra, sah Oliver immer noch aus wie eine jüngere Ausgabe von Frank. Aber obwohl sie definitiv wusste, dass er drei, vier Zentimeter größer war als sein Bruder, wirkte Oliver irgendwie kleiner.

Er trank sein Bier in einem Zug aus und ließ einen Fünf-Euro-Schein auf den Tisch fallen.

»Ich löhn für dich mit, Cedi. Ich verschwinde dann mal.«

Als er davonging, trat Petra auf Acedia zu und schob ihre Sonnenbrille hoch.

»Lass dich noch mal richtig umarmen.«

Sie drückten einander. Petra küsste ihre Freundin auf die Wange und schob sie dann auf Armlänge von sich. Acedia trug eine Jeansmütze und eine leichte Strickjacke über einem dunkelblauen Top.

Petra lächelte. »Du siehst toll aus.«

Acedias Blick wanderte über Petras Gesicht, verweilte kurz bei ihrem Nasenring. »Du auch. Ich freu mich so.«

Sie nahmen einander an den Händen wie früher und schlenderten die Straße entlang. Acedias Finger fühlten sich weich und entspannt an.

»Du bist ja schon richtig braun«, sagte Acedia. »In Spanien scheint die Sonne wohl öfter als in Hamburg.«

Petra lachte. »Wann kommt Alex?«

»Etwa in zwei Stunden.«

»Dann haben wir ja nicht besonders viel Zeit.«

»Ich bin total gespannt auf seine Reaktion, ich bin selbst schon völlig aufgeregt.«

»Eins nach dem anderen. Jetzt kaufen wir erst mal ein paar Geschäfte leer.«

Sie betraten einen Laden für Lederwaren und Taschen.

»Den mag ich ganz besonders«, sagte Acedia. »Hier findest du Sachen, die es nirgendwo anders gibt.«

Petra nahm einen breiten Gürtel in die Hand. »Lange her, dass wir zusammen shoppen waren.«

»Einmal haben wir uns verabredet.«

»Stimmt, vor zwei Jahren.«

»Als ich gerade wieder einigermaßen ohne Krücken gehen konnte.«

Acedia wanderte zu den Taschen hinüber und Petra sah ihr nach. Damals hatte Acedias Unfall bereits anderthalb Jahre zurückgelegen, dennoch hatten sie mehrere Pausen einlegen müssen, so sehr strengte das Gehen sie an.

Acedia drehte sich um und hielt eine Tasche mit langen roten, grünen und gelben Fransen hoch. »Ist die nicht irre?« Sie lachte. »Obwohl – kaufen würde ich so was nicht.« Acedia schlug mit der flachen Hand auf ihre blaue Umhängetasche. »Aber dagegen kommt sowieso nichts an. Die behalte ich, bis sie aus allen Nähten fällt.«

»Die hab ich dir mal zum Geburtstag geschenkt.«

Sie stöberten ein Weilchen und gingen dann wieder auf die Straße. Acedia kniff die Augen gegen die Sonne zusammen und zog ihre Jeansmütze in die Stirn. Sie schlenderten weiter, schauten in verschiedene Geschäfte hinein und betraten einen Klamottenladen.

»Wie gehts Thanita?«, fragte Acedia.

»Die ist in 'nen Fußballverein eingetreten. Wollte sie unbedingt.«

»Robust wie ihre Mama.«

»Sie hat sich natürlich gleich im ersten Spiel 'ne Zerrung zugezogen. Und deine beiden Süßen?«

»Alles bestens. Kim ist echt gut in der Schule. Hätte ich nicht gedacht. Ich werd Felix auch zur Gesamtschule geben. Da sind Alex und ich sehr zufrieden.«

Petra strich mit der Hand über einen roten Pullover. Er fühlte sich gut an, labberte aber zu sehr. Sie befühlte zwei, drei weitere. Als sie aufsah, stand Acedia zehn Schritte entfernt bei der Nachtwäsche und hielt ein Nachthemd mit dezenten Spitzen hoch.

»Wie findest du das hier?«

Petra schlenderte hinüber. »Das ist süß. So was Romantisches kenn ich ja gar nicht an dir. Du bist doch mehr der funktionale Typ.«

»Ach ... manchmal.« Acedia griff nach einem anderen, weniger tief ausgeschnittenen.

»Ich trag normalerweise im Bett ein T-Shirt. Nachthemden rutschen mir beim Schlafen dauernd hoch, und dann werden die Nieren kalt.«

»Ich hab damit keine Probleme. Und Alex findet solche Wäsche ziemlich sexy.« Acedia grinste. Sie griff nach dem tiefer ausgeschnittenen Nachthemd, trug es zur Kasse und stellte sich in der Schlange an.

Petra folgte ihr. »Und sonst so?«

»Alles super. Ich weiß gar nicht wieso, aber in den

letzten Monaten ...«, sie senkte die Stimme und ein Strahlen legte sich auf ihr Gesicht, »... sind Alex und ich wieder total verliebt. – Ich mein, so *richtig* wie früher, verstehst du?«

»Ihr vögelt wieder regelmäßig?«

Acedia knuffte sie gegen den Arm. »Petra.«

Eine Frau in der Schlange vor ihnen drehte sich halb nach hinten.

Petra setzte eine unschuldige Miene auf und sagte laut: »Ich wollte nur wissen, ob ihr wieder regelmäßig ...« Ihre letzten Worte gingen in einem Lachen unter und Acedia fiel prustend ein.

In der folgenden Stunde durchstreiften sie weitere Läden und schauten nach Jeans, nach Halstüchern, nach Parfums und Schmuck. Und immer wieder nach Schuhen. Petra erzählte, dass sie planten, Ende des Jahres wieder nach Deutschland zu ziehen, wahrscheinlich nach Hamburg.

»Oh«, sagte Acedia. »Das würde ich total toll finden.«

In einem der Läden probierten sie verschiedene Hüte auf: Exemplare mit riesigen Krempen, andere gehäkelt oder mit Schmetterlingen bedruckt. Mit einem braunen Topfhut aus Stroh wirkte Acedia wie ein Landei aus den dreißiger Jahren. Nur mit Mühe gelang es den Freundinnen, nicht ununterbrochen zu kichern, und für ein paar Minuten waren sie wieder fünfzehn Jahre jünger.

Petra setzte ihre Sonnenbrille auf, zog sich einen dunklen Herrenhut ins Gesicht und sagte mit tiefer Stimme: »Los, Alter, rück die Kohle raus!«

Zwei ältere Damen von der anderen Seite des Ladens blickten herüber.

Acedia atmete mehrmals tief ein, während ihr Lachen verebbte. »In den ersten beiden Semestern sind wir noch oft zusammen shoppen gewesen«, sagte sie, strich ihre Haare zurecht und setzte die Jeansmütze wieder auf.

Petra legte den Herrenhut zurück, und sie gingen in Richtung des Ausgangs. »Wir dachten, das würde ewig so weitergehen.«

»Aber ab Mitte des Studiums war Schluss damit. Und im Kino waren wir auch seit Jahren nicht mehr zusammen.«

»Zuletzt in Ödipussi.«

»Du spinnst.« Acedia blieb so abrupt vor der Tür stehen, dass eine nachfolgende Kundin beinahe gegen sie rempelte.

»Doch, glaube ich. Du hast damals gerade irgend 'ne Hausarbeit geschrieben. Kurz darauf wurde mein Jurastudium deutlich heftiger, und zwei Jahre später bin ich nach Berlin.«

»Mach mich nicht schwach.«

In einem Eckladen hundert Meter weiter probierte Petra schließlich zwei ärmellose Kleider an, ein grünes und ein dunkelblaues, das war etwas für den kommenden Sommer. Sie entschied sich für das grüne, es brachte ihre roten Haare gut zur Geltung. Außerdem war es von Benetton und fasste sich gut an. Acedia fand das auch.

Als sie wieder auf der Straße waren, drang aus der offenen Tür eines Ladens für Skaterklamotten eine verhunzte Hip-Hop-Version von *Those were the days.*

»Kannst du dich erinnern, wie ich das Lied früher immer gespielt habe?«, fragte Petra und blieb stehen. »Ich fühlte mich so weise. Ich habe echt geglaubt, die

Welt und alles zu verstehen. Heute bin ich froh, wenn ich überhaupt *irgendetwas* verstehe.«

Sie deutete auf die gegenüberliegende Straßenseite zu drei etwa zwanzigjährigen Frauen in Jeans und Sneakers, die in ein Schaufenster von H&M starrten und dabei laut gackerten.

»Guck dir mal die Tussis an. Wie würden die wohl reagieren, wenn wir ihnen sagen, dass sie noch von nichts Ahnung haben?«

Acedia grinste. »Die würden uns eine reinschieben.«

»Genau.«

In einem Eiscafé kauften sie sich jeweils zwei Kugeln Eis mit Sahne. Davor erstreckte sich ein großer, mit Kopfsteinpflaster belegter Platz. Sie gingen zu dem Brunnen in der Mitte und setzten sich auf den Rand.

Acedia schloss die Augen, hielt ihr Gesicht in die Sonne und summte: *Those were the days my friend …*

»Jetzt habe ich einen Ohrwurm.«

»Ich auch.«

Acedias Handy klingelte. Während sie telefonierte, leckte Petra ihr Eis und betrachtete das schöne Gesicht ihrer Freundin. Die gerade Nase und den breiten Mund, dazu den blauen Lidschatten. Braune Haare fielen unter der Mütze hervor und in leichten Wellen nach hinten.

Acedia beendete das Gespräch und warf ihr Handy in die Tasche zurück. »Alex ist in 'ner Viertelstunde hier.«

»Dann müssen wir morgen noch mal los. Ich brauch für den Sommer unbedingt Schuhe.« Petra sah zu Acedias blau lackierten Zehennägeln, die aus ihren Sandalen herausschauten. »Echt hübsch.«

Acedia folgte ihrem Blick. »Ist aber immer noch kein hundertprozentiges Gefühl in den Zehen und Waden. Und was in den ersten zwei Jahren nicht wiederkommt, heißt es, kommt gar nicht mehr.«

»Aber dein Gang ist inzwischen völlig normal. Und du hast endlich wieder deinen hübschen Arsch in der Hose.«

Acedia kniff die Augen zusammen, als würde sie einen fernen Punkt am Ende des Kopfsteinpflasters fixieren. »Ich hätte gedacht, dass man die Schmerzen und das monatelange Nicht-schlafen-Können irgendwann vergisst. Aber das ist nicht so … Durch den Unfall ist mein Leben letztlich viel besser geworden.« Sie wandte den Kopf und sah Petra direkt ins Gesicht. »Zu jemand anderem würde ich das nicht sagen, weil es irgendwie abgedroschen klingt: Aber ich weiß jetzt, was wirklich wichtig ist.«

Petra schwieg.

»Das heißt nicht, dass ich von morgens bis abends an die *wichtigen* Dinge denke.« Sie hob zwei Finger zu einem Anführungszeichen. »Ich bin nicht weise oder so, Foxi. Aber meine Sicht hat sich einfach verändert.«

Das schmelzende Eis rann über Acedias Handrücken. Eine Frau in ihrem Alter stolzierte vor ihnen vorbei, in Blazer und Bleistiftrock, mit hochgesteckten Haaren. Acedia schleckte das Eis von ihrer Hand.

»Ist es unemanzipiert, dass ich jetzt mehr Zeit für Alex und die Kinder aufbringe?«

»Meine Güte, Süße«, platzte es aus Petra hinaus. »Es ist *dein* Leben. Du musst dich vor niemandem rechtfertigen. Weißt du noch, als ich meine Therapie machte?

Damals hatte ich das Gefühl, mein Kopf sei ein riesiges Wohnhaus. Darin wohnten meine Eltern, der liebe Gott, die Punks, Alice Schwarzer und Hermann Hesse und so weiter, und alle wollten mir sagen, was ich zu tun habe. Und eines Abends habe ich gesagt: Ihr müsst jetzt alle ausziehen. Selbst du, Süße.«

Acedia nickte. Sie streckte einen Finger aus und Petra spürte, wie sie zärtlich mit der Spitze über den Nasenring strich. Dabei wirkte Acedia seltsam tief berührt.

»Du trägst ihn wieder.«

Petra lächelte. »Alles gehört an seinen Platz.«

3 Alexander konnte nichts sehen. Gleich nachdem er Acedia und Petra am Brunnen vor dem Eiscafé getroffen hatte und sie zu dritt in ihren Audi gestiegen waren, hatte Cedi ihm die Augen verbunden. Gleichmäßige Geschwindigkeit verriet ihm, dass sie auf der Autobahn fuhren. Das Radio brachte einen Bericht über die Amerikanerin Terri Schiavo, die nach fünfzehnjährigem Koma kürzlich gestorben war. Ihr Ehemann hatte per Gerichtsbeschluss die Einstellung ihrer Ernährung erreicht.

»Nach der Obduktion wurde festgestellt«, sagte Cedi, und Alexander vernahm den Ärger in ihrer Stimme, »dass ihr Gehirn nur noch halb so viel wog wie ein normales. Sie konnte auf keinen Fall irgendetwas von ihrer Umwelt wahrnehmen.«

»Ganz schön grausam«, sagte Petra von hinten. »Einen solchen Menschen jahrelang an Apparaten zu halten.«

»Vielleicht solltest du darüber einen Artikel schreiben«, sagte Alexander.

»Hab schon angefangen.«

»Gut.«

»Damals im Krankenhaus habe ich eine Frau gesprochen, deren Vater seit Monaten im Koma lag.« Sie schnaufte leise.

Der Wagen wurde langsamer und sie verließen die Autobahn. Alexander versuchte sich an Hand der Geräusche zu orientieren. Er kratzte sich an der Nase.

»He, nicht gucken!«

»Es hat da gejuckt.«

Alexander dachte daran, wie er Acedia jeden Tag im Krankenhaus besucht hatte. Danach hatte sie noch wochenlang zu Hause im Bett liegen müssen. Sie hatte nur selten über ihre Schmerzen gesprochen, aber ihr Gesicht war zu einer Maske erstarrt gewesen, und manchmal hatte sie in einer jähen Zuckung die Augen zusammengekniffen. Nicht nur für sie, auch für ihn selbst war das eine harte, sorgenbeladene Zeit gewesen; im Gegensatz zu ihr aber versuchte er sie zu verdrängen.

Er kurbelte das Seitenfenster hinunter und legte den Kopf zurück. Der Duft von blühendem Raps wehte herein. Was für eine Überraschung Acedia wohl für ihn hatte? Den Gerüchen und Geräuschen nach zu urteilen fuhren sie jetzt auf einer schmalen Landstraße.

Fünf, sechs Monate nach ihrem Unfall war die Starre mehr und mehr aus Acedias Gesicht gewichen und unter der Maske war endlich wieder seine Frau zum Vorschein gekommen. Seltsamerweise hatte sich durch ihre Krankheit sogar vieles zum Besseren verändert; Acedia war zu einem achtsamen Menschen geworden. Als sie im letzten Jahr wieder ein paar Wochen in Paris gewesen war, hatte sie jeden Abend angerufen, um den Kindern Gute Nacht zu sagen. An den Wochenenden ließ sie sich zu kleinen Ausflügen überreden, zum Nord-Ostsee-Kanal oder zum Lübecker Holstentor. Und seit ihr Gefühl in den Beinen und im Schoß zurückgekehrt war, liebten sie einander wieder wie früher – aber nicht nur so pflichtschuldigst wie vor ihrem Unfall, sondern leicht und sprühend wie in den ersten Jahren ihres Beisammenseins.

Er spürte, wie Cedi bremste und scharf nach links abbog. Die Reifen rumpelten über einen Schotterweg. Es ging bergab. Cedi hielt den Wagen an und sie und Petra stiegen aus.

»Noch nicht gucken.«

Sie öffnete die Beifahrertür und half ihm auszusteigen. Enten quakten. Wind strich ihm über die Wangen, die Sonne wärmte seine Unterarme.

»Vorsicht, Schatz.«

Cedi führte ihn über Holzbalken. Ihre Schritte klangen hohl.

»Jetzt.«

Sie nahm ihm die Augenbinde ab. Vor ihm stand ein altes Landhaus, das zum Garten hin eine Terrasse verdeckte; er drehte sich halb herum. Ein See glänzte vor ihm, umgeben von dichtem Uferschilf. Auf der abschüssigen Rasenfläche stand noch eine Pfütze vom Regenguss des Vormittags.

»Das kenn ich doch«, staunte er.

Er ging um das Haus herum. Acedia folgte ihm. Ein Teil der Überdachung der großen Terrasse war mit einem Balken abgestützt und mit einer Plane verhängt. Petra trat zu ihnen.

»Das Haus hab ich vor Jahren mit Felix entdeckt«, sagte er kopfschüttelnd zu ihr, »als wir auf dem Weg zu deiner Hochzeit oben am Gasthof kurz Halt gemacht haben.«

»Schau mal.« Cedi zog ein Papier aus einer Mappe und drückte es ihm in die Hand. Seine Augen wurden groß. Ein Vertrag? Alexander überflog ihn.

»Das ist ja unglaublich. Du hast für dieses Haus einen Kaufvertrag gemacht?«

»Wir müssen nur noch zum Notar.«

Aus dem Wald, der hinten an das riesige Grundstück grenzte, erklang das rhythmische, schnelle Zwitschern eines Vogels.

»Petra hat uns dabei ziemlich geholfen.«

Petra ging an den ungepflegten Beeten entlang. »Das gehört einer Erbengemeinschaft. Halb- und Stiefgeschwister – fünf Kinder, von denen zwei im Ausland leben.«

»Wenn Petra nicht angeboten hätte, auch deren Verträge untereinander zu regeln, wären die noch Jahre nicht zu Potte gekommen.«

»Aber«, sagte Alexander und starrte Petra an, »du lebst doch in Spanien.«

»Es gibt da so ein paar neue Erfindungen, die heißen E-Mail und Telefon.«

»Boah.«

Sie grinste. »Hab ich gern für euch gemacht.«

»Das ist ja unglaublich.«

4 Acedia wies auf die zugenagelten Fenster und die abgestützte Überdachung. »Da muss natürlich

noch einiges gemacht werden.«

Alex stand da in seinem Karohemd wie ein Junge und kratzte sich die blonden Haare, bis sie völlig verwuschelt in alle Richtungen abstanden. Er schüttelte wieder den Kopf, trat von einem Bein aufs andere und ein fast unsichtbares, nach innen gerichtetes Strahlen zog sich über sein Gesicht.

Das Leben ist schön, dachte Acedia.

»Und was ist das alles hier?« Er wies auf den Graben, der vor dem Haus begann und sich um einen Teil der Seite herumzog.

»Frag mich nicht. Die haben immer mal wieder angefangen zu renovieren. Hier wollten sie wohl eine Drainage bauen.«

Er sah hoch zu den Gauben und dem großen Balkon. »Das ist ja unglaublich. Können wir uns das denn leisten?«

Acedia trat neben ihn, und sein erhobener Blick schweifte zur Seite. In der Plane, die über der Terrasse hing, hatte sich eine schwere Wasserblase gebildet. Er fasste an den Balken und rüttelte vorsichtig daran. Die Plane raschelte. Der Balken neigte sich.

»Pass auf!«, rief Acedia.

Sie versuchte zur Seite zu springen, doch Alex blockierte ihren Weg. Die Plane löste sich mit einem Ratschen, kippte nach unten und ein Schwall Wasser ergoss sich über Acedia. Der Balken knallte gegen die Hauswand und rutschte klappernd auf die Platten. Nach dem ersten Schreckmoment blieb sie stehen, breitete sogar die Arme aus und ließ den Rest des Wassers auf sich herabpladdern.

Alex sah sie entsetzt an. »Das war aber nicht sehr stabil. Tut mir leid, Schatz.«

Sie brach in Gelächter aus, und er stimmte zaghaft in ihr Lachen ein. Sie wischte sich das Wasser aus den Haaren und schnipste es Alex spielerisch ins Gesicht. Er wich aus. Sie krümmte den Zeigefinger.

»Nicht abhauen. Komm her.«

»Aber du bist doch plitschnass.«

»Genau, mein Lieber. Komm her.« Sie lockte ihn wieder.

Petra schüttelte grinsend den Kopf und ging zum Schilfufer hinunter. »*Das war aber nicht sehr stabil!*«

Alex zögerte, kam dann aber auf Acedia zu. Sie stülpte ihm ihre tropfnasse Jeansmütze über die Haare und schlang die Arme um ihn, achtete darauf, dass er auch sonst richtig schön nass wurde, und sie küssten einander.

»Du bist unglaublich. Vielen Dank, Schatz.« Seine Lippen waren weich und zärtlich.

Über seine Schulter hinweg sah Acedia, wie Petra neben dem Steg stand und einen Stein übers Wasser springen ließ. Der Vogel zwitscherte wieder.

»Hör mal«, sagte Alex und hob den Kopf. »Ich glaube, das ist eine Lerche.«

Pyjamaparty

From: kim berdau <kimber@hansenet.de>
To: jenny alt <jenniferalt02@hansenet.de>
Subject: Re: Pyjamaparty
Date: April 27, 2007

liebe Jenny,

> Kimmiemaus, wie siehts aus? pennst du am
> wochenende bei uns im haus? :-))))))))

leider ist bei uns zu hause wieder mal total alarm. ich weiß nicht, ob ich am WE bei dir übernachten darf. Mann, meine mutter ist manchmal so was von scheiße!

ich bin diese woche dreimal im französischunterricht eingepennt. Eig. zweimal, gestern hatte ich nur vor mich hingeträumt und an Timmy gedacht. Aber Mayer-Vorbach, die idiotin, bestand darauf, es war dreimal und hat bei uns zu hause angerufen. nächstes mal kriege ich nen eintrag ins klassenbuch.

Und Mama fing an rumzumeckern, und wenn man noch so müde ist, da muss man sich auch mal zusammennehmen. ich soll früher ins bett gehen und so weiter. Blablabla, aber ich gehöre nun mal zu den menschen, die erst am abend richtig wach werden.

ich bin doch überall gut genug in der schule. keine 5,

nur zwei vieren und in sport und musik und reli ne 1. und in bio auch fast. das reicht doch. ich will ja nicht Gehirnchirurgin werden. aber Mama reicht das nicht, die will, dass ich überall noch viiiiel besser werden soll.

ich hatte ja letzte weihnachten mit meiner oma darüber gesprochen. (Regina-Oma, mit der wir in Ice Age waren). die hat dann mal mit mama darüber geredet, dass sie nicht zu ehrgeizig mit mir sein soll. in solchen sachen ist Oma echt cool. dann hat mama sich auch ne weile zurückgehalten. aber als ich im frühjahr in deutsch von 2 auf 3 gerutscht bin, ging das wieder los mit ihr.

wenn das so mit ihr ist, dann soll sie meinetwegen wieder nach Paris fliegen. und da kann sie bleiben.

Papa war zwar auch genervt, wegen der verwarnung, aber ich glaub, er hat nur so getan, damit Mama nicht merkt, dass er auf meiner seite ist. ganz so schlimm, hat er zu ihr gesagt, ist das ja auch nicht, und sie soll mal an die sachen denken, die sie so als mädchen gemacht hat.

er will wohl auch, dass ich hier auf dem dorf wenigstens irgendwas erleben kann. und wenn es nur eine pyjamaparty ist. immerhin wohnen wir ja hier, weil er das unbedingt wollte. du bist aufm dorf aufgewachsen, aber für mich ist das irgendwie nicht so toll hier auf dem land. jedenfalls kein vergleich mit Hamburg. auch wenn ich den see mag und den wald und so weiter.

aber so hab ich wenigstens dich kennengelernt. meine ABFFL :-))))))

Papa redet gerade unten in der küche auf Mama ein, dass ich doch noch bei dir übernachten darf. ich hoffe, dass ich sie so noch rumkriege. drück mir die daumen.

hdl
Kimmie

Gute Nacht

Das war ein perfekter Sonnabend gewesen. Acedia blickte zur Zimmerdecke und streckte die Arme über sich aus, bis sie das Kopfteil des Bettes berührten. Alex neben ihr schnarchte. Sie reckte die Arme und Beine noch weiter und atmete tief und langsam ein und aus. Wie sich wohl Menschen im Bett ausstreckten, die eins neunzig groß waren? *Hat auch Vorteile, wenn man nicht so groß ist.*

Am Nachmittag hatte sie sich zwei, drei Stunden Zeit für den Roman genommen, den sie vor einem Monat endlich begonnen hatte. Sie hatte erst die Figuren fertig und einen Teil des Plots, aber sie spürte mit absoluter Zuversicht, dass die Geschichte sie zu einem Ende tragen würde. Danach hatte sie sich zu Alex und Felix in den Garten gesetzt, die neben dem Pflaumenbaum Stiefmütterchen pflanzten. Am Abend hatten sie zu dritt den zweiten Teil von »Fluch der Karibik« angeschaut, während Kim zu irgendeiner Riesenfeier im Nachbardorf aufbrach. »Wenn es später wird als zwölf, halb eins, rufst du an«, hatte Acedia ihr nachgerufen, aber das hörte sie nicht mehr. Kim war zwar schon sechzehn, doch wenn sie auf einer Party war, brachte dies Acedia noch immer um den Schlaf.

Sie griff nach dem »Spiegel«, der auf der Bettdecke lag, und las mit müden Augen einen Artikel über den boomenden Markt für Lebensratgeber. Dann meldete sich ihre Blase.

Während sie pinkelte, hörte sie, wie unten die Haustür aufgeschlossen wurde. Kim kam von der Fete zurück. Acedia beeilte sich. Sie wollte ihre Tochter noch sehen, bevor die in ihrem Zimmer verschwand. Sie wusch sich die Hände, strich sich die verwühlten Haare zurecht und ging die Treppe hinunter. Kim lehnte rücklings an der Spüle und trank Orangensaft aus Acedias I-love-NY-Becher.

»Hübsche Kette«, sagte Acedia und deutete auf den Hals ihrer Tochter. »War's schön?«

Kim zuckte die Achseln. »Wie immer.«

»Du bist ganz schön früh.«

Kim hakte einen Daumen unter die silberne Halskette. »Die hab ich mal bei deinem Schmuck gefunden. Hat Oma dir geschenkt.«

»Hab ich das gesagt?«

»Ich hab dich gefragt. – Ja.«

»So schlicht? Ist eigentlich gar nicht Omas Stil.«

»Vielleicht hast du auch mal wieder nicht richtig zugehört.«

Ihre Tochter ging mit suchendem Blick an ihr vorbei.

»Im Wohnzimmer auf dem Tisch«, rief Acedia und folgte ihr durch den Flur.

Auf dem Glastisch stand der Behälter für Kims Kontaktlinsen. Kim setzte sich davor aufs Sofa, beugte sich über den Tisch und führte beide Zeigefinger zum Auge.

Acedia blieb mit verschränkten Armen im Türrahmen stehen und betrachtete die braunen, welligen Haare, die vor das Gesicht ihrer Tochter fielen. Die Stehlampe warf einen sanften Schimmer darauf.

»Bist du betrunken?«, fragte sie und bereute ihre Worte sofort.

»Zwei Bier, Mama.« Ihre Tochter hob das Gesicht und strich die Haare beiseite, sie trug nicht zu viel Make-up. Sie runzelte die Stirn und fügte hinzu: »Und Jenny hat überhaupt nichts getrunken, keinen einzigen Schluck. Die trinkt nie, wenn sie fährt.«

»Schon gut, ich vertrau dir.«

Kim legte ihre Kontaktlinse in den Behälter und machte sich an der zweiten zu schaffen.

»Jenny trinkt sowieso nie viel. Sie ist schon immer genervt, dass Ralph so oft betrunken ist.«

»Da hat deine Freundin ganz recht.« Acedia setzte sich ihr gegenüber auf einen Sessel. »Das ist einfach Mist, wenn die Jungs so viel saufen. Gerade hier auf dem Lande mit den ganzen Discounfällen. Halt dich von solchen Jungen fern.«

Ihre Tochter hatte auch die zweite Linse verstaut, sie sah suchend umher, und Acedia deutete auf das Beistelltischchen neben dem Fernseher. Kim griff nach ihrer Brille und setzte sie auf. Sie strich sich die Haare nach hinten, straffte den Rücken und sah ihre Mutter mit klarem Blick an.

Acedia beugte sich über den Tisch und berührte mit den Fingerspitzen die Silberkette.

»Jetzt fällt es mir wieder ein – es kann sein, dass ich die damals, als ich so alt war wie du, von meinem Freund bekommen habe.«

Kim hob fragend die Augenbrauen.

»Eule hieß der. Der war auch ständig besoffen.«

»Mochtest du ihn?«

»Interessante Frage …« Acedia legte die Hände aufeinander, ließ für Sekunden die Vergangenheit aufsteigen und nickte. »Ein paar Monate lang mochte ich ihn – ziemlich.«

»Und?«

»Es hat halt irgendwie nicht gepasst. Im Grunde genommen war er kein schlechter Kerl. Wie gesagt: ein bisschen haltlos. Bisschen sehr haltlos.«

Homer, ihr roter Kater, kam hereingetapst, rieb den Hals an der blauen Bauernwiege, in der jetzt Blumentöpfe standen, und sprang dann zu Kim aufs Sofa. Während ihre Tochter sie mit leicht desinteressiertem Blick ansah, fiel Acedia ein, dass sie letztes Jahr jemanden getroffen hatte, der noch in Kontakt mit ihrem damaligen Freund stand.

»Irgendwann hat Eule wohl eine Alkoholtherapie gemacht. Und noch mal die Kurve gekriegt. Jetzt ist er verheiratet, hat drei Kinder und lebt als Versicherungskaufmann in Lübeck.« So viele Jahre. Was wohl mal aus Kim werden würde?

Ihre Tochter kraulte Homer hinter den Ohren und deutete mit der freien Hand auf die Wiege. »Die möchte ich später mal mitnehmen, wenn ich eigene Kinder habe.«

»Wenn du einen Freund hast, der so viel trinkt und immer nur Party machen will, ist es gar nicht so einfach, dabei noch den Anschluss für … die anderen wichtigen Dinge zu behalten, Kim. Oder wenn du so total verknallt bist, dass …«

»Mama, ich bin nicht wie du.« Kim blickte streng, aber nicht unfreundlich durch ihre Brille.

Acedia duckte sich unmerklich. »Natürlich nicht«, sagte sie. »Du musst deinen eigenen Weg gehen.«

Kim lachte leise. »Ja, ja, das sagst du immer.«

»Wirklich? Tue ich das?«

»Ja, Mama, das tust du.«

Acedia sah schweigend auf Homer, der sich neben Kim zusammengerollt hatte, sich an sie drückte und schnurrte. Als sie Minuten später die Treppe hinaufgingen und sich dann vor ihren Türen Gute Nacht sagten, wiederholte ihre Tochter noch einmal: »Mama, ich bin nicht wie du.«

Acedia nickte verstehend. »Schlaf gut, Schatz.«

Als Acedia auf dem Weg zu ihrem Bett an der Balkontür vorbeiging, hing über dem Wald der volle Mond. *Ich würde so gern alles mit Kim richtig machen*, dachte sie und sah hinaus. *Und mit Felix auch.* Der See schimmerte matt. Aber das konnte sie nicht. Wie sehr sie sich auch anstrengte.

Sie rückte ihr Kopfkissen zurecht und schlüpfte unter die Decke. Sie hatte sich all die Jahre einreden wollen, dass es bei ihr etwas anderes sei – doch letztlich führte kein Weg an der Tatsache vorbei, dass sie versucht hatte, ihrer Tochter das gleiche Ehrgeizdenken einzupflanzen wie ihre Mutter ihr. Sie nahm den »Spiegel« hoch, fing aber noch nicht an zu lesen. Warum fiel es nur so schwer, solche Dinge zu erkennen?

Und wie ernsthaft und geradeheraus Kim immer ihre Meinung sagte. Das war manchmal schwer zu schlucken.

Ich habe meine Tochter dazu erzogen, stark zu sein, dachte Acedia, *jetzt muss ich es auch hinnehmen, dass sich ihre Stärke manchmal gegen mich richtet.*

Sie hob den »Spiegel« vor die Augen und fand die Stelle, an der sie den Artikel unterbrochen hatte, aber schon nach zwei weiteren Absätzen begannen ihre Gedanken abzudriften. Sie legte das Magazin beiseite und löschte das Licht.

Während sie sich unter der Decke zurechtkuschelte, näherte sich vom Flur leises Tappen, verharrte am Fußende und Homer sprang auf ihr Bett, wanderte einmal um Alex herum, ehe er sich in Höhe ihrer Hüfte zwischen ihnen niederließ und anfing zu schnurren. Acedia legte eine Hand auf seinen Kopf und kraulte ihn sacht.

Mit den Füßen schob sie den unteren Teil der Decke zurecht und kratzte dann mit den Zehen des linken Fußes an der anderen Wade. Gegen alle Prophezeiungen der Ärzte war auch sechs Jahre nach ihrem Unfall noch Gefühl in ihre Beine und Füße zurückgekehrt, so dass nur noch unter ihren Sohlen leichte Empfindungsstörungen zurückgeblieben waren.

Es war wunderbar, gesund zu sein. Viel wunderbarer als früher, vor ihrer Krankheit. Auch jetzt, acht Jahre nach ihrem Unfall, erlebte sie immer noch Momente, in denen sie es nicht nur einfach genoss, auf den eigenen Beinen durch die Wohnung zu gehen – in solchen Augenblicken überschwemmte sie ein reines, fast kindliches Glücksgefühl.

Der Vollmond warf sein Licht auf die Dielen. Neben ihr schnarchte Alex leise, und sie betrachtete ihn liebevoll. Grau werdende Haare hingen ihm verwuschelt in die Stirn, der Mund stand leicht offen und ließ ihn ein bisschen dümmlich aussehen, aber zugleich unwiderstehlich. Sein Schnarchen hatte sie früher oft gestört, einmal war sie sogar zum Schlafen auf die Couch gegangen. Jetzt aber lag sie da und freute sich an dem Klang seines Atems. Das war der Klang des Lebens: Ein, aus, einauseinaus … Sie wurde ganz ruhig. Acedia schloss die Augen, wischte sich einige Haare aus dem Gesicht und drehte den Kopf leicht zur Seite, so dass ihre Wange das weiche Kissen berührte, hörte Alex leise schnarchen, einauseinaus, schob die Hand auf Homers Rücken und ließ die wohligweiche Wärme seines Fells durch ihre Handfläche streichen.

DANKSAGUNG

Mein herzlicher Dank geht wieder an meine Verlegerin Karen Grol für Rat und Unterstützung dieser Reihe über die Todsünden und an meine Lektorin Marianne Glaßer, die zielsicher darauf hinwies, welche Stellen noch intensiver werden könnten. Marianne hat ein tolles Gespür für meine Texte.

Vielen Dank an Wolfgang Goede für Beratung auf dem Gebiet des Journalismus, Uwe Hansen zu Fragen des Ingenieurberufs und Nils Müller für medizinische Details sowie Susanne Petersen, Thomas »Lele« Lelewell, Rita Tengler und Marie Fischer für kleine, aber wichtige Anregungen. Dank auch an meine Erstleser, deren Kommentare und Tipps eine große Hilfe waren – Inge Martin, Liska Plazura und meine Kinder Aaron und Maria.

Und ganz besonderen Dank wieder an meine liebe Frau, Claudia, die »Acedias Traum« von Anfang an mitgeträumt hat.

HENNING SCHÖTTKE

1952 geboren, studierte zunächst Mathematik und Musik auf Lehramt. Seit 1978 ist er freiberuflicher Comiczeichner, hat zahlreiche Comicserien veröffentlicht und über hundert Schulbücher illustriert. Durch die Arbeit an einem Roman fand er vor zehn Jahren zum Schreiben. Er lebt in Kronshagen bei Kiel, ist verheiratet und hat zwei erwachsene Kinder.

TODSÜNDEN

ROMANE VON HENNING SCHÖTTKE

Gulas Menü	Ein Roman über das Essen
Acedias Traum	Ein Roman über den Schlaf
Iras Atem	Ein Roman über das Feuer
Luxurias Glück	Ein Roman über die Liebe
Invidias Gesetze	Ein Roman über das Recht
Superbias Lied	Ein Roman über die Kunst
Avaritias Konto	Ein Roman über die Arbeit

BEREITS ERSCHIENEN:

Gulas Menü

Hamburg 1969, Zeit der Hippies, Charly kocht für Ulrike Himmel und Erde, während die Amerikaner zum ersten Mal den Mond betreten. Neun Monate später wird ein Mädchen geboren. Gula! Charly beeindruckt durch Kochkünste und Sprüche, scheint für ein bürgerliches Leben nicht geeignet. Gula wächst bei Ulrike auf, erst mit Wochenendvater, dann ganz ohne. Sie sehnt sich nach ihm, gleichzeitig hasst sie ihn. Wie Charly kann sie gut kochen, doch mit dem Essen hat sie Probleme. Mal verschlingt sie es, mal bekommt sie keinen Bissen hinunter.

»Gulas Menü« erzählt die Stationen eines Lebens, begleitet von Rezepten und zeitgeschichtlichen Ereignissen, angerichtet als 5-Gänge-Menü. Essen ist längst nicht nur Nahrungsaufnahme und Genuss. Essen ist Verführung, es ist Junkfood, Festmahl, Exotik, Gefahr und Sehnsucht.

ISBN 978-3-942181-09-9